中國
漢字的
智慧

培育
文化

益智館 12

中國漢字的智慧

作者　逯宏

責任編輯　潘韻宇

美術編輯　姚恩涵

出版者　培育文化事業有限公司

信箱　yungjiuh@ms45.hinet.net

地址　新北市汐止區大同路3段194號9樓之1

電話　（02）8647-3663

傳真　（02）8674-3660

劃撥帳號　18669219

CVS代理　美璟文化有限公司

TEL／(02)27239968

FAX／(02)27239668

總經銷：永續圖書有限公司

永續圖書線上購物網
www.foreverbooks.com.tw

法律顧問　方圓法律事務所　涂成樞律師

出版日期　2016年7月

國家圖書館出版品預行編目資料

中國漢字的智慧 / 逯宏著. -- 初版. --

新北市：培育文化，105.07

面；　公分. --（益智館；12）

ISBN 978-986-5862-83-1(平裝)

1.漢字

802.2　　　　　　　105008347

前言

　　眾所周知，中國古代有四大發明。但是很多人提出，中國應該還有「第五大發明」，那就是漢字。中國人每天都在與漢字打交道，對這種筆畫優美的方塊文字再熟悉不過了。但是這文字究竟有什麼魅力，以至於被尊為「第五大發明」，卻未必所有人都知道。

　　事實上，漢字的強大超乎我們想像。它不僅歷史悠久，內涵豐富，而且具有驚人的靈性與智慧。

　　這種靈性起源於遠古洪荒的時候。先民們仰觀天象，俯察地理，探索人體、動植物、客觀規律的奧祕，為這一切賦予形象符號，漸漸創製出這種獨具特色的文字。因此可以說，漢字是中國古人世界觀的一大寫照。

　　隨著漢字的出現，中華文明也蓬勃發展起來。在中國歷史的長河中，學者和思想家層出不窮，「百家爭鳴」更是一段充滿奇蹟的歷史；朝代更迭，每隔一段時間就帶來了繁榮昌盛的全新氣象，像波瀾一樣推動著文明的進程……與此同時，漢字也經歷了一番不平凡的成長。作為這段文明的記錄者，漢字的發展和演變貫穿了不同時代，集眾家之所長，吸收了大量精華元素。

　　最早的成熟漢字是商周時代的甲骨文。稍後，又出現了刻在青銅器上的金文，舊稱鐘鼎文。秦始皇統一六國後，小篆成了通用文字，發展到漢代的隸書，才正式被命名為漢字。

　　時至今日，人們已經很少關注漢字的內在價值，更多時

候把它作為一種表達自我的工具。但生活並非一帆風順，無論是複雜的人際關係，還是無法預知的未來，抑或是難以駕馭的環境，都會帶來困惑和苦惱。其實，無論時代怎樣發展，人的慾望從未變過。我們的困窘和失意，數千年前的古人也曾有過，不同之處是古人們留下了經驗，我們不必再去重複探索，就可以找到答案。

　而這答案，要從古人留下的智慧結晶——漢字中尋找。

　循著每個漢字的筆畫，對照它曾經的模樣，人們可以窺知它所代表的一段過往，與歷史對話。在這些包羅萬象的神奇文字裡，有天文地理，有生活點滴，有治國之術，有修身之道，有人際往來，有鬥爭哲學……你會發現，古人早就把最博大精深的學問，濃縮在這些看似不起眼的方塊字中了！

　品讀漢字，對話歷史，與古人思想相交，可以學習他們的處世智慧，感受中國傳統文化的餘韻。漢字之美，正可謂：象外有象，理外有理，橫看成嶺，側視成峰。漢字之智慧，正是：以邏輯論，可見規律；以思想論，可見哲理；以氣度論，可見精神。

　就讓我們來看看，在中國古人的眼裡，在漢字的天地中，世間萬物有著怎樣的面貌和內涵。

天時

地理

物類

人事

男女

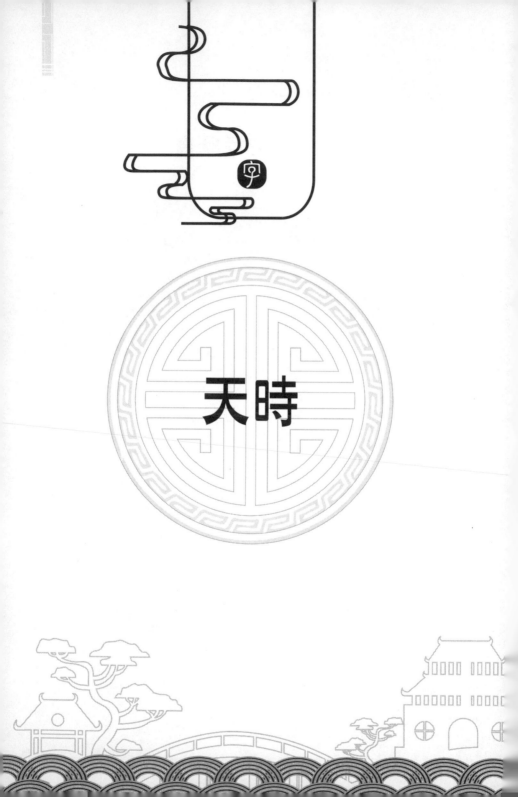

天時

一：返璞歸真

| 甲骨文 | 一 | 金文 | 一 | 繁體 | 一 | 楷書 | 一 |

「一」是漢語中最常用的字之一，早在甲骨文中，它的基本意思即表示計數或序數，至今未變。但是簡單並非淺薄，「一」字的含義極為豐富。早在秦朝以前，「一」字就被引入了道家哲學。

老子曾說：「道生一，一生二，二生三，三生萬物。」也就是說，天地生成之前，一切都沒有，只有由道而生的原始混沌之氣，這就是「一」。到了漢代，人們也同樣認為宇宙沒有產生之前，道立於一，然後天地分化，才有了萬物。顯而易見，這裡的「一」近於道，也就是先於天地的自然規律。「一」字又有「專一」之義，即排除雜念，專心做好每一件事。

一是最小的整數，因此也有「最低點」的意思，但是，它卻是道家追求的崇高目標，因為它象徵著素樸。老子說：「天得一以清，地得一以寧，神得一以靈，谷得一以盈，萬物得一以生，侯王得一以為天下正。」

到了西漢時有這樣一種說法：如果商人經營的商品種類太多就會貧窮，如果工人所懂的技藝太多也會貧窮，因為，他們沒有把精力集中到一件事上。這與老子所講的是一個意思，老子認為：少取者反可以多得，太多者反使人迷惑。因此，聰明的人專一、儉樸，以此來觀察天下則沒有什麼看不清的，

以此來創建事業，也沒有什麼做不成的。精神專一者，才能時時刻刻不偏離「道」；返璞歸真者，其精神與身體才能達到和諧統一。

三：三思而行

| 甲骨文 | 三 | 金文 | 三 | 小篆 | 三 | 楷書 | 三 |

　　從甲骨文、金文到小篆、楷書，「三」的字形結構基本沒有改變，都是由三橫組成。中國人對於三，可謂是情有獨鍾。漢朝文字學家許慎就曾經指出：三，體現了天、地、人之道，因此人們觀察天地萬物時，習慣用三來描述看到的事物：三才，天、地、人；三光，日、月、星；三詩，風、雅、頌；三星，福、祿、壽；三友，松、竹、梅。

　　「三」的本義指實數，是一加二的和，但在實際的語言運用中，它一般泛指多數或多次，如「三人為眾」、「火冒三丈」等。

　　既然「三」意味著複數，那麼「再一再二再三」，也便有了反覆之意。古語說三思而行，是勸人凡事都要經過認真思考後再行動，不能魯莽。春秋時季文子三思而後行，孔子聽說後，評價道：「思考兩次，就可以行動了。」可見，孔子是反對三思而行的。孔子為什麼反對呢？難道多思有什麼

壞處嗎？

　　其實，做事之前考慮周全，當然是好事。但是，一思再思，反覆地考慮，就會越想越覺得問題複雜，越考慮越覺得涉及的因素太多。於是，三思之後就不敢採取行動了，從而錯失時機。在這種意義上，「再三」的思考方式就不可取了，正如孔子所說的那樣，只要兩思就夠了。

　　可以先考慮可行性，考慮的方面越廣越好；然後再考慮不可行性，同樣是考慮的方面越廣越好；正反兩方面仔細考慮過之後，就可以進行比較，做出決定，然後立即行動。反之，如果在行動之前考慮了正面因素，又考慮了反面因素之後，再回頭來考慮正面因素，又再考慮反面因素，那麼，如此循環往復，就會掉進死胡同，難以有所進展。

　　因此在某種意義上，「三」是個臨界點，超過這個次數重複做事，就不見得是有益的了。

天：萬物主宰

甲骨文	金文	小篆	楷書
夨	天	天	天

　　很多人並不知道「天」字初造之時，並非指頭上的那片藍天，而是指人扛在兩肩上的頭。漢朝文字學家許慎認為，天就是人的頭。在更早些時候的甲骨文中，「天」字像正面

站立的人形，而人的頭特別大，這就明確表示，天是指人的頭頂。

　　傳說在遠古時候，有一位大英雄與天帝爭奪神位，但被天帝打敗了。天帝把祂的頭砍了下來，祂就以乳為目，以肚臍為口，手持武器繼續戰鬥。這位英雄被人們稱為「刑天」，「刑」是「砍」的意思，「天」當然是指人的頭了。後來，人們把頭頂上的天空，也稱為天，這樣「天」字的含義就擴大了。在中國文化裡，天不僅可以用來指整個自然界，而且可以指地位最高的神靈。一句話，天就是萬物的主宰，最高的權威。

　　天，是人們生活中用得最多的字之一：世界是天下，有才能的人是天才，最重要的事是天大的事，最難測的事只有天曉得……總之，如果以天來形容某事物，在程度上常常含有最高、最上層、無以復加的意味。既然天是最高的權威，當然是不可違背的。

　　孔子曾經說過，如果一個人得罪了上天，那麼他就是不可原諒的。這裡的天，可以當作自然或客觀規律來理解。也就是說，人不應當違背自然規律，生活中應當取法於天、順應自然。或許有人會說，人定勝天，人類一定可以戰勝自然。但是，無數歷史事實證明，如果違背自然規律，一味追求戰勝自然，只會受到自然更大的懲罰。因此，只有順應「天」，按照自然的規律去做，才能保證事業的順利。

日：自我更新

　　畫時圓，寫時方；冬時短，夏時長。不難猜出，這則謎語的謎底是日。商周時的古「日」字，或圓或方，中間都有一個實心的點，象徵著高掛在天空中的太陽。

　　漢朝文字學家許慎認為，太陽是一個實體，其中有永不枯竭的陽氣。正是因為有這種認識，從古至今，人們都把太陽作為光明與溫暖的象徵。同時，由於太陽是人們可見的最大天體，它的有規律運動，又成了人們最重要的天然計時器。紅日東昇意味著白天開始，夕陽西下意味著夜晚降臨，於是，人們就用「日」表示從天亮到天黑的這段時間。久而久之，「日」成了時間的泛稱，連沒有太陽的夜晚，也成了「日」的一部分。

　　日往則月來，月往則日來。日昇日落，是時光流逝的最鮮明體現。看到日月穿梭，人便逐漸意識到個體生命的有限。於是，古人把「日新」作為人生最美好的品德之一。所謂日新，就是每天都要更新自己。商朝的開國之君商湯，在自己每天洗手的盤上刻著「苟日新，日日新，又日新」的警句，意思就是，如果今天可以更新自己，那就要做到天天更新，更新之後還要繼續更新。

　　很多人常常是日出而作，日落而息，過著日復一日的平

凡生活。平庸的人只會簡單地重複過去，只有真正聰明的人
才會不斷地自我更新。如何自我更新呢？最好的辦法當然是
堅持學習。古人常說，如果早晨知道了真理，即使晚上就死
了也是值得的。自強不息，每日更新自我，這就是成功者的
哲學。

月：月滿則虧

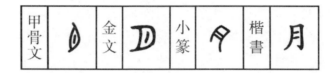

除了太陽之外，月亮是古人可以看到的最大天體。儘管
偶有日食，但太陽在絕大多數時間是不會殘缺的。月亮則不
同，盈缺變化，周而復始，非常明顯。月亮變化的週期大約
是三十天，人們觀月計時，這樣月就由一個天體名稱，逐漸
演化為長度約為三十天的計時單位，於是就有了一年的十二
個月。在「月」字的寫法上，假如以圓月象形，那麼「月」
將與「日」沒有區別。可見，古人造字時，以缺月的形象來
表示「月」字是有原因的。

人有悲歡離合，月有陰晴圓缺，這是天地間的一個準則。
和諧而美好的人生狀態，僅是一種微妙的平衡，只要稍稍再
向前邁出不適當的一步，就可能會打破平衡，跌入悲劇的深
谷。

　　秦朝的丞相李斯，就是因為沒有把握好這種平衡，最後落得「身死人手，為天下笑」的下場。據史載，秦始皇駕崩後，遺詔命太子扶蘇繼位，宦官趙高與皇子胡亥陰謀篡改遺詔。但是，如果不得到丞相李斯的支持，這件事不可能成功。於是，趙高對李斯說明了此意。李斯聽了大吃一驚：「這種事做臣子的怎麼可以做呢？」趙高說：「丞相您想一想，您的功勞比得上蒙恬將軍嗎？比得上蒙恬受太子扶蘇信任嗎？太子扶蘇如果回來繼位，您的相位就保不住了。諸皇子中，胡亥最為愚鈍，我們立他為帝，就能安享榮華富貴了。」李斯聽了，遲疑許久，終於點頭同意了。

　　後來，胡亥繼位，成為秦二世，果然昏庸無比。不料，趙高把持朝政還不滿足，後來竟把李斯陷害至死。李斯身為丞相，本已位極人臣。但是，他為了攫取更大的利益而同意篡改詔書，結果葬送了自己。

　　可見，凡事都要有一定的「度」，為人處世要懂得滿足。就像月滿則虧的道理一樣，人生的成就達到頂點就會走下坡路，人們應該遵從這個規律，不應貪得無厭。

晶：星羅棋布

甲骨文	🔘	小篆	晶	楷書	晶

天上的太陽只有一個，而「晶」字卻由三個「日」組成，這是為什麼呢？原來，這裡的日並不是指太陽，而是夜空中星星的形象。古人是用三顆星星的形象，來表示有很多星星。由此可知，「晶」的本義指夜空中閃耀的群星之光，引申為光亮、明亮、閃亮的意思。

對於暗夜裡行路的人來說，一顆星的光亮是很微弱的，但是，數以千萬計的群星在夜空中棋布，就可以給人帶來光明與希望，這也正是「晶」字暗含的智慧。處於困境中的人，如果能得到某個大人物的幫助當然是極好的，但事實上，這樣的機會非常少。因此，歷史上有很多富有智慧的人，平時特別注意善待眾人，這是因為，眾人也如群星一樣，儘管個體力量很小，但合力卻是巨大的。

相傳，季布是秦末漢初楚地的著名俠客，他性格耿直、樂於助人，最可貴的是他很講信用。有一次，有個叫曹丘的同鄉想投靠他，但季布並不喜歡此人，就打算拒絕他的要求。曹丘說：「楚人有句諺語：『得到黃金百斤，比不上得到你季布的一句諾言。』您怎麼能在梁、楚一帶獲得這樣的聲譽呢？正是由於我到處宣揚，您的名字才廣為人知。難道我對您的作用還不重要嗎？您為什麼這樣堅決地拒絕我呢？」季

布聽了，馬上向曹丘道歉，並把他當貴賓來對待。

　　後來，季布在項羽的手下做了大將，劉邦曾經幾次險些命喪於他手。劉邦當了皇帝後，下令捉拿季布。季布只好東躲西藏，到處逃命。因為他的聲譽很好，所以人們也都願意幫助他。後來很多人到劉邦面前說情，劉邦就原諒了季布，還封他為郎中。可見，季布就是依靠眾人的力量，才保全性命、渡過難關的。這也正如「晶」字帶來的啟示：每顆星的光都是很微弱的，但是，數以千萬計的群星棋布夜空，就是暗夜最可貴的光明。

旦：雞鳴戒旦

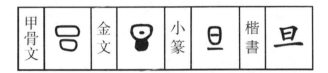

| 甲骨文 | ◻ | 金文 | ◑ | 小篆 | 旦 | 楷書 | 旦 |

　　甲骨文中的「旦」字上邊的四邊形符號代表天空，下邊的四邊形符號代表大地，其造字的本義是表示世界從黑暗混沌合一的狀態中分離出了天地，因為造字時代的古人認為天地是兩個無邊無際的平面。還有的甲骨文用「日」代替天空，強化日出而天地分的含義。

　　日出意味著一天的開始，而早晨又是一天中最好的時光。成語「雞鳴戒旦」就是借用「旦」字的本義，警示人們應當珍惜時間。

　　晉朝時有個人叫祖逖，他胸懷坦蕩，有遠大的抱負。一天夜裡，祖逖在睡夢中聽到公雞的鳴叫聲，他輕輕搖醒睡在身邊的好友劉琨，並對他說：「很多人都認為，半夜裡聽見雞叫不吉利，我偏不這樣想，咱們乾脆以後聽見雞叫就起床練劍如何？」劉琨欣然同意。於是，他們每天雞叫後就起床練劍。轉眼春去冬來，寒來暑往，兩人從來沒有間斷過。皇天不負有心人，經過多年的刻苦訓練，他們都練就了一身好本領。

　　後來，祖逖被封為豫州刺史，實現了他報效國家的願望；而劉琨做了大將軍，都督并州諸軍事。可見，珍惜時間對於人的成功是非常重要的，正是抓住別人不願意起床的黎明時光，祖逖和劉琨才會有日後的成功。這也正如一位著名哲人所說的那樣，「當許多人在一條路上徘徊不前時，他們不得不讓開一條大路，讓那些珍惜時間的人趕到他們的前面去。」

明：胸懷日月

甲骨文	明	金文	明	小篆	明	楷書	明

　　「明」字在甲骨文和金文中，都是由「日」「月」兩字組成的，只是兩字的位置不同，但表示的意義完全一樣，都是指日月同輝的特殊天象。每月農曆十五前後，當紅日將要

西沉時，明月恰好初出東方，形成日月同輝的奇麗景象；到了每月農曆月末，日月同輝又是另外一種景象，東方旭日初升，西方尚有殘月。在古人看來，日、月是能給大地帶來光明的兩個最大天體，通常太陽白天照明，月亮晚上照明，如果日、月同時出現在天空中，不論事實上是否真的格外亮，至少主觀感覺是特別亮。所以，古人就以日、月會意，表示明亮。

在漢朝的字典裡，「明」字還有一種寫法，即由「囧」和「月」組成，這大約是月亮之於黑夜，比太陽之於白天更重要，所以古人以月光照進窗子，表示光亮的意思。

空中有日月，大地就會格外明亮；目中有日月，人的眼睛才會格外明亮；胸中有日月，人就會心胸寬大，識大體顧大局，不斤斤計較一些雞毛蒜皮的小事。有的人以為，如果連秋天鳥獸身上新長的細毛都能看清楚，就說明這個人的目光足夠敏銳，是所謂明察秋毫。但是，這樣的人並不是真正具有大智慧的人。因為，如果過分注重細節，往往會忽視整體，這樣的人常常是見樹木不見森林，只會耍小聰明，卻不明白大道理。簡單地說，「明」字帶給人的啟示是：要像胸懷中有日月一樣，明白大道理，掌握大局面；而小得失就不必去計較了。

春：知難而進

甲骨文		金文		小篆		楷書	春

春回大地，萬物復甦。經過一個冬天的死寂，小草長出嫩芽，樹木也吐出新綠。古人正是抓住草木萌生的特點，創造了「春天」的「春」字。在甲骨文中，「春」字是由左右兩部分組成的：左半部分的中間是「日」旁，日的上、下分別是「木」字的兩半，表示太陽初升不高；右半部分是「屯」旁，形態就像初生的小草，曲折而又艱難。兩形會意，「春」字表示太陽升起、草木初萌的時節。由於草木初生意味著新生命的開始，所以古人又把春天視為一年之首。

雖然一年之計在於春，但萬事開頭難。如果小草的嫩芽要鑽出堅硬的土壤，就必須在地下積蓄巨大的能量，否則它就很難生長出來。這一點，很容易使人聯想到創業的艱難：當一切還混亂無序的時候，要開創一片新天地是多麼不容易！但是，新生事物不能因此就退縮不前，只要鼓足力量，一步一個腳印，經過不懈努力，必然會迎來成功的時刻。

這也正如「春」字所昭示的：它的「屯」旁像是小草，儘管身體是彎曲的，但重心卻努力向上，顯示出了強大的生命力。人也是如此，不論當下如何弱小，只要肯向上，就一定可以成功。

相傳，晉朝時有個叫孫康的孩子，家境貧寒，晚上連燈

都點不起。可是,他勤奮好學,總覺得晚上不讀書虛度了時光。有一天夜裡,他從夢中醒來,發現屋外大雪映出來的月光很亮,可以看書。於是,孫康顧不上寒冷,立即起床到屋外雪地裡看起書來。他的手腳凍僵了,就一邊走動一邊看書。後來,他終於成為飽學之士。讀書如此,開創其他事業也是一樣,都需要迎難而上的精神。

時：時空轉換

甲骨文		金文		小篆		楷書	
	旹		旹		時		時

　　在甲骨文中,「時」字為上下結構,上「之」下「日」。「之」字旁像是足趾,表示走路,「日」是太陽,兩形會意,表示太陽在空中行走。而五代宋初徐鍇指出,古文「時」字從日,之聲,也就是認為「時」為形聲字。小篆中的「時」字已經演化為左右結構,且在「之」字旁下面新增一個表示手臂的「寸」字旁,這表明隨著社會的進步,人們已經通過某種工具測日影來計時了。

　　「時」的本義指季節,後來被用作計時單位。因為時間有一去不返的特點,「時」又被引申為時機、時勢、時尚等。事物的發展,總是被分配到某個時間的進程中。時間是公正而且均衡的,但事物的發展卻不是這樣,有時勢如破竹,有

時卻步履維艱。

　　戰國時，有個叫田鳩的人想見秦惠王，在秦國滯留了三年，也沒有機會見到秦惠王。後來，有個人把這件事對楚王講了，楚王聽了很欣賞田鳩，賜給他將軍的符節出使秦國。他拿到楚國的符節後，很快就見到了秦惠王。田鳩在秦國離秦惠王很近，卻見不到秦惠王；他繞到楚國再返回秦國雖然路程很遠，卻很容易就見到了秦惠王。

　　可見，為了實現既定的目標，有時需要迂迴前進，這就是所謂時空轉換的智慧——空間可以換取時間，時間也可以換取空間。田鳩就是通過空間換來了時間，因為如果他不付出空間的代價，再苦留秦國三年也未必能見到秦惠王。

　　明白了這個道理，有智者就不應當為不遇時機而痛苦。當事情沒有進展的時候，不妨換一條路，迂迴前進，也許可以用空間換取時間。

間：乘間伺隙

金文	𦊆	小篆	𨳡	繁體	間	楷書	間

　　在金文中，「間」字從月從門，它的上半部分像是一個彎月，下半部分像是兩扇門，表示門外有月；在小篆中，原來在門外的月被移進門內，表示月光正透過門縫射進來。金

文與小篆的字形稍異，但意義基本一致，都指夜間大門關閉而中間有隙。古時常與「閒」字混用，「閒」有閒暇、空閒的意思。後來，為表示間隙、間隔之義，另造了一個「間」字。

月光進門，需要大門有縫隙；同樣，人想成功，需要遇到機會才有可能。聰明的人善於審時度勢，懂得弱時鋒芒不露，強時雄風再起。

三國時，孫權、劉備聯軍與曹操軍隊在赤壁對峙，當時曹軍兵強馬壯，孫劉聯軍勢單力薄。東吳的周瑜計劃用火攻克敵，並且做好了準備。要想把火引向曹操軍營，必須有東風才行，但當時只有北風，並無東風。為此，周瑜一籌莫展，坐臥不安，因為沒有東風，他此前所做的準備都將前功盡棄。無奈，周瑜只好裝病，躲在大帳中苦思破曹之計。

諸葛亮見時機已經成熟，便以探病的名義來到周瑜的帳中，對他說：「周將軍的病，在下能治。」說完，就在手心寫下「欲破曹軍，須用火攻；萬事俱備，只欠東風」幾行小字。周瑜看完，立刻請他幫忙。諸葛亮通曉天文，知道近日將有東風，就答應為周瑜借風。顯而易見，與其把東風視為條件，不如把它視為機會，只有抓住刮東風這個時機，才可以一戰告捷。這就是乘間伺隙取得成功的智慧。

昔：逝者如斯

甲骨文	〰️𠄔	金文	𤿯	小篆	𦣞	楷書	昔

在甲骨文中，「昔」字是上下結構，從日從水。「日」表示太陽，日上或日下有流水的波紋，表示日子正像流水一樣逝去。可見，「昔」字的本義指逝去的時間。

時間是一個很抽象的概念，古人用流水加太陽的形象來表示時間流逝，再形象不過了。水流不返，常常讓人聯想到時光去而難再回。

相傳，孔子就曾經站在河邊，感慨「逝者如斯夫，不捨晝夜」！因此，後世的人常以流水不停比喻時光的流逝，感慨人生世事變化之快。事實上，孔子所說的逝者，並沒有特定的所指，因而可以包羅萬象：他仰觀天文，想到日月運行、晝夜更始，便是往一日即去一日；俯察地理，想到花開花落，四時變遷，便是往一年即去一年；中觀人事，想到人自出生以後，由少而壯，由壯而老，每過一歲，即去一歲。由此可知，自然界、人世間乃至宇宙萬物，無一不是逝者，無一不像流水，晝夜不住地流，一經流去，便不會再流回來了。

所以，唐朝詩人李白才會感嘆道：「君不見黃河之水天上來，奔流到海不復回。」留戀逝去的時光及一切美好事物，慨歎「逝者如斯」，這當然是人之常情。具有大智慧的人，應當超越這種對往昔的留戀：流水的確是逝去了，但是河還在；

花的確是落了，但植物還在；人的確會死去，但精神還在⋯⋯可見，逝去的僅是表象，本真是不會逝去的。明白了逝與不逝的道理，就不應當去追求那些必逝之物，而應當去追求永恆的真理。

恆：如月之恆

甲骨文	工	金文	恆	小篆	恆	繁體	恆	楷書	恒

在甲骨文中，「恆」字無豎心旁，形近於「亙」字，上下是兩橫，象徵著天和地，中間像是一個月牙兒。月相每天都在變，但以年為週期來看，它又何曾變過？正如唐詩所云：「江畔何人初見月？江月何年初照人？人生代代無窮已，江月年年望相似。」古人正是根據月相變化中隱含的不變，創造了表示恆久不變的「亙」字，後來又增加了豎心旁，專指人的恆心。

恆久不變是自然界中暗含的真理。一個人如果能在變化中保持不變的品格，就是最大的智慧。

但是，世事變幻莫測，不以得失為意並非是常人做得到的。相傳北宋時，蘇軾因持不同政見而被捕入獄。神宗皇帝為了試探他有沒有仇恨天子之意，就派一個小太監裝成犯人入獄和蘇軾同睡。白天吃飯時，小太監故意用言語刺激蘇軾。

牢飯雖不好吃，但蘇軾吃得津津有味，他說：「任憑天公雷閃，我心歸然不動！」夜裡，蘇軾倒頭就睡，小太監又撩撥道：「蘇學士睡這等床，豈不可歎？」蘇軾根本不理會，只用鼾聲作為回答。第二天一大早，小太監推醒他，說道：「恭喜大人，您被赦免了。」

　　蘇軾並非識破了小太監的身份，他的智慧在於懂得變與不變的道理。正如月亮不因圓缺而增損一樣，人也不必為一點得失而改變態度。如果從變化的角度去看，天地間的萬事萬物，連一眨眼的時間都不曾保持過原狀；如果從不變的角度去看，人與物永遠都不會窮盡。這就是如月之恆的道理。

氣：浩然之氣

甲骨文		金文		小篆		繁體		楷書	
	三		乁		𣱧		氣		氣

　　甲骨文中有個字像「三」，但它並不是數詞「三」，而是「氣」。它的三橫中，上、下兩個長橫分別代表天、地，中間一個短橫表示天地之間的氣。到了周代，表示「氣」的「三」容易與數詞「三」相混，於是，古人對「氣」字進行了改造：上面的一橫左端向上彎曲，或者在上面一橫向上彎曲的同時，下面的一橫右端向下彎曲。這個字在周代青銅器銘文中還可以看到。後來，「氣」字隸變，寫作「氣」，古

文「氣」字廢而不用。

「氣」的本義指空氣或雲氣，中國古代的哲學家常借用這一概念來表示人的某種主觀精神。

戰國時，孟子就曾經主張，人應當培養自己的「浩然之氣」。據古書記載，有一次，孟子的弟子公孫丑問孟子：「請問老師，您的長處是什麼？」孟子說：「我善於培養我的浩然之氣。」公孫丑又問：「什麼叫浩然之氣？」孟子說：「這很難描述清楚。如果大致去說的話，首先，它是充滿於天地之間，一種十分浩大、十分剛強的氣。其次，這種氣是用正義和道德日積月累而形成的。如果沒有正義和道德存儲其中，它也就消退無力了。這種氣，是凝聚了正義和道德，並且從人的自身產生出來的，是不能靠偽善或者掛上正義和道德的招牌而獲取的。」

由此不難理解，所謂浩然之氣，就是剛正之氣，是大義、大德造就的一身正氣。一個人有了浩氣長存的精神力量，面對外界一切巨大的誘惑、威脅，都能處變不驚，鎮定自若，達到歸然不動的境界。

云：行雲流水

甲骨文	㇕	金文	㲋	小篆	雲	繁體	雲	楷書	雲

　　甲骨文和金文中的「雲」是一個會意字：上面是「二」，即古文的「上」字，下面的字形捲曲，像天上的雲氣迴旋滾動。兩形會意，表示一團向上升起的雲氣。後來，「雲」字增加了「雨」字頭，這是因為戰國以後人們開始認識到雲與雨的關係。雲在天上飄來飄去，游移不定，瞬息萬變，因此「雲」字也引申為到處漫遊、無一定行蹤的意思，如雲遊等。

　　古文「雲」字捲曲的形體，表明古人早就認識到「雲無定形」這一重要特徵。雲是大自然的一部分，主張「法自然」的道家，就從雲形的幻化中體悟到了人生的哲理。古人認為，宇宙本來什麼都沒有，後來有了氣，氣如雲，變化不定，於是變化成萬事萬物，這其中也包括人。人生有如行雲，舒捲變化。因此以生為樂，以死為懼，深受世俗的羈絆，都是很不明智的。

　　相傳，莊子的妻子去世，他的朋友惠子來弔喪，見莊子正一邊敲著瓦盆一邊唱歌。惠子說：「妻子死了，不哭也就罷了，你還敲著瓦盆唱歌，不是太過分了嗎？」莊子說：「不是這樣。在她剛死的時候，我難道不悲痛嗎？然而，細細想來，我妻子最初是沒有生命的；不但沒有生命，而且也沒有形體；不但沒有形體，而且也沒有氣息。在恍惚迷離的狀態

中，那最原始的東西經過變化而產生氣，氣變化而產生形體，形體變化而產生生命。現在生又變成了死，這就像那春秋冬夏四季交替運行一樣。」

　　莊子視生命如行雲流水，並不是悲觀厭世，而是對生命的一種關懷。試想，那些生命即將走到盡頭的人，如果每天生活在對死亡的恐懼中，怎麼可能體味到生的樂趣呢？把生命看成幻化無形的浮雲才能不懼死，不懼死才能更好地生，這就是雲的智慧。

風：春風化雨

甲骨文	𣎤	小篆	鳳	繁體	風	楷書	風

　　本義指自然界中的空氣流動。由於風是一種自然現象，並無具體的形狀，因此很難用一個象形文字表達。在甲骨文中，「風」字像傳說中的鳳凰。殷商人以鳳來表現風，原因可能有二：一是鳥扇動翅膀時，會產生風，所以用鳳凰來指風；二是鳳凰是殷商人崇拜的神鳥，他們認為刮不颳風，是由神鳥來決定的，所以用來指風。當然，這兩種觀點只是推測。漢朝文字學家許慎認為，「風」是形聲字，本義指八方風，用作動詞時，「風」有「感化」的意思。

　　風是中國古人極早就注意到的一種自然現象。古人發

現，一年中風向通常會有規律地發生改變，風向變，季節就變，各種動物、植物也會相應地發生變化。因此，殷商人把風稱為「帝使」，也就是天帝派到人間傳達命令的使者。殷墟卜辭裡面，不僅有「帝使風」的說法，還有「四方風神」的記載。正是在這樣的歷史文化背景下，古人才把統治者對民眾的教育、感化稱為「風化」，也就是把從自然界學來的經驗移植到社會領域來。

　　春秋時，季康子問孔子：「應當如何治理國家呢？殺掉無道的人，接近有道的人，可以嗎？」孔子回答說：「治理國家，一定要殺人嗎？你如果治理得好，百姓的生活自然就會好起來。君子的德行好比是風，小人的德行好比是草，風吹，草必然隨風而動。」孔子的主張對後世影響非常大，歷史上高明的統治者，都非常善於用道德楷模感化百姓，營造良好的社會環境與氛圍。這就是春風化雨的智慧，也就是通過完善的教育改變社會的風氣，使人潛移默化地受到影響。

雷：恐懼修身

甲骨文	金文	小篆	繁體	楷書
𩇾	𤳲	䨓	雷	雷

　　甲骨文中的「雷」字，中間是彎曲的弧線，像是撕裂烏雲的閃電，閃電周圍的圓形，表示空中發出的巨響。顯然，

人們發現雷聲出現在閃電之後，於是就把二者聯繫起來創造了「雷」字。小篆中的「雷」字增加了「雨」字頭，而閃電形象被取消了，僅由上面的「雨」字頭和下面的三個「田」字組成，表示雨中有雷聲。現今省略了兩個「田」，寫作「雷」。

天空中的雷聲突然響起，人們常常會驚慌失措，這是因為巨大的變動突然發生，自身的力量不足以控制局面。恐懼害怕並不是壞事，有驚懼才不會鬆懈，有謹慎才會減少失誤。

西周末期，周幽王驕奢淫逸，根本不把百姓的疾苦放在心上。他重用太師尹氏，致使政治日趨混亂，國勢日趨衰敗，再加之地震、乾旱等自然災害，百姓流離失所。當時有一個大臣，看到這種情況非常痛心，就寫下了一首詩，希望周幽王能夠察覺到危機，詩的大意為：「巍峨的終南山啊，層巒疊嶂岩石磊磊。太師尹氏威名顯赫，人們的眼睛都盯著你看。心裡憂愁得像火在煎，但也不敢把你來笑談。眼看著王業已衰、國運將斷，為何你卻看不見！」

可是，周幽王根本聽不進勸告。結果後來，申侯聯合繒國、犬戎等攻打西周，周幽王兵敗身死，西周就此結束。可見，當災難即將發生時，如果它的跡象如同雷聲一樣明顯，那麼當事人就應該採取警惕、敬畏的態度，調整自己的行為，採取防範措施，從而避免或減輕災禍。相反，像周幽王這樣不能以恐懼修身，就必然落得身敗名裂的下場。

雨：密雲不雨

甲骨文	⫶⫶⫶	金文	𩂉	小篆	雨	楷書	雨

　　下雨是常見的自然現象，因而雨是最古老也是使用最頻繁的文字之一。在甲骨文中，「雨」字簡單而且直觀，上邊一橫代表天，下邊三行豎點，代表正在下落的雨滴。在金文中，雨滴被形如倒「山」字似的符號半包起來，表示雨是自雲中落下的。到了小篆中，倒「山」符號上方又增加了一橫，表示天，這樣，天、雲、雨滴三者都被描繪了出來，「雨」的本義指水自雲中落下，有時也引申為動詞，表示向下落。

　　好雨當及時，密雲不雨則是時機未到。事物發展有一個過程，結局的出現需要時間。在時機還未成熟時，人們需要耐心地等待，不應冒然行動。自身力量不強大時，需要通過時間積蓄力量；客觀條件不成熟時，需要尋找方法改變力量的對比。

　　秦朝末年，韓信家境貧寒，常常挨餓。但是，他身材魁梧，身佩長劍，常常揚言要做大事。有一天，他在街上遇到一個屠夫，此人對韓信很不服氣，想與他比個高低，就說：「你看上去像個英雄，實際卻膽小如鼠。如果你真是條漢子，就拔劍把我殺死。如果你沒有這個膽量，就從我的褲襠下面鑽過去吧！」以韓信的本事，殺死一個屠夫輕而易舉。但是，一旦殺人，就要吃官司，還可能丟掉性命，同一個小人鬥氣

而付出生命是不值得的。於是，韓信伏下身，慢慢從屠夫的胯下爬了過去。在抱負不得施展的時候，韓信能忍胯下之辱。

後來天下局勢劇變，韓信加入了反秦起義隊伍，終於成了叱咤風雲的英雄。這就是密雲不雨的智慧——等待時機成熟，再發揮自己的力量。

需：待時而動

甲骨文	雨大	金文	雨大	小篆	雨而	楷書	需

最初的「需」是一個象形字。在甲骨文中，「需」乃是一個「大」字形，下面有幾個小點。「大」像人形，幾個小點像是水點。到了金文中，它的字形演變較大，改為上下結構，上部分是「雨」，下部分是「大」，意義很明顯，表示人在雨中。到了小篆中，它的字形又發生變化，金文下面的「大」變為「而」，這樣，就成了由「雨、而」構成的會意字。因此，「需」的本義是遇雨難行，需要等待雨停。

一般來說，如果雨下得非常大，即便是急著趕路，也要等到雨停了才可以出行。做其他事也是如此，如果時機不到，無論怎麼努力也很難達到目的。

春秋時，伍子胥的父親和兄長被楚平王殺害，他想見吳王尋求幫助，卻始終沒有機會。有門客把這件事告訴了吳國

的公子光，可是，公子光見到伍子胥，不等他說話就離開了。門客問為什麼這樣，公子光說：「我厭惡他的相貌。」伍子胥知道後，說：「這很容易。可讓公子光坐在堂上，用帷幔擋住視線，然後我再說話。」公子光同意了。於是，公子光面前拉起了帷幔，伍子胥開始陳述自己的想法。剛說了一半，公子光就走了出來，拉住伍子胥的手讓他坐著說。說完之後，公子光高興極了，對伍子胥大為改觀。

　　伍子胥認為，將來擁有吳國的人一定是公子光，於是退耕於野，隱居了七年。後來，公子光果然繼位為吳王，任用伍子胥。伍子胥為吳國修明法制，任用賢良，選拔兵士，練習戰鬥。六年之後，吳國大敗楚國，並攻占了楚國首都，伍子胥終於得報殺父之仇。顯而易見，公子光取得吳國政權之前，伍子胥是不具備報仇條件的。因此，他隱居了七年，就像等待雨停一樣，等待著時機。這就是「需」字的智慧：路難走的時候先停一停，等到外界條件成熟了再繼續前進。

上：上行下效

甲骨文	二	金文	二	小篆	上	楷書	上

　　「上」是一個指事字。甲骨文和早期金文中的「上」，是一長橫上加一短橫，表示方位或位置在上。後期金文為了

與「二」字相區別，另加了一豎。「上」的本義指高處，與「下」相對。後來，「上」字的語義擴大，泛指地位或等級高的事物，如上級、上品等。

上與下是相對的，二者不僅相對位置不同，而且在發生相互作用時，各自的影響力也不同。一般的規律是，上行下效。

春秋時期，齊桓公喜歡穿紫色的衣服，於是，齊國人都喜歡穿紫色的衣服。因此，齊國的紫色衣料很貴，用五匹沒有染色的衣料也換不到一匹紫色的衣料。齊桓公對此很苦惱，就對管仲說：「寡人好穿紫衣，於是全國百姓都喜歡穿紫衣，現在紫衣料太貴，寡人應當怎麼辦呢？」管仲說：「君主自己不身體力行，百姓就不會追隨。要想不讓國民穿紫色的衣服，就請您先脫去紫色的衣服。如果群臣有穿紫色衣服覲見的，您就說，『離遠點，寡人討厭這種衣服的氣味。』」於是，齊桓公就照管仲說的去做了。當天，朝中就沒有人穿紫色衣服了；當月，都城裡就沒有穿紫色衣服的了；當年，國境之內就沒有穿紫色衣服的了。

道理很簡單，在上者怎樣做，在下者就跟著學。由此可見，要想倡導一種風氣，領導者首先要做個榜樣，如果自己沒有行動卻要求別人去做，必會缺乏號召力；如果下面出了問題，在上位者首先要自我檢討，只有以身作則了，才好要求別人。

外：置之度外

金文	小篆	楷書
外	外	外

　　「外」是一個會意字。在金文中，「外」字由左右兩部分組成，左邊像是一彎新月，右邊是「卜」。兩形會意，表示晚上占卜。到了小篆中，左邊的「月」寫作「夕」，右邊未有大變化，這樣就寫作「外」。古時通常在早晨占卜，因為這一天可能發生的事還沒有開始；到了晚上，一天的事已經結束了，再占卜就是於事外占卜了。因此，造字者就用晚上占卜來表示「外」。後來，「外」字又引申為不在某範圍或界限之內。

　　如果某個問題不在可控的範圍之內，當事人就應當勇於置之度外，這是一種膽量，也是一種智慧。

　　春秋時，齊國大臣崔杼弒殺了國君，要求晏嬰起誓「不親附崔氏卻親附齊王室的人，將遭受不祥之災」。晏嬰不肯起誓，崔杼就威脅說要殺死他。晏嬰說：「平易近人的君子不以邪辭求福，因此我能用邪僻的話來求福嗎？你還是好好想想吧！」崔杼想：「這是個賢德的人，不能殺死他。」於是放下兵器離開了。晏嬰上了車也準備離開，車夫想策馬快跑，晏嬰按住車夫的手說：「不用著急，不要失去常態！跑得快不一定就能活，跑得慢不一定就會死。鹿生長在山裡，但牠的命卻掌握在廚師的手中。現在，我晏嬰的命也掌握在

別人的手裡。既然生死由別人決定，快跑還有意義嗎？」

晏嬰堅守自己的信念，把生死置之度外，恰是這種氣魄讓崔杼無法傷害他。可見，按照自己信仰的原則做出決斷，把無力決定的因素置之度外，才能坦然地面對各種挑戰。

是：明辨是非

金文	是	小篆	是	楷書	是

「是」字最早見於金文，從古至今，它的字形一直沒有多少變化。漢朝文字學家許慎認為，「是」字上半部分是「日」，下半部分是「正」，它是一個會意字。「日」是太陽，表示前進的目標；「正」與「止」字相近，像人的腳。兩形會意，表示一個人朝著太陽的方向前進。太陽是正大光明的象徵，一直朝著太陽走，當然是正確的。因此，「是」字的本義為「直」，引申為正確、肯定。正確區分「是」與「非」並不是很容易的事。

相傳，古時候有個著名的強盜叫跖，有一次手下人問他：「我們做強盜的人有道義嗎？」跖回答說：「當然有道義了。動手之前，猜度屋裡的財物，能夠猜中就是聖；進去時衝在前面，就是勇；退出時走在最後，就是義；善於把握時機，就是智；分配贓物平均，就是仁。不熟悉這五點而能夠成為

大盜，是不可能的。」然後，他又責怪商湯和周武王有流放、殺死君王的罪行，說人們讚美商湯、周武王真是不合理啊！

　　強盜跖說得好像很有道理，難道世間真的無所謂「是」與「非」了嗎？當然不是。判斷是非需要有公認的標準，不能各是其所是，各非其所非。這也正如「是」字所蘊含的智慧一樣。天下只有一個太陽，是非只有一個標準。判斷一個歷史人物正義與否，關鍵是看他的行為是否符合大多數人的利益。強盜跖列舉的五種行為，都以侵害他人的利益為目的，怎麼可能是正義的？商湯、周武王有流放、殺死君王的行為，但都是為了天下的百姓，怎麼可能是罪惡的？可見，明辨是非需要遵循一個原則，那就是用唯一的標準去檢驗真理。

易：變動不居

甲骨文	易	金文	泡	小篆	易	楷書	易

　　「易」的本義是變化，它的字形也如它的意思一樣，從古至今有很多次變化。甲骨文中的「易」，像是從一個器皿向另一個器皿中倒水；金文中的「易」，一種寫法是一個器皿中的水太多，溢滿了出來，另一種寫法則是一隻活生生的小鳥。漢朝文字學家許慎認為，「易」的本義為蜥易，是個象形字。也有人認為，「易」字的上半部分為「日」，下半

部分為「月」的變形，日月變化不定，因此以「易」來形容陰陽變化。

從「易」字的構造和形狀不難看出，許多事物都是不斷變化、沒有固定形態的。因此，隨著外界變化而不斷地改變策略以適應環境，就顯得非常重要。

相傳，楚國有個人乘船渡江，不巧，他隨身佩帶的劍掉到了江裡，於是，他急忙在船上刻了個記號，以表示劍是從這個地方掉下去的。等到船停下來以後，他順著船上的記號跳下水，尋找他的寶劍——當然沒有找到。船已經移動了，劍卻沒有動，他以這種方式去尋找寶劍，不是太糊塗了嗎？

很多人都會嘲笑刻舟求劍之人的愚笨，但是，人們卻時常會犯類似的錯誤。時光無時無刻不在流逝，世事每時每刻都在改變。凡是不懂得變、不承認變、不適應變、不善於變的人，都會被時代淘汰。這就是「易」的智慧：不能墨守既定的條文與框架，而應當根據實際，不斷改變方針，調整策略，以「易」字之道行人生之路。

地理

二：事無二成

甲骨文	二	金文	二	小篆	二	楷書	二

　　與「一」相近，「二」也是一個原始的計數符號。從甲骨文到楷書，「二」的字形均無較大變化。老子說，「道生一，一生二，二生三，三生萬物。」與「一」相比，「二」是次生的，同時，古人認為先有天後有地，所以漢朝文字學家許慎指出，「二」是大地之數，為兩個一之和。「二」的本義是表示數目，引申後則為序數，表示第二或次一級。後來，又引申為兩樣、有區別，如不二價等。此外，「二」還有不專一、不忠誠的意思，如矢心不二、誓死不二等。

　　事無二成，心不二用。如果做事不肯專心致志，也不肯下功夫，一般來說是很難成功的。相傳，弈秋是戰國時最擅長下棋的人。他曾教兩個人下棋，效果卻完全不一樣。因為，其中一人專心致志，一心只聽弈秋講課，另外一個人雖然也在聽講，心中卻在想有只天鵝飛來，如何拿弓箭去射它。因此，他雖然同那個專心學習的人一樣在學下棋，卻不如人家學得好。這就是一心二用的結果，可見，無論做什麼事情，如果左右搖擺，精神不集中，就難以取得成功。

原：飲水思源

金文	小篆	楷書
（圖）	（圖）	原

　　在金文中，「原」字是一個會意字，從厰從泉，像泉水從石穴中湧出並向下墜流的樣子。可見，「原」的本義指河流之源。後來，「原」又由水流引申為一般事物的初始，如原本、原初、原稿、原文、原版等等。由於使用「原」字引申義的詞眾多，後人就在「原」旁加「水」，來表示水源。

　　俗話說，飲水思源，意思是做人不能忘本。南北朝時，南朝梁國的庾信奉命出使西魏，這期間，梁被西魏所滅。北朝君臣一向傾慕南方文學，庾信又頗有名，因而他既是被強迫，又是受器重地留在了北方，官至驃騎大將軍、開府儀同三司。後來南北通好，流居他鄉的人被允許回歸故國，唯有庾信不得回到南方。庾信一方面身居顯位，受到皇帝禮遇，與諸王結交；一方面又深切思念故鄉，為自己在敵國當官而羞愧。南朝幾次向北朝討要庾信，也都沒有成功。庾信思鄉心切，便在詩中寫道：「落其實者思其樹，飲其流者懷其源。」意思是說，吃水果的時候，應當想一想結果的果樹；喝水的時候，應當想一想流水的源頭。

　　事實上，庾信過去在南朝時本無多大的影響，恰是在北朝表現鄉國之思的作品具有較高的藝術價值。歷史給予他極高的評價，很大程度上也是對他「飲水思源」的肯定吧！可

見，無論身份與環境怎樣改變，做人都是不能忘本的，這就是「原」的啟示。

水：利物不爭

甲骨文	金文	小篆	楷書
			水

在甲骨文中，水有著非常優美的字形，它的中間像是彎曲的水脈，兩邊似流水的朵朵浪花。古時候，水不僅用來指河中之物，而且還指河流本身。比如說，古時遼河就被稱為大遼水，現在長江的一條支流依舊叫漢水，正是用了「水」字的這個義項。

水，可以帶給人們的啟示是無限的：流水不懼障礙，可以迂迴前進，於是人們從中學會了變通；江海不擇細流，所以能發展壯大，於是人們從中學會了寬容；水性至柔，然而滴水恆久可以穿石，於是人們從中學會了堅持。

水被賦予了豐富的哲學含義。例如中國道家認為，做人最高的善就是像水那樣，水善於幫助萬物而不與萬物相爭；它停留在眾人不喜歡的地方，所以最接近於道家所推崇的做人原則，即與世無爭。道家還提倡，具有最佳品格的人，居位要像水那樣安於卑下，存心要像水那樣深沉，交友要像水那樣親和，言語要像水那樣真誠，為政要像水那樣有條有理，

辦事要像水那樣無所不能，行為要像水那樣待機而動。按照
以上做人原則行事，總結起來就是要與萬物無爭。

　　只有與萬物無爭，才無人可與之爭，這樣就永遠都不會
有失敗，永遠都不會有煩惱。可見，水的智慧就是柔順、趨下、
與世無爭，這也正是道家的思想精髓。

滄：滄浪之水

小篆	繪	繁體	滄	楷書	滄

　　「滄」是一個形聲字：左邊表示水，右邊表示音。漢朝
文字學家許慎認為，「滄」的本義為寒。一般來說，人們把
青綠色的水也叫作滄，相關的用法有滄波、滄江、滄浪、滄
海等。

　　滄浪之水，本指青綠色的水，古人在闡述一種處世哲學
時，往往用它來代指世俗社會。世俗社會對於一個人的影響，
不可謂不大。

　　戰國時，墨子看見人染絲，就曾經慨歎說：「素絲可以
染黑，也可以染黃，染上五色，即成為五色之絲。所以，人
對於自己所處的環境，不能不慎重選擇啊！」然而，世俗社
會本身具有多面性，這也正如滄浪之水或清或濁一樣，很難
簡單地判定為好或者不好。作為個人，或許確實無力改變社

會，也無力改變自己生存的環境，但是，卻可以選擇自己的生活方式和對待生活的態度。

相傳，屈原被放逐後，來往於江潭之間，看起來很憔悴。一位漁夫問他怎麼了，屈原回答說：「全天下的人都污濁了，只有我是清白的；所有的人都昏醉了，只有我是清醒的。所以，我就被放逐了。」漁夫勸屈原融入世俗，屈原卻寧可投江，也不想使清白之身蒙受世俗的塵埃。

漁夫微微一笑，一面敲擊著船板離開，一面唱歌道：「滄浪之水清澈的話啊，可用來洗我的帽帶；滄浪之水污濁的話啊，可用來洗我的雙腳！」在漁夫看來，處世不必過於清高：世道清廉，可以出來為官；世道混濁，可以與世俗沉浮。至於深思高舉，落得個被放逐的下場，則是大可不必的。

川：川流不息

| 甲骨文 | | 金文 | | 小篆 | | 楷書 | 川 |

甲骨文中的「川」字，一望便知像條奔騰不息的河流。按照漢朝文字學家許慎的解釋，「川」就是指流淌不息的河水。由於河面通常是低而且平坦的，人們常把像河面一樣低而平的大地也叫作「川」，所以現代漢語中的「川」字，並不僅僅指河流。

　　「川」字形象地表現了河水的流動性，它帶給人的啟示是深遠的：它富有活力和進攻性，缺乏這種精神的人，常常會飽食終日而無所用心，從而失去創新能力。

　　戰國時的蘇秦，曾連續十次上書秦王，都沒有被採納，他無可奈何，只好回家。走進家門時，妻子不愛理他，嫂子不給他做飯，父母也不停地責備他。蘇秦長嘆道：「妻子不把我當作丈夫，嫂子不把我當作小叔，父母不把我當作兒子，這都是我的過錯啊！」於是當夜他取出藏書，打開幾十個書箱，找到了專講謀略戰術的《太公陰符》，伏案埋頭誦習，反覆鑽研。經過一年的時間，蘇秦學成了，說：「這回一定能說服各國的君主了！」於是他來到趙國，在華麗的殿堂上拜見並勸說趙王。趙王聽得十分高興，封他為武安君，授予相印，給他百輛兵車，千匹錦繡，百雙白璧，萬鎰黃金，讓他去遊說列國，建立合縱聯盟，遏制強橫的秦國。

　　正是憑著流水不止、川流不息的精神，蘇秦終於成功了。可見，「川」字向人們揭示了生存的意義、方向與創造的火花。這種精神可以幫助人們在平時積蓄力量，完善個性，從而創造出偉大的業績。

順：順水推舟

金文	〰	小篆	順	繁體	順	楷書	順

「順」是一個會意字。金文中的「順」字，左邊是三條略帶彎的豎，表示河川，右邊是一個突出了眼睛的人形。兩形會意，表示人的目光隨著川中的河水移動。小篆中的人形被抽象化，但是，突出人眼睛的特徵還依稀可見。從字形來看，「順」的本義當為順應或沿著同一方向。

順著川流行走或乘船，可以省時省力，不必辨認方向；同樣，順著情勢說話或辦事，可以借勢於時，事半功倍。

戰國時，趙孝成王繼位，由於太年輕，所以由太后執政。秦國覺得有機可乘，於是派大軍急攻趙國。趙國危在旦夕，太后不得不請求與趙國關係密切的齊國增援。齊王雖然答應出兵，但提出趙國必須派太后的幼子長安君到齊國去做人質。趙太后溺愛幼子，遲遲不肯答應。大臣們極力勸諫，太后就公開說：「有誰敢再說讓長安君去做人質，我一定往他臉上吐唾沫！」後來，大臣觸龍面見太后，委婉地指出太后不愛長安君，並說：「國君和居高位的執政者，應該讓自己的子女去為國家建功立業，以取得人民的擁戴，絕不能使子女安享由父母的權勢而得到的尊位、高薪和寶器。安富尊榮，坐享其成，不僅事業沒人繼承，就連已有的財富也將蕩然無存。」

　　趙太后覺得觸龍說的有道理，於是同意長安君去齊國做人質，這樣趙國的危機就解除了。矛盾的焦點本來是派不派長安君做人質，但觸龍卻把話題轉化為太后愛不愛長安君。在這一點上與對方取得共識後，順勢推出愛子女應當選擇什麼樣的方式，於是使人質問題輕鬆得到了解決。這就是順水推舟的智慧。

前：乘勢而行

金文	小篆	楷書
片	𧗱	前

　　金文中的「前」字由「止、舟」兩形按上下結構組成。「止」像腳，「舟」是小船，兩形會意，表示人站在小船上。漢朝文字學家許慎指出：前，不行而進謂之前，從止在舟上。意思是，人站在船上，不用走路也可以前進。當然，這一定是順水行船，靠水的自然推動而前進。

　　「前」字的本義指不行而進，昭示了古人早就懂得借勢而行的道理。相傳西漢時，淮南王劉安對道家書籍十分著迷，產生了煉丹成仙的念頭。於是，他四處尋訪有仙方神術的高人。一天，他聽說有位八公仙翁，有煉製仙丹的祕方，於是，他就去尋找八公。費盡周折，劉安終於如願以償，他不僅得到八公仙方，而且真的煉出了仙丹。他知道將要成仙升天了，

便沐浴更衣，焚香禱告，然後把仙丹吃了下去。之後，他只覺得身體輕飄飄的，低頭一看，原來自己早已站在雲端了。劉安把剩下的仙丹灑在自家的院子裡，被他家裡的雞、狗吃了。神奇的是，牠們也都飄然升空，成了仙雞、仙狗。

　　聽了這則寓言，可能凡雞、凡狗們會憤憤不平：劉安成仙是因為他個人努力過，也就罷了，他家的雞、狗沒有努力，怎麼也可以成仙呢？這裡面當然存在著不公平競爭。雖說不正之風不值得提倡，但是，借他人之勢實現自己的理想，確實是一種成功的智慧。這也正是「前」字蘊含的哲理。

淵：厚積薄發

甲骨文	金文	小篆	繁體	楷書
			淵	淵

　　在甲骨文中，「淵」是一個象形字，它的字形是一個近方形的框，裡面是象徵水紋的線條，就像一潭被四面圍住的水。到了金文和小篆中，「淵」的字形變為左右結構，增加了「水」字旁，結構已經接近於楷書的雛形。楷書寫作「淵」。「淵」的本義指洄流水，由於流水迴旋的地方容易形成深潭，所以「淵」又引申為深潭或深池。後來，「淵」字又進一步引申為人或物聚集的處所。

　　水由於不斷積聚，才得以形成深潭；人由於不斷積累，

才可能有淵博的學識。可見，積累的意義是重大的。與其感嘆書到用時方恨少，不如平時就大量地積累學識。

　　北宋仁宗年間，有個名叫文同的人，年輕時學畫認真刻苦，一絲不苟。為了學習畫竹子，他時常去簹簹谷觀察竹子。一年四季，不論是風吹雨打，還是烈日當頭，只要有時間他就會去。竹子在清晨是什麼樣，傍晚是什麼樣，晴天是什麼樣，雨天是什麼樣……他都一一記在心中。通過長期的細心觀察，文同不僅對竹子的特性瞭如指掌，而且在心中積累了各式各樣的竹子形態。所以後來，他畫竹子的時候能夠一揮而就，筆下各式各樣的竹子栩栩如生。由於文同所畫的竹子清秀逼真，所以人們送給他「墨竹大師」的稱號。

　　可見，超出常人的成就，通常都是以超出常人的代價換來的。人們往往只看到大師的成就，卻忽視了他們的長期積累。「淵」字使人們聯想到成大事者的過人之處，那就是長期積累，厚積薄發。

海：百川之王

金文	小篆	楷書
𣲙	𤀷	海

　　金文中的「海」字是左右結構，左邊是「水」的形象，右邊的「每」字旁像一位戴有頭飾的婦女。「海」是會意字，

本義為水的母親。但漢代許慎卻認為,「海」是形聲字,從水,每聲,本義為天池,是由許多河流彙集而成的,這與海為水母的說法並不完全矛盾。由於大海能納百川,廣闊無垠,所以又引申出大而廣的意思,如雲海、學海、人海等。中國古人認為,天是圓的,地是方的,在方如棋盤的大地四方,分別有東海、南海、西海、北海,由此「海」又被引申為大地盡頭之義,如天涯海角等。古人的眼界有限,認為四海之內,天下一家,只有中央帝國,所以海又有國界之義。

道家創始人老子認為,大海能成為眾多河流匯聚之地,是因為它善於處於低下的位置,所以才能成為許多河流歸往的地方。有道的聖人想要治理好天下,必須在言辭方面對民眾表示謙下;想要領導別人,必須把自己的利益放在別人利益的後面。

因此,聖人處於民眾之上,民眾卻不感覺有負擔;處於民眾之前,民眾卻不感覺有妨害。這樣的領導者,是民眾樂於擁戴的。正因為他能吸取所有人的意見,容納所有人的利益,所以天下人才願意歸順他。大海啟示人們,應當以退、以柔、以和作為自己的人生策略。有海一樣寬廣的胸襟,虛懷若谷,容納百川,才能得到別人的支持,從而成就自己的事業。

冰：超越自我

金文		小篆		楷書	

「冰」是一個象形字，它像山間流水在岩石上結冰後形成的稜狀突起。見過這種東西的人，識別此字並不難。但是，如果從未見過，識別起來就比較困難了。為了使字的意義更加明確，到了小篆中，古人在原有字形的右邊增加了一個「水」字旁，表示冰是由水凝結而成的。楷書為了書寫方便，把字形寫為「冰」。

冰是由水轉變而來的，卻比水更寒冷，這是冰的基本特徵。

戰國時的荀子曾經以冰和水做類比，闡明人也可以通過後天學習，從而實現自我超越。人與冰的不同之處在於，人是具有主觀能動性的，因此，超越自我要以自覺的方式來完成。要超越自我，首先要認識到自己的不足。如果不登上高高的山峰，就不會知道天空有多高遠；如果不俯視深深的山谷，就不會知道大地有多深厚；如果沒有讀過聖賢之書，就不會知道學問有多淵博。可見，要想知道自己的不足，就需要多讀書、多實踐。

事實上，當一個人發現自己的不足的時候，就已經實現了自我超越。所以，學習的過程，就是自我提升的過程。假如每天都能學到一點東西，那麼，往往所學到的就是發現昨

天學到的是錯的。發生這種情況，並不是說昨天的學習沒有意義了，而是通過學習，自己的見識提升了，已經實現了自我超越。可見，通過學習否定並超越自我，就是人們從結冰現象獲得的啟示。

土：善待母親

甲骨文		金文		小篆		楷書	

相傳開天闢地之時，世界上本沒有人。始祖神女媧，照著自己的樣子，用黃土捏成了人形，於是世上才有了人。泥土不僅構成了人的血肉之軀，而且也是人生存的前提。失去了土地，人們就失去了衣食之源。在甲骨文和金文中，「土」字下邊的一橫表示地面，上邊的字形表示一堆土。據漢朝許慎的解釋，「土」字的兩橫表示大地和土壤，一豎表示從土壤裡生長出來的植物。可見，古人創造「土」字時，特別強調它生育萬物的特性。

在中國傳統文化裡，天、地都被人格化了，其中，上天像父親，大地像母親。古書上說，大地博大、柔順，君子仿效它，以寬厚的品德承載萬物。追求時尚的人，或許以土為丑，認為「土」字有不合潮流、不開通的意思，如果形容某人粗俗，常用「土頭土腦」來描述。不過，這只是淺薄者的

做法，真正具有大智慧的人，向來都重視土。

　　相傳，晉文公重耳繼承王位之前，曾經在外流浪。有一天，重耳路上口渴，便向田間勞動的老農討水喝。老農見重耳和他的隨從衣著破舊、神情沮喪，就想戲弄他們一下，於是，伸手從田間拿起一把土，說道：「我有土無水，你要就給你吧！」貴族公子出身的重耳聽了之後，大怒，但是，身邊的謀士卻向重耳道喜，讓他跪著接受那把土。這位謀士認為，土有「國土、領土」之意，上天將要把國土賜給重耳，必定要假借他人之手來實現。這位農夫，或許就是那位天命假手之人。

　　當然，天命高深不可測，但對於重耳這樣的領導者來說，只有尊重普通勞動者、尊重土地，才能取得個人的成功，這是毫無疑問的。可見，土地不僅是養育人類生命的母親，也是每個人事業的根基。古人對土地的重視，是一種重視基層人民、重視事業基礎的象徵，有了這種踏實淳樸的態度，人更容易取得成就。

畫：畫地為牢

甲骨文		金文		小篆		繁體		楷書	
	𣥂		𦘓		畫		畫		畫

　　「畫」是一個會意字。在甲骨文中，「畫」字由三部分

組成：上面像是一隻手，中間豎著一支筆，下面是兩條曲線，代表由筆畫出來的界線。合起來，整個字表示人手持筆畫界線，這就是「畫」的本義。到了青銅器的銘文中，「畫」字的形體略有變化：上面的手和筆，變成了手握筆；而下面的曲線，變得更像一個「田」字。由此可見，「畫」字的基本意思就是給大地劃分界限。

在很早以前的古代，人們道德高尚，都很自律。如果有人犯了錯誤，就在地上畫個圈把他限制住以示懲罰，哪怕身邊空無一人，被懲罰的人也不會提前走出圈子半步，這就是所謂的「畫地為牢」。

據說周文王的時候，有個叫武吉的年輕人，在街上誤傷人命。恰好周文王路過此地，見此情形便說：「武吉既然打死了人，理當抵命。」於是，官吏就在南門附近畫地為牢，將武吉禁於此間。畫地為牢能不能約束住人的身體，首先取決於它是否可以約束住這個人的心。只有那些有懺悔之心並且嚴格自律的人，才會在圈裡面反省自己的錯誤和過失。相反，那些厚顏無恥之徒，怎麼可能被地上的一道圈阻擋住呢？當然，凡事都怕走向極端，一些不懂得變通的人，過分看重各種各樣的條條框框，把自己的行動限制在人為指定的範圍之內，不敢逾越半步。這種畫地為牢的人，是很難成就大事的。

周：周而不比

甲骨文	金文	小篆	楷書
囲	田	周	周

　　在甲骨文中，「周」像一片界限分明的農田，裡面長滿了密集的莊稼。同時，「周」還是上古一個農業部族的名稱，他們原本住在晉南，後來遷到陝西岐山下的周原。武王滅商後，周人建都鎬京，史稱西周。「周」的本義指農田里的莊稼密集，由此引申出普遍、周到、細密、親近之義。

　　「周」有密的意思，「比」也有密的意思，但是，形容人際關係的密切時，二者卻有著很大區別。孔子曾說，「君子周而不比，小人比而不周」，意思是說，君子與人相交，親密守信而不結黨營私，小人則相反。歷史上那些具有大智慧的人，為了大義，寧可犧牲暫時的利益，也要與他人建立君子之周。

　　戰國時，趙國的藺相如很有膽識，他在外交上多次立功，所以被趙王封為上卿，地位在大將軍廉頗之上。廉頗得知後，非常不服氣，事事都要與藺相如一爭高下，藺相如總是忍讓。有一次，藺相如乘車外出，遠遠地望見廉頗的車子迎面而來，他急忙讓車夫把車子趕到小巷裡避開。車夫以為藺相如害怕廉頗，感到非常氣憤。藺相如說：「秦國這樣強大我都不怕，廉將軍又有什麼可怕的呢？我之所以對廉將軍避讓，是因為我把國家的安危放在前頭，不計較私人的怨恨。」

　　後來，此事傳到廉頗的耳中，廉頗被藺相如的寬大胸懷所感動，於是，他在背上綁一根荊條，親自到藺相如家中請罪。藺相如原諒了廉頗，從此兩人成了很要好的朋友。他們一文一武，同心協力為國家效勞，使趙國越來越強大。可見，人與人之間的密切關係是有分寸的，只有為大義而建立的朋友關係，才是君子之周；相反，那些為了私利而建立的密切關係，只能是小人之比。

行：歧路亡羊

甲骨文	彳亍	金文	彳亍	小篆	行	楷書	行

　　在甲骨文和青銅器銘文中，「行」字像一個縱橫交錯的十字路口。顯而易見，「行」的本義指的是道路。從小篆到楷書，「行」字的形體逐漸演變，字形漸趨美觀，然而卻看不出通行大道的樣子了。道路是供人行走的，所以人走路也叫行路。在漢語中，凡是以「行」作為義符的字，它的基本意義通常都與道路、走路有關。

　　人走在路上，方向的選擇是很重要的，特別是遇到岔路的時候。

　　相傳戰國時，有一個哲學家叫楊朱。有一次，他的鄰居丟失了羊，於是帶著很多人一起去尋找。楊朱說：「唉！丟

一隻羊，為什麼要這麼多人去追？」這個鄰居說：「因為有很多岔路。」不久，楊朱的鄰居回來了，楊朱問：「你找到羊了嗎？」鄰居回答說：「羊丟了。因為岔路之中還有岔路，我不知道羊到哪裡去了，所以就回來了。」楊朱聽了這番話，有些悶悶不樂。楊朱的門徒都覺得很奇怪，不解地問：「羊並不是什麼值錢的牲畜，而且又不是先生的，您這樣悶悶不樂，是為什麼呢？」楊朱回答說：「我並不是惋惜丟了一隻羊，而是想到探求真理也像找羊一樣困難。如果迷失了方向，只能無功而返啊。」

　　的確，人生的選擇太多，同樣是岔路之中又有岔路，很容易迷失自我。因此，不論做什麼事情，都應當把握好方向，注意領會事情的實質，不要被各種表象所迷惑，從而誤入歧途。

坎：德才兼修

| 小篆 | 坎（小篆字形） | 楷書 | 坎 |

　　「坎」是一個形聲兼會意字。漢代的許慎指出，「坎」指陷，即地面的低陷處，如洞穴、陷阱之類，從土，欠聲。作為「坎」的聲符，「欠」的本義指人張口打哈欠，而口大張的狀態與洞穴類似；「欠」又有虧欠、不足之義，這與地

面低陷也相關。可見，作為聲符的「欠」，同時也具有表意功能。

「坎」猶如前進的路上佈滿的坑窪，象徵著艱難險阻。怎樣才能克服「坎」呢？首先要有信心和誠心。有信心，才有向前的勇氣和動力；有誠心，才能得到他人的理解和支持。其次是學習知識，提高自己的能力。只有不斷發掘自己的潛力，提高克服困難的本領，才能真正找到解決問題的鑰匙。

北宋時，年輕進士楊時為了豐富自己的學識，毅然放棄了高官厚祿，到河南穎昌拜著名學者程顥為師，虛心求教。後來程顥去世，楊時自己也四十多歲了，但他仍然立志求學，刻苦鑽研。為了繼續提高自身的學問修養，他又到洛陽去拜程顥的弟弟程頤為師。

有一天，楊時和他的朋友游酢一塊到程家去拜見程頤，想請教一個問題。不巧的是，程老先生正在打盹。這時候，外面開始下雪，這兩個人求師心切不願離開，又不敢打擾先生休息。於是，他們便恭恭敬敬地侍立在門外，不敢說話，也不敢動。過了好長時間，程老先生慢慢睜開眼睛，才知道楊時和游酢站在門外。門外的雪已經積了一尺多厚了，而楊時和游酢並沒有絲毫疲倦和不耐煩的神情，態度依然是恭恭敬敬的。憑借這種堅持和誠心，楊時終於繼承了老師的衣缽，成為一代學者。像他這樣的人，既有決心，又有誠心，德才俱佳，可以戰勝任何困難。這便是克服「坎」的典範。

陷：君子釋厄

| 甲骨文 | ☟ | 小篆 | 陷 | 楷書 | 陷 |

　　「陷」原本是一個會意字。在甲骨文中，「陷」像一個人落入土坑之中，表示「陷阱」之義。到了小篆中，「陷」字增加了「阜」旁。漢朝的許慎認為，「陷」為小阱，從人在臼上，本義是一個人掉進別人挖的陷阱。

　　生活中，常常會遇到困境，即便是聖人也很難避免。相傳春秋時，孔子周遊列國，在陳、蔡之間陷於困境，一連七天沒有吃到糧食，煮的野菜裡根本看不到米粒。弟子宰我餓壞了，孔子卻在屋裡用瑟伴奏唱歌，顏回在外面擇野菜。子路與子貢談論道：「先生在魯國被驅逐，在衛國隱居，在宋國一棵樹下習禮時被人砍倒樹，在陳、蔡遇到困境。要殺先生的人沒有治罪，凌辱先生的人不受禁止，而先生的歌聲從未停止過。君子都是這樣無羞恥感嗎？」

　　這些話傳到孔子那裡，孔子歎息道：「仲由（子路）和端木賜（子貢）真是小人啊！叫他們進來，我有話要告訴他們。」兩人進屋後，子貢說：「像我們現在這樣，可以說是窮困了。」孔子說：「這是什麼話！君子在道義上通達才叫通達，在道義上窮困才叫窮困。現在，我們堅守仁義的原則，因此遭到混亂世道的禍患，這正是我應當得到的處境，怎能算窮困呢？反省自己，在原則上不感到內疚；面對災難，不

失掉自己的品德。從前，齊桓公因為出奔莒國而萌發復國稱霸的雄心，晉文公因逃亡到曹國而產生復國稱霸的願望，越王勾踐受會稽之恥而確立復國稱霸的計劃。在陳、蔡遭到困境，本是我的幸運啊！」

　　可見，面對同樣的困境，態度決定了君子與小人的區別：假如只把吃穿看作自己的人生目的，「吃不上、穿不上」當然是困境了；但是，如果有更高的理想與追求，那麼，這些基本生活之憂算得了什麼呢？

虛：虛懷若谷

小篆	繁體	楷書
	虛	虛

　　「虛」是一個會意兼形聲字。「虛」的本義是「大丘」，如崑崙丘也可以稱為崑崙虛。古時的虛，也是一個社會組織單位，通常九夫為井，四井為邑，四邑為丘，丘也叫虛，這裡的井、邑、丘，都是組織單位。從丘，虍聲，是變了形的虎頭。小篆中，「丘」像上古人的居穴，兩側有孔，後來建造簡單的房屋，上面蒙以獸皮做屋頂。「丘」像山，實乃土包；「虍」像虎，實乃獸皮。所以，「虛」後來又引申為空虛、虛假、虛弱等。

　　道家創始人老子主張，人要盡量使心靈達到一種虛寂狀

態，並穩固地保持這種寧靜。這裡「虛」就用來形容一種精神狀態。古時候，懂得大道理的人，細緻、深邃而通達，深刻到難以認識的地步。正因為難以認識，所以只好勉強形容為：小心謹慎，像冬天踏冰過河；警惕疑懼，像提防著周圍的攻擊；莊重嚴肅，像是在做客；融和疏脫，像冰柱消融；敦厚質樸，像未經雕鑿的素材；空豁曠達，像深山幽谷；渾樸厚道，像江河的渾濁。

　　誰能夠在渾濁中安靜下來，慢慢地澄清？誰能在長久的安定中變動起來，慢慢地趨進？保持這種精神狀態的人，他不要求完滿。正因為他不自求完滿，所以即使破敗，也不會窮竭，不必製造新的東西去補充。人如果可以放開心胸，便能夠真正融入生活，灑脫輕鬆。如果可以恆久地保持一顆平常之心，便能心若空谷，真正做到有容乃大。這就是「虛」的哲理。

遷：出谷遷喬

金文		小篆		繁體		楷書	
金文	𣬛	小篆	𨖞	繁體	遷	楷書	遷

　　金文中的「遷」字是左右結構：左半部分的中間是一個器皿，下面有兩隻手把它托起，上面有兩隻手正接過來，顯然這是兩個人傳遞東西時的情形；右半部分是一個「邑」字旁，

邑是古代人們聚居的地方。全字的含義是，人們正在搬家。漢朝文字學家許慎認為，「遷」是一個從 的形聲字，本義為「登」或「向上移」，這大約是因為，古人搬家，總是從生活條件不好的地方，移向更適宜發展的地方。後來，凡是移換所在地，包括變動、離開、流放，甚至職位與職稱的改變，都可以稱為「遷」。

寒冬時，群鳥通常躲在深山幽谷，到了春天，牠們便出來，飛鳴於高大的喬木之上。鳥兒從幽谷遷居喬木，被古人稱為「遷喬」。受此啟發，人們常把搬家稱為「喬遷」。人之所以要搬家，主要是為了尋找更好的生活環境。環境好不好是因人而異的，只有適合自己發展的地方才是最好的。

相傳，春秋時魯國有個人善於編草鞋，他的妻子善於織生絹。有一天，他們想搬到越國去。有人便對他們說：「你們一定要變窮了！」這個魯國人問：「為什麼呢？」那人說：「鞋是穿在腳上的，但越國人都光著腳走路；生絹是做帽子的，但越國人都是披散著頭髮不戴帽子的。你們夫妻的長處，到了越國全都用不上了，想要不變窮，怎麼可能呢？」也許，越國是很多魯國人嚮往的地方，但對於這對想搬家的夫妻而言，顯而易見是不適合的，因為搬到越國後，他們的長處將無法施展。可見，喬遷首先應當尋找更適合自己發揮長處的地方，不顧自身條件，盲目搬家、跳槽的人是不理智的。

岳：泰山之力

甲骨文	小篆	繁體	楷書
𡶡	𡶛	嶽	岳

　　甲骨文中的「岳」字，像山上有峰之形，本義為「高山」。在中國古代，「岳」一般特指四岳或五嶽幾座名山，並不是山高即可以稱為「岳」的。關於四岳或五嶽的說法有異，通常把東嶽泰山、南嶽衡山、西嶽華山、北嶽恆山稱為四岳，加上中岳嵩山則為五嶽。

　　「岳」也可以作為對妻子父母的尊稱，如岳父、岳母，這其中既有敬仰或依賴的複雜感情，也有具體的歷史緣由。

　　相傳，唐玄宗到泰山封禪時，張說被任命為封禪使，做些準備工作以迎接皇帝封禪。泰山封禪，是在山頂築土為壇以祭天，報答上天的功勞；山下辟場以祀地，報答大地的功績。張說奉旨前往，乘機把女婿鄭鎰也帶上，一齊赴岱。唐玄宗到泰山後，舉行了隆重的封禪儀式。事後按慣例，除三公以外，凡隨行官員都晉陞一級，並大赦天下，以示皇恩。

　　鄭鎰本是九品小吏，由於老丈人的作用，連升四級，驟升為五品，賜大紅官服，能夠位列朝班了。可是，唐玄宗卻不認識他，就問他是誰，為何一下子進入朝班，鄭鎰一時答不上來，張說在旁邊也默不作聲。這時，旁邊有位官員一語雙關地說：「此乃泰山之力也。」從此，「泰山」「岳父」便成了老丈人的專稱。

　　自古以來，中國人就有重視宗族的傳統，而在宗族關係中，血緣與婚姻是最重要的兩種關係。血緣關係與生俱來，婚姻關係則是可以選擇的，因而也就常被用來達到婚姻之外的目的。應該說，在愛情與守法的基礎上，借助妻子家族的某些優勢是無可厚非的，這就是「岳」字的智慧。

玉：君子如玉

甲骨文	金文	小篆	楷書
𡸯	王	王	玉

　　早在殷商時期，「玉」字就出現在甲骨文中了。那時的「玉」字，像幾片玉石用線穿在一起的樣子，是古人把玉石穿起來掛在頸項上的寫照。古人認為，玉具有一種神奇的超自然力量，三塊美玉用絲繩連在一起，可以起到溝通天、地、人的神奇功效。金文和小篆中的「玉」字，三橫一豎，與「王」字相似。區別在於，古文「王」字的上面兩橫距離更近，而「玉」字三橫間的距離幾乎相等。後來，為了進一步區別這兩個字，古人寫「玉」字時多加了一點，也許這是暗示美玉之上常有瑕疵吧！

　　中國人對玉的喜愛，具有悠久的歷史。相傳，子貢曾經問孔子：「人們為什麼喜歡玉而不喜歡普通的石頭呢？是不是因為美玉稀少的緣故？」孔子回答說：「喜歡玉是因為它

象徵著美好的品德：玉質溫柔滋潤，象徵著仁；堅固緻密，象徵著智；鋒利而不傷人，象徵著義；雕琢成器掛在身上，象徵著禮；叩擊玉的聲音清揚，象徵著樂；瑕不掩瑜，象徵著忠；光彩四射而不隱蔽，象徵著信……」

毫無疑問，中國人對玉的喜愛，本質上是對君子人格的推崇，即：首先看重玉石所寓意的美德，然後才是它本身所具有的天然色澤和紋理。玉石具有上天賦予的自然之美，其外表溫和柔軟，本質卻堅剛無限，這既是玉石的品質，也是君子人格的特徵。人們不僅佩帶玉、收藏玉，還把它作為禮物或信物，所有這些都是對君子人格的景仰。總之，玉最大的價值在於它的文化內涵，倘若不與高尚的人格品質合一，美玉也不過是頑石而已。

班：班馬悲鳴

金文	班	小篆	班	楷書	班

漢朝文字學家許慎認為，「班」字的本義是「分瑞玉」，也就是把玉分開。為什麼會是這樣呢？原來，早先的「玉」字寫起來跟「王」字相近，從字形上看，「班」字是兩塊玉，中間有一把刀，意思是用刀把玉分開。後來，「班」字的意義被引申，泛指將人或物分開。

　　「班」字本指分開，而把分開後形成的小集體也稱為「班」，則又意味著合。在分與合之間，就隱藏著人生的智慧。春秋時，晉國與齊國曾經發生過一場大戰，齊軍自認為不能取勝，退兵又害怕晉國追殺，於是就在夜裡悄悄地逃跑了。第二天，晉國有一位叫邢伯的大臣，向主帥匯報說：「我聽到夜裡有班馬之聲，一定是齊軍已經逃走了。」所謂「班馬」，就是指從群裡分出來的馬。從此「班馬」就成了一個很有名的典故。

　　南北朝時，南方有一個叫庾信的人，在他出使北方時突遭戰亂，因而無法回到自己的祖國。他在賦中把自己比作失群的班馬，以此來表達遊子離鄉之悲。唐朝詩人李白也有「揮手自茲去，蕭蕭班馬鳴」的名句，抒發悲涼的離群之感。

　　在現代漢語中，「班」字通常都是指大集體被分開後而形成的小集體，如學校或工廠裡的班組，藝術界的戲班等等，而它的本義，即動詞「分玉」，已經不明顯了。社會就是由大大小小的集體組成的，任何人都是特定集體中的一員。脫離了集體，會使人生的道路更加艱難，從而難免產生班馬之悲。一個人應該熱愛自己所在的集體，避免做離群之馬，這是一種非常重要的人生智慧。

十：十全十美

甲骨文	丨	金文	❙	小篆	十	楷書	十

　　研究甲骨文的專家於省吾先生指出，「十」字初形本為直畫，繼而中間加肥，後則加點為飾，又由點孳衍為小橫。「十」的本義為數詞，九加一的和。在所有的計數文字中，「十」字比較特殊，大概是因為計數時遇到十就向上進位，所以「十」有表示完備甚至達到極點之義，如十足、十全十美等。

　　人對完美的追求是十分普遍的，不同的年齡、性別、種族都是如此，儘管人們對它的理解並不相同。東漢末年，袁紹在官渡被曹操打敗，其子袁熙被殺，當時袁熙的妻子甄氏正在鄴城中。曹丕進入袁府後，被甄氏的美貌驚呆了。不久，他就派人把甄氏接到自己的府裡，對她寵愛無比。後來曹丕稱帝，立甄氏為皇后。

　　那時，甄氏已經四十多歲了，為了得到曹丕的寵愛，她每天都花費很多時間來打扮自己。在後宮的庭院中，飼養著一條綠蛇，蛇嘴裡含著一顆紅珠。甄皇后每次打扮時，綠蛇都在甄皇后的面前盤成各種奇巧的形狀，而且每天的形狀都不重複。偶然有一次，甄皇后發現蛇盤的形狀非常漂亮，便命人將自己的頭髮梳成綠蛇所盤的形狀。時間一久，甄皇后所梳理的頭髮精緻巧妙勝過天然，而且每天的髮型都不相同。

曹丕見了，覺得她總是很漂亮，於是備加寵愛。

　　但是，再高明的梳妝也不能阻止時間的消逝，更無法改變甄皇后的失寵。可見，十全十美只是人們追求的一種理想狀態，它不一定能夠實現，也不一定能保持長久。

內：攻之以內

| 甲骨文 | 內 | 小篆 | 內 | 楷書 | 內 |

　　「內」是一個會意字。學者林義光指出，甲骨文的「內」字，像進入屋中之形。漢朝文字學家許慎認為：「內」字從口，本義為自外而入。清朝學者桂馥則主張：自外而進入為內，所入之處也為內。現在，「內」多為名詞，指所入之處，而動詞「進入」之義，則在「內」的左邊加「糸」旁，另造「納」字表示。

　　在雙方競爭的關係中，人們通常把一方進入另一方的勢力範圍看作是進入者的勝利。事實上，自對方內部攻擊，付出的代價更小，而威力卻更大。

　　戰國時，齊、趙兩國發生戰爭。齊軍大敗，拋棄屍體三萬具、戰車兩千輛。趙國將軍孔青打算將敵軍的屍體掩埋，謀士寧越對他說：「這樣做太可惜了，不如把屍體歸還齊國，從而在內部給齊國一次無形的攻擊。我聽說過，古代善於作

戰的人，該堅守就堅守，該後退就後退。我軍後退三十里，給敵軍以收屍的機會。這樣，敵軍的戰車鎧甲在戰爭中消耗盡了，府庫裡的錢財也在安葬戰死者時用光了，就相當於又一次打擊。」孔青問：「齊人如果不來收屍，那該怎麼辦？」

寧越說：「作戰不能取勝，這是他們的第一條罪狀；率領士兵出擊，卻不能使他們回去，這是他們的第二條罪狀；給他們收屍的機會，卻不來收取，這是他們的第三條罪狀。假如他們不收屍體，齊國的百姓會因為這三條罪狀而怨恨當權者，這樣，齊國君主以後就沒有辦法再役使本國百姓了。」

古人用兵，講究武攻與文攻，武攻就是憑軍事力量取勝，文攻就是憑智謀和輿論取勝。寧越的策略，正是武攻勝利之後，再配以文攻，這樣的內外雙重進攻，什麼樣的敵人不能被征服呢？

門：掛席為門

甲骨文	𠭯	小篆	門	繁體	門	楷書	門

「門」是一個象形字。甲骨文中的「門」字非常直觀，正是兩扇門的形象。殷商時「門」的寫法並不固定，有的「門」字只有門扇，有的則同時帶有門楣。小篆、楷書字中的「門」，均不見門楣。「門」的本義為房屋或特定區域可以開關的出

入口，後來又引申為形狀或者功能像門的事物，如爐門、電門等等。

　　民以食為天，以居為安，居住自然少不了門。上古時，原始人住山洞，他們在洞口擋些石塊、樹幹之類的東西作為屏障，這就是最原始的門。隨著社會的發展和生產力的提高，門的製作水平也越來越高。它不僅是進出建築物的通道，同時也成了主人社會地位的象徵。地處窮鄉僻壤的老百姓，扎柴為門，僅僅表示這裡有一戶人家罷了。相反，富貴人家不僅有深宅大院，更有修造講究的門樓，既高大厚重，又精雕細刻，使人還未進門便自覺矮了一頭，平添三分畏懼。然而，世事變幻難料，門庭不可憑恃。

　　歷史上，有無數豪門貴冑，或因貪贓枉法，或因為富不仁，或因吃喝嫖賭，最後落得門庭冷落，身敗名裂；同時，也有無數有識之士，從柴門中走出來，名揚天下，譽滿中華。相傳，陳平未發跡時，家境貧寒，掛著破蓆子當門。但是，他喜歡讀書，胸有大志，後來竟成了西漢丞相。可見，門僅僅是分隔空間的標誌，把它視為身份象徵的人，是缺乏遠見和大智慧的。

裡：里仁為美

金文	里	小篆	裏	楷書	里

　　「裡」與「裏」本來是兩個字：「裡」字自金文以來，字形就沒有什麼變化，從田，從土，本義是「人居住的地方」；「裏」字在金文和小篆中，都是會意兼形聲字，從衣，裡聲，本義為「衣服的內層」。

　　「裡」的本義指「居住的地方」，而古人對於居住地的選擇向來是很講究的。孔子說，「里仁為美」，意思是住在有仁者的地方才好。如果一個人選擇了住處，附近卻沒有道德高尚的人，怎麼能說這個地方選得好呢？

　　相傳孟子小時候，與母親相依為命。起初，孟子家住在墓地旁邊，孟子常和鄰居家的小孩一起學著大人跪拜、號哭的樣子，玩辦喪事的遊戲。孟子的母親看到了，就皺起眉頭，認為不能讓自己的孩子住在這裡。於是，孟母就帶著孟子搬到市集旁邊去住。到了那裡，孟子又和鄰居的小孩學起商人做生意的樣子，一會兒招待客人，一會兒和客人討價還價，表演得像極了。孟母知道後，又皺起了眉頭，認為這個地方也不適合居住。於是，他們又搬家了，這次搬到了學堂附近。從此，孟子每天都能看到道德高尚、學識淵博的先生，而且時時都能聽到讀書聲。孟子開始變得守秩序、懂禮貌，喜歡讀書。

可見，道德修養既是個人的事，也與人所處的環境有關。與具有仁德品格的人住在一起，就會受到積極的正面的影響；反之，就不大可能培養出良好的品格。因此，重視對居住環境的選擇，是很重要的傳統智慧。

邑：有土有人

甲骨文	金文	小篆	楷書

「邑」是一個會意字。甲骨文、金文、小篆中的「邑」字，形體稍異，但結構相同，都是由上下兩部分組成的，上半部分是一個方框，表示古時城邑周圍的防護牆或壕溝，下半部分是一個跪坐的人。兩形會意，表示「邑」是供人聚居且有圍牆或壕溝的地方。現代人常把城邑作為一個地理概念，但古人造字時，卻特別強調了人的因素，認為有土有人方可稱為邑。古時智者對人的重視，遠超出今人的想像。

春秋時，百里奚從亡國虞國逃出來，被人捉為俘虜，以五張羊皮的價格轉賣。公孫枝得到百里奚以後，很欣賞他，就把他推薦給秦穆公。過了幾天，公孫枝請秦穆公委任官職給百里奚。秦穆公說：「用五張羊皮買來的奴隸，卻要委任他官職，恐怕會遭到天下人的恥笑吧！」公孫枝回答說：「信任賢人並且重用他，這可以看出您作為君主的英明；讓位給

賢人而甘心居於下位，這可以看出我作為臣子的忠誠。君
主英明，臣子忠誠，哪裡可笑？如果百里奚真的賢明有德，
國內哪會有人不服呢？敵國哪個不怕呢？誰還會有閒暇恥笑
啊！」於是，秦穆公就任用了百里奚。百里奚被任用後，謀
劃沒有不妥當的，做事沒有不成功的。正因為任用人才不拘
一格，秦國才日益強大，為此後統一天下奠定了堅實的基礎。
由此可見，城邑是人的城邑，國家也是人的國家，其強大與
否，並不取決於圍牆修得有多高，壕溝挖得有多深，而是取
決於對人的重視，特別是對優秀人才的選拔與任用。

邕：高城深池

金文	小篆	楷書

　　邕是一個會意字。金文中的「邕」是左右結構，左邊是
「邑」，表示有人居住的城邑，右邊像是水流，表示城邑外
面的護城河。小篆改為上下結構，上半部分是「川」，表示
護城河，下半部分是「邑」，表示城邑。漢朝文字學家許慎
認為，「邕」指的是四方有水自繞城者，從川，從邑。可見，
「邕」的本義為四方有水環繞的城邑。
　　高城深池向來是古人防止敵軍進攻的重要人工屏障，但
是，二者顯然不是最可靠的。春秋時，楚莊王想攻取陳國，

就暗中派人前去陳國打探情況。不久，被派去的人回來了，向楚莊王報告說：「千萬不要進攻陳國。」楚莊王問：「為什麼呢？」這個人回答說：「陳國的城牆非常高，護城河很深，糧食財物積聚很多。」楚莊王聽了，沉思片刻，還沒有來得及說話，旁邊的大臣寧國說：「照這樣看來，陳國是可以進攻的。」楚莊王不解，問道：「高城深池，不利於進攻，你為什麼說可以進攻呢？」寧國說：「陳國本是一個小國，但糧食財物卻積聚很多，這說明陳國的賦稅繁重，而賦稅繁重，人民必定會怨恨君主。城牆很高，護城河很深，那麼民力一定已經凋敝了。百姓怨恨君主，國內民力凋敝，這樣的國家還不容易攻取嗎？」

　　楚莊王聽完，說：「好！你說得很有道理。」於是，楚國發兵進攻陳國，很快就把這個國家攻陷了。可見，百姓的支持是長治久安的基礎，破壞了這個基礎，牆修得再高、池挖得再深，也是無濟於事的。

都：如有神助

金文	小篆	楷書
𭏥	𮯿	都

　　上古三代之時，古人建國並營造都城，一定會立正壇作為宗廟，也一定會選擇大樹建立叢社。金文中的「都」字，

就反映了這種情況：它的左上部分是指事符號「木」，表示社木；左下部分像是一張口，表示社木是有靈性的，可以與人進行對話，當然，這要通過巫師才可以；它的右邊是「邑」字，表示這裡有人居住。到了小篆裡，左邊的字形演變為「者」，於是就寫作「都」。「都」的本義是「有先君宗廟的城邑」，現在多用「都」指大城市。

很多人或許認為，都邑中的宗廟不過是紀念死者的地方，不會給人帶來實際的幫助，事實上並非如此。戰國時，楚國人攻打孟嘗君所在的薛地。淳於髡為齊國出使楚國，返回時路過薛地。孟嘗君熱情招待了淳於髡，請他幫助解決薛地的危機。淳於髡回到齊國後，齊王問他：「你到楚國見到了什麼？」淳於髡回答說：「楚國很貪婪，薛又自不量力。」齊王問：「這是什麼意思？」淳於髡說：「薛給先王立了宗廟，楚國貪婪而攻打薛，薛的宗廟必定危險。所以，我說薛自不量力，楚國太貪婪。」齊王一聽，臉色都變了，說：「啊呀，先王的宗廟還在那裡呢！」於是，連忙發兵救薛。

原來，齊王與孟嘗君同宗，薛地的先君宗廟裡，供奉著齊王的先祖。儘管沒有事實可以證明鬼神存在，但如果有很多人相信鬼神存在，那麼原本沒有靈性的宗廟也就有了靈性。這就是說，所謂的神力其實是人力，由於對神的信仰可以凝聚眾人的力量，所以稱這種力量為神力也未嘗不可。由此可見，對宗教信仰的尊重與利用，也是一種智慧。

囿：先入為主

甲骨文		金文		小篆		楷書	囿

　　囿指的是古代培植奇花異草、畜養禽獸的園林，一般都有封閉的圍牆。甲骨文裡的「囿」，外面是一個大方框，裡面被分隔成若干小空間，分別有草、木形狀的符號。金文中，大方框裡面出現了「月」字，「月」是古文「肉」，表示在園林裡畜養動物。由於園囿的四周設有圍牆，所以「囿」又被引申為局限、拘泥。

　　圍牆是人為設置的障礙，如果設在園林，它可以阻止畜養的動物外逃；倘若設在心裡，它無疑會影響人的正常交往。

　　戰國時，東方墨家學派的謝子去見秦惠王。秦惠王未見謝子之前，叫來秦國墨家學派的唐姑果，詢問有關謝子的情況。唐姑果擔心秦惠王寵信謝子而冷落了自己，就回答說：「謝子是東方一個能言善辯的人，他為人陰險狡詐，這次來秦國極力遊說，是想要取得秦國少主的歡心。」秦惠王聽了很不高興，心懷怨怒等待謝子的到來。不久，謝子來了，向秦惠王提出治國的建議，但是秦惠王對他已經反感了，根本聽不進去。謝子見秦惠王無意聽取自己的意見，只好告辭離開秦國。

　　事實上，人們但凡聽取別人的議論，都是希望獲得好的意見。對於秦惠王來說，假如謝子的言論確實有價值，那麼

即使他意在取得少主的歡心，又有什麼害處呢？假如謝子的言論根本沒有價值，那麼即使他取得了少主的歡心，又有什麼用處呢？秦惠王先入為主，忘記了聽取別人意見的初衷。可見，在與他人交往的過程中，推倒心中預設的圍牆，摒棄先入為主的成見是非常重要的。

中：允執厥中

甲骨文	🕱	金文	🕱	小篆	中	楷書	中

　　在甲骨文和金文裡，「中」字像是系有多條飄帶的旗幟，在代表旗桿的一豎中間畫有一個方框，其含義是表明此旗幟在四方的中央。上古時代，人們在居住地的中央插有大旗，可能含有某種原始宗教含義，同時也有助於在外的氏族成員找到回家的方向。可見，「中」的本義為「中央大旗」，後來引申為事物的中心。

　　在北京故宮的中和殿，有一塊乾隆御筆橫匾，上書「允執厥中」幾個字，意指言行要符合不偏不倚的中正之道，這是對當政者的警示，最早出於先秦古書，據說是舜帝告誡大禹的話，強調人心是危險難測的，道心是幽微難明的，只有自己一心一意，精誠懇切地秉行中正之道，才能治理好國家。

　　傳說，堯舜時期是中華民族歷史上的黃金時代，當政者

以身作則，文明治世，教化萬民，造就了夜不閉戶、路不拾遺的太平盛世。當然，這多是後世儒者的溢美之詞，並不足以為信，但是，「允執厥中」卻是古人留給我們的治世警言。所謂「允執」，就是平心靜氣、靜觀執守、不離自性；所謂「厥中」，就是其中，即不上不下，不左不右，不遷不移，不即不離。允執厥中被認為是古代明君明心心法的核心，這既是君主治國的方針，也是個人修身的寶典。

國：以國為家

| 甲骨文 | 或 | 小篆 | 國 | 繁體 | 國 | 楷書 | 國 |

　　在甲骨文中，「國」字最初寫作「或」，「或」字裡面有口，表示城池，有戈表示武器，合起來意指以兵戈保衛城池。後來，隨著古代國家的壯大，在「或」字的外面加上一個大方框，表示國家的疆域，依然強調武力保衛國家，這就是楷書「國」字的本義。現在「國」武裝保衛領土的意思被淡化了，但是愛國的意義卻得到了加強，因為玉是珍寶，以玉為國，是希望人們像愛玉一樣珍愛自己的國家。

　　春秋時，鄭國有個商人叫弦高，為做生意經常來往於各國之間。有一次，他經商途中遇到秦國的軍隊，當得知對方是要去偷襲鄭國時，他一面急速派人回國報信，一面偽裝成

鄭國國君的特使，用十二頭牛犒賞秦軍。秦軍以為鄭國已經知道偷襲之事，於是只好班師返回。弦高犧牲了個人的利益，卻保全了鄭國。顯而易見，倘若鄭國被秦軍攻破，即使弦高有更多的牛，也將無家可歸。這就是說，國家破碎了，所有人都會遭受滅頂之災。

正如南宋愛國詩人文天祥在詩中寫的那樣：「辛苦遭逢起一經，干戈寥落四周星。山河破碎風飄絮，身世浮沉雨打萍。惶恐灘頭說惶恐，零丁洋裡歎零丁。人生自古誰無死，留取丹心照汗青。」在國家危亡的時刻，與其逃難而死，不如奮起抗爭，為保衛國家獻出自己的生命。古人稱「國」為「國家」或「家國」，就是強調國是所有人的家，既是居住的家園，也是精神的家園。

封：封疆之界

甲骨文		金文		小篆		楷書	
	🜚		🜚		🜚		封

在甲骨文和金文中，「封」是象形字，像是在土堆上栽著一棵樹，同時，在樹形符號旁加一隻手，又構成一個會意字。上古時，人們常以堆土植樹作為劃分封疆的界線，所以「封」的本義指疆界。到了小篆中，「手」形演變為「寸」，楷化後寫作「封」。漢朝文字學家許慎認為，封，指依爵分

給諸侯的土地，從之，從土，從寸。按當時的制度，爵位為公侯者賜土百里，為伯者賜土七十里，為子男者賜土五十里。

　　土地可以用封疆之界來限定，但生活在土地上的人，卻不是疆界可以限定的，孟子說的「域民不以封疆之界」即是此意。相傳，有一次，周文王派人掘池，挖出了死人的遺骸。小吏向周文王匯報了此事，周文王說：「另找地方埋葬了吧！」小吏說：「這具遺體沒有主人認領啊。」周文王說：「擁有天下的，就是天下的主人；擁有一個國家的，就是一個國家的主人。現在，我不就是這具遺體的主人嗎？」於是，小吏給這具遺體穿上衣服，放入棺材，另行安葬了。天下四方的百姓聽說這件事之後，都說：「文王真賢明，他的恩惠施及死人的屍骨，更何況對活人呢？」

　　有的人得到了珍寶，卻使自己的國家陷於危難；周文王只是得到了一具朽骨，卻用它來展示自己的仁德，贏得了民心。贏得民心的人，其前途不是封疆可以限定的；失掉民心的人，封疆之界也無法保護他的疆土。可見，對於一個集體而言，領導者的德行比集體所在的地盤更為重要。

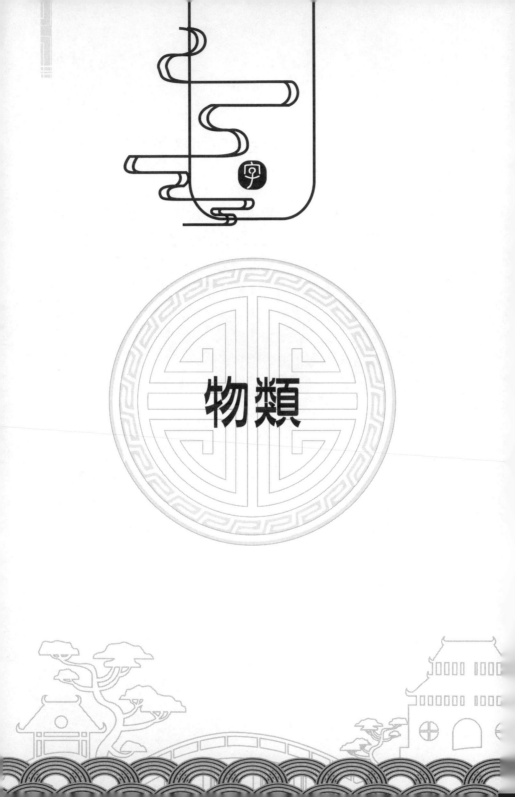

物類

龍：龍德在田

| 甲骨文 | [龍甲骨文] | 小篆 | [龍小篆] | 繁體 | 龍 | 楷書 | 龍 |

　　漢朝許慎認為，龍為鱗蟲之長，能幽能明，能細能巨，能短能長，春分而登天，秋分而潛淵。從肉，飛之形，童省聲。其實，「龍」最初並非形聲字，而是象形字，因為早在甲骨文中，「龍」字就已經較為常見了。典型的甲骨文「龍」字，像一條身體彎曲的蟒蛇，口大張。龍像蛇但卻不是蛇，一般認為，牠是若干種動物的復合體。

　　中國龍，源於先民的原始宗教意識，在漫長的歷史進程中，它成為中華民族最高貴的圖騰。因此，龍自古以來就受到人們的尊重和喜愛。據說，古時候有個叫葉子高的人，非常喜歡龍。他衣服上繡著龍，帶鉤刻著龍，酒壺、酒杯上畫著龍，房簷、屋棟上雕著龍。他這樣愛龍成癖，天上的真龍知道後，便來到了葉公家裡，龍頭搭在窗台上探望，龍尾伸進了大廳。葉公一看真龍，臉色驟變，嚇得轉身就跑，好像掉了魂似的。

　　顯然，這只是一則寓言，因為人們雖然相信天上有龍，但是誰也沒有看過。葉公當然不能算是真正喜歡龍的人，因為他不僅見了真龍害怕，更不知道為什麼人們喜歡龍。古時有「龍德在田」的說法，強調龍的偉大之處是施惠於大眾，且無處不在。所以，如果真正喜歡龍，就應當仿效龍德，造

福民眾；如果只愛龍形而不崇龍德，那麼就與好龍的葉公沒有什麼區別了。

鳳：鳳毛雞膽

| 甲骨文 |
 | 小篆 |
 | 繁體 | 鳳 | 楷書 | 鳳 |

世界上未必真有鳳凰這種鳥，但中國古人卻創造了「鳳」這個字。從甲骨文來看，三千多年前的「鳳」字寫法不太固定，筆畫或多一些或少一些，鳥頭的朝向也不固定，或左或右，但是，所有的異體都像是有羽毛、有翅膀、能飛能叫的鳥。

在中國古代神話中，鳳凰是百鳥之王，雄的叫鳳，雌的叫凰。根據漢朝人的描繪，鳳是神鳥，身上的羽毛五彩繽紛；它生在東方君子之國，翔翔於五湖四海，能夠飛越崑崙山；每當它飛起來的時候，總會有很多鳥跟隨，所以有百鳥朝鳳之說。

在喧囂浮華的社會中，很多人都想攀龍附鳳。但是，鳳鳥之美，並不在於羽毛，而在於德高。如果外表英武而實際怯弱，就是徒有一身鳳毛，只能稱為鳳毛雞膽。

東漢末年的袁紹，本是群雄之一。他出身於名門望族，自曾祖父起，四代有五人位居三公，自己也居三公之位，其弟袁術則稱仲家皇帝，袁氏一族可謂「四世三公一帝王」。

袁紹年少時即聞名於世，文武雙全，英氣勃勃。但是，他外表寬容，內心猜忌，喜好謀略卻不能決斷，擁有人才卻不能使用，聽到好的計策卻不能採納，正如曹操所言：「袁紹色厲膽薄，好謀無斷；幹大事而惜身，見小利而忘命。」即使得到人才又能怎麼樣呢？門下的謀士們互相嫉妒、互相爭鬥，不能齊心協力輔佐袁紹。

所以後來，袁紹憑著絕對優勢與曹操戰於官渡，卻以大敗告終，兩年後慚憤病死，他的兒子們也都戰敗而死，所據之地被曹操吞併。因此，古人評價袁紹，說他「羊質虎皮功不就，鳳毛雞膽事難成」。可見，英雄不能徒有威武的外表，具有王者的美德與平定天下的本領才是最重要的。

龜：以退為進

| 甲骨文 | 🐢 | 小篆 | 龜 | 繁體 | 龜 | 楷書 | 龜 |

它的古今意義相同，都是指烏龜。甲骨文中的「龜」字，象形特徵明顯，既有俯視圖，也有側視圖，一看便知是烏龜。在中國古代神話中，龜與龍、麟、鳳合稱四靈，常被用來比喻品德高尚的人。但是，由於烏龜遇到危險時，會把頭、尾、四肢縮入甲殼內，所以人們把膽小怕事的人稱為縮頭烏龜。

縮頭烏龜的稱謂當然不好聽，但這未嘗不是自我保護的

好辦法。也許，正是善於自我保護，烏龜才有驚人的壽命。事物的發展總是週期性的，聰明的人順應這種週期，才能以最小的消耗取得最大的成果。當環境不利的時候，智者善於停滯、退避、休息。

　　據史載，晉國公子重耳流亡在外時，曾經受惠於楚成王，當時答應如果兩國交戰，會退讓楚國九十里。重耳回國後，當上了國君，也就是晉文公。後來，因爭霸中原，晉楚兩軍在城濮這個地方相遇了，晉文公為了兌現自己的諾言，就命令晉國軍隊後退九十里。晉軍中有些將領想不通，大夫狐偃解釋說：「如果我們違背了諾言，就理虧了；要是我們後退，而他們還不肯罷休，就是他們理虧，我們再與他們交戰也不遲。」果然，晉軍因後退九十里而取得主動，最終打敗了強大的楚國。可見，像烏龜那樣適當退讓，可以化被動為主動，未嘗不是一種大智慧。

虎：三人成虎

甲骨文	𧇂	金文	𤢎	小篆	𧇽	楷書	虎

　　三千多年前，殷商人在甲骨和青銅器上刻寫的「虎」字，有很多種寫法。這些「虎」字形態各異，但都是尖牙利爪、首尾俱全的猛虎圖像。經過長期的演變，現代的「虎」字簡

省了很多，字體變得勻稱美觀，但也不如原始的「虎」字形象了。在古代，虎是常見的危險動物，所以人們常用虎來比喻殘暴、凶險，比如攔路虎、虎口拔牙、虎口餘生等。

虎是極其兇猛的食肉動物，通常是不會出現在街市上的。假如有人說街上有老虎，很明顯是在造謠、欺騙；但假如很多人都這樣說或者這樣認為，那麼在事實得到驗證之前，很多人都會相信是真的。

戰國時，魏國大臣龐蔥將要陪魏太子到趙國去做人質，臨行前對魏王說：「現在有人來說街市上出現了老虎，大王可相信嗎？」魏王道：「我不相信。」龐蔥說：「如果有第二個人說街市上出現了老虎，大王可相信嗎？」魏王道：「我有些將信將疑了。」龐蔥又說：「如果有第三個人說街市上出現了老虎，大王相信嗎？」魏王道：「我當然會相信。」龐蔥就說：「街市上不會有老虎，這是很明顯的事，可是經過三個人一說，好像就真的有老虎了。現在趙都邯鄲離魏都大梁，比這裡的街市遠了許多，議論我的人又不止三個。希望大王明察才好。」魏王道：「我明白你的意思了。」這則故事很簡單，卻清楚地說明謠言是很容易掩蓋真相的。可見，判斷真偽必須經過細心考察，不能道聽塗說，否則三人成虎，有時會誤把謠言當成事實。

猴：沐猴而冠

小篆	猴	楷書	猴

　　小篆中的「猴」字，左半部分是反犬旁，表示猴子與狗相似；右半部分是「侯」，本來是周代射禮中的箭靶子，後來引申為周天子封在遠方的諸侯，這裡大約表示猴子也是人的遠親吧。從「猴」的字形來看，古人認為猴子是介於狗與人之間的一種動物。

　　猴子很像人，穿上人的衣服，戴上人的帽子，就更像人了，但牠畢竟不是人。同理，有些人竊據高位，看上去耀武揚威，實際上徒有其表。

　　秦朝末年，劉邦、項羽等人起兵反秦，約定誰先進入咸陽，誰就在關中稱王。項羽緊隨劉邦之後殺進秦都咸陽，他帶領人馬衝入城內，大肆屠殺，放火焚燒秦宮，還搜括了許多金銀財物，擄掠了一批年輕婦女，準備回到江東去。當時有人勸項羽留在咸陽建都，項羽看看秦宮都已燒燬，殘破不堪，同時又懷念故鄉，一心想回江東，便說：「人富貴了，就應當回歸故鄉。富貴不歸故鄉，好比錦衣夜行，誰看得見？」

　　勸說者本來認為項羽是一位英雄，聽了這話，覺得他實在目光短淺，於是在背後對人說：「人家說楚國人（指項羽）不過是沐猴而冠罷了，果然不錯！」誠如此人所料，項羽最

終被劉邦打敗了。可見，評價一個人，不能只根據外表，更重要的是根據他的見識與修養。

兔：狡兔三窟

「兔」是一個象形字。古人創造「兔」字時，抓住了兔子的主要特徵：在甲骨文中，「兔」字像一個大眼睛、長耳朵、短尾巴的小動物，這正是兔子形象的鮮明寫照；小篆中的「兔」字，形象變化較大，但仍舊可見它的長耳朵和短尾巴。

古語有「靜若處子，動若脫兔」的說法，意思是不動時要像淑女那樣穩重端莊，一旦動起來就像逃脫的兔子那樣敏捷。除了善於逃跑，古時還有「狡兔三窟」的說法，意思是狡猾的兔子準備了多個藏身地點。當環境不利，無法前行時，當事人可能會感到不安、害怕甚至羞愧。但是，聰明的人應當清醒地知道，退卻和前進一樣，都是生活中不可缺少的部分。

退卻可以保存有限的能量，讓人有機會去體味生活的另一面，讓生命的力量得以積蓄，以便在將來可以有更大的發展。如果不知道急流勇退，對事業的發展是百害而無一利的。當退不退，或者退避了卻拖泥帶水而不能當機立斷，則一定

會付出巨大的代價，輕者身敗名裂，重者丟掉性命。當逃遁走向極致時，會遠離世俗的羈絆，沒有任何牽掛。因此，真正的智者就像兔子一樣，平時就給自己多準備一些退路，遇到危險之時就可以敏捷地退避，沒有任何遲疑。

馬：以毛相馬

甲骨文		金文		小篆		繁體		楷書	
	馬		馬		馬		馬		馬

　　馬是上古先民成功馴養的六畜之一。在甲骨文和金文中，它像身姿直立的一匹駿馬，臉長眼大，鬃毛豎立，尾巴後甩。楷書中，「馬」上半部分是由原來的馬眼抽象而來，下半部分突出了四條腿，形象地表現出馬善於奔跑的特徵。

　　古人對「馬」字的創造及解釋，抓住了馬的本質，而不僅是外形特徵。同理，判定馬的優劣，也不能只看馬的毛色等表面現象。

　　相傳，春秋時的伯樂是個非常善於相馬的人。一天，秦穆公對他說：「你的年紀大了，能否為我舉薦一個相馬的人？」伯樂說：「良馬，可以從牠的形體、狀貌和筋骨上看出來。千里馬，若隱若現，若有若無。這樣的馬奔馳起來，跑得既快，還不揚起塵土，看不見足跡。有個和我一起打柴草的朋友叫九方皋，這個人對於馬的識別能力不在我之下，請他為您相

馬吧。」

　　於是，秦穆公派九方皋去尋千里馬。三個月後，九方皋報告說找到一匹黃色母馬。秦穆公派人取馬回來，發現卻是黑色的公馬。秦穆公很不高興，把伯樂找來對他說：「您所推薦的那個相馬的人，毛色公母都不知道，他怎麼能懂得什麼是好馬呢？」伯樂長歎道：「這正是他勝過我的地方啊！九方皋所觀察的是馬的內在素質，深得它的精妙，而忘記了牠的粗糙之處；明悉牠的內部，而忘記了牠的外表。九方皋只看見他需要看見的，看不見他不需要看見的；只視察他需要視察的，而遺漏了他不需要觀察的。像這樣的相馬方法，包含著比相馬本身價值更高的道理啊！」後來經過驗證，秦穆公發現這果然是一匹千里馬。

　　與相馬的道理一樣，人看問題時要有所捨棄，才能有所專注，只有去粗取精，才能把握住事物的本質。如果只看表面，以毛相馬，就永遠也不會找到千里馬。

羊：肉袒牽羊

甲骨文	金文	小篆	楷書

　　「羊」是一個象形字。在甲骨文中，「羊」字像一個被簡化了的羊頭，其蜷曲的角能給人留下深刻印象。金文、小

篆中的「羊」字稍異，但基本保持了甲骨文「羊」字象形的特徵。在不被激怒的情況下，羊性情溫順，不會與人爭食，而且其肉可食，其皮可衣，所以古人從實用的立場出發，把羊視為大吉大利的象徵。後來，為了表意更明確，古人在「羊」字左邊增加了「示」字旁，造了「祥」字以表達吉祥之義。

羊的溫順性格，使牠成為古時戰敗投降時的象徵性動物之一。春秋時，楚國攻打鄭國，鄭國被打敗了。鄭襄公肉袒牽羊，跪在楚莊王面前向楚王謝罪，哭著說：「我沒有很好地服侍貴國，使您發怒，有勞貴軍到敝國來，我知罪了！生死存亡，全由大王裁決。要是大王能念著過去的交情，讓敝國做楚國的附屬，這就是您的大恩大德了。」

所謂肉袒，就是脫掉衣冠，袒露部分身體，表示戰敗投降；而牽羊則表示要犒勞對方的軍隊，當然這只是象徵性的，是一種儀式，同時也暗示對方，自己會像綿羊一樣順從。楚莊王見狀，就答應了鄭襄公的請求，同他訂了和約，帶著大軍回去了。從此，肉袒牽羊就成了古代戰敗投降的一種儀式。不要簡單地以為肉袒牽羊是軟弱無能的表現，當雙方的實力相差懸殊，且正面對抗根本不可能取勝時，投降是明智的選擇。像綿羊一樣柔順，使自己免遭滅頂之災，未嘗不是一種智慧。

犬：兔死狗烹

| 甲骨文 | 𤘌 | 金文 | 𤘌 | 小篆 | 𤜘 | 楷書 | 犬 |

　　「犬」是一個比較典型的象形字，相傳孔子當初見到這個字時就說，「『犬』字看起來很像狗。」四足動物有很多，為什麼一看「犬」字就知道是狗呢？原來，狗叫時一般都會捲起尾巴，這是牠與其他動物不同的地方。古人造字時就抓住了這個特點並且加以突出，所以人們很容易看出「犬」字指的是狗。

　　狗是人類最早馴化的動物之一，也是與人類感情最親密的動物夥伴。因此，歷史上關於狗的故事很多，同時，許多人也喜歡以狗為喻說明某種道理。

　　據說春秋後期，吳、越爭霸，吳王夫差兵敗出逃，暗中寫信勸越國大臣范蠡說：「兔子捉光了，獵狗就會被殺死煮肉吃；敵國滅掉了，謀臣就會被剷除。您為什麼不讓吳國保存下來，替自己留點餘地呢？」范蠡還是拒絕議和，夫差只好拔劍自刎。越王勾踐滅了吳國，在吳宮宴請群臣時，發現范蠡不知去向，第二天在太湖邊找到了范蠡的外衣，大家都以為范蠡投湖而死。

　　不久，有人給越國另一位功臣文種送來一封信，寫著：「飛鳥盡，良弓藏；狡兔死，走狗烹。越王為人長頸鳥喙，可與其共患難，不可與其共富貴。你為什麼不盡早離去呢？」

這封信是范蠡派人給文種送來的，意在提醒他及早歸隱。原來，范蠡並沒有死去，而是隱居起來了。文種不信越王會害自己，沒有聽范蠡的勸告，結果不久真的被越王賜死了。文種的下場，正應驗了「狡兔死，走狗烹」這句話。

　　狗對人忠心耿耿，可是當狗沒有用了的時候，主人完全有可能拋棄甚至殺死牠。同樣，身為人也應懂得這個道理：功成身退是很明智的做法，可以避免兔死狗烹的命運。

鼠：倉鼠之歎

甲骨文	 	小篆	 	楷書	鼠

　　鼠是常見的小動物，牠的特點是身體小，尾巴長，門齒特別發達。甲骨文中的「鼠」是個象形字，像一隻張著嘴的小老鼠。秦朝的小篆中，「鼠」字趨向線條化，頭近於方，鼠腳、鼠尾還略有象形意味。到了楷書中，「鼠」字的象形特徵已經很不明顯了。與鼠相關的詞語多為貶義，如鼠輩、鼠竄、鼠目寸光等。

　　儘管老鼠通常是人們排斥的對象，但秦朝政治家李斯，卻從老鼠的生活中發現了智慧。據說，少年時的李斯家境貧寒，但他聰慧過人，好學不倦。成年後，李斯因辦事幹練，被人舉薦為看管糧倉的小吏。

　　有一次，他看到吏舍廁所中的老鼠，吃的是骯髒的糞便，又經常受到人和狗的侵擾。而在他平日看管的糧倉裡，老鼠吃的是堆積如山的谷粟，住的是寬大的房屋，平時也沒有人來打擾。看到這些情況，李斯心中頓然醒悟，感嘆道：「一個人有沒有大出息，完全在於他能不能給自己找到一個優越的環境。譬如老鼠，在廁所裡吃屎的，總是驚恐不安；而在大倉裡吃糧食的，卻安逸自在。」

　　顯而易見，在戰國人人爭名逐利的情況下，李斯也不甘寂寞，想幹出一番事業來。為了達到飛黃騰達的目的，李斯辭去了小吏的職務，到齊國求學，拜荀子為師，學習帝王之術。學成之後，經過對各國情況的分析和比較，李斯決定到秦國去。後來，他成了秦國的丞相，輔佐秦王打敗六國，統一中原，在中國歷史上產生了深遠的影響。如果李斯當時沒有從老鼠身上得到啟發，沒有積極地去爭取人生的轉變，而是繼續當一個管倉庫的小吏，那麼他即使再有才華，最多也只能名聞鄉里。可見，李斯的老鼠哲學和人生經歷，都說明環境選擇對人的成功具有重大意義。

蟲：蠱惑人心

甲骨文	金文	小篆	繁體	楷書
<div>🐛</div>	<div>𠃌</div>	蟲	蟲	蟲

　　在甲骨文和金文中，「蟲」字有一個三角形的頭和長而蜷曲的身軀，恰像是一條毒蛇。楷書中的「蟲」字，是由三個「蟲」疊加組成的。大約是蟲子喜歡成堆聚集，所以古人才把「蟲」字寫成這個樣子。人們通常所稱的昆蟲是對各種各樣蟲的總稱，一般認為，蟲泛指蛆蟲一類的軟體動物。

　　明朝有位大醫學家叫李時珍，他曾提到一種叫作蠱的毒蟲。據說，抓來許多種蟲子，放到一個大甕裡面，不給牠們任何吃的東西，那麼在飢餓的狀態下，牠們就會相互殘殺並吃掉對方。過一年以後再打開蓋子來看，可能只剩下一條毒性最厲害的蟲子了，這條蟲子就被稱為蠱。蠱是一種用來下毒害人的東西，而讓人不知不覺迷惑、中毒的行為，被稱為蠱惑。

　　蠱惑人心的言論，與蠱毒一樣可怕。相傳戰國時，有一次，宋康王對他的大臣唐鞅說：「我殺過很多人，可是大臣們卻不怕我。這是為什麼呢？」唐鞅說：「大王，您所殺的都是不善良的人。殺不善良的人，善良的人當然不怕您了。如果您想讓群臣怕您，不如以後殺人時不管他善與不善，想殺就殺，這樣群臣就會怕您了。」顯然，唐鞅之言不但荒唐，而且危害國家，其惡劣程度堪比蠱毒。不久，宋康王發現唐

鞅不是正直的臣子，就把他也殺了。

可見，與蠱毒一樣，謠言或讒言也是危害深遠的，必須及時遏止。要認清事實真相，不受謠言或讒言的蠱惑，需要當事人具有清醒的頭腦。

雞：雄雞報曉

甲骨文		小篆		繁體		楷書	

雞是古人最早馴養的動物之一。在甲骨文中，「雞」的寫法有很多種，大多像一隻頭、冠、嘴、眼、身、翅、尾俱全的禽類。由於雞與鳥的形象相近，有時不得不依據具體的語境才能判定。不過，其中的一種寫法卻不會產生歧義，因為這種寫法像是一隻用繩子繫住並用手牽著的鳥，這反映了殷商先民以繩馴服雞的情形。後來，古人在象形的「雞」字基礎上，加上了表示讀音的「奚」字旁，寫作「雞」或「鷄」，構成了形聲字。

雞本有雌雄之分，但古文中的「雞」字，刻畫的都是報曉的公雞，從來沒有會下蛋的母雞形象。原來，古人看重的是雄雞報曉，而不是母雞下蛋。古人認為，雄雞具有通天的靈性，因為牠知道太陽何時升起，這是聰明的人也無法知曉的。

有這樣一個神話：中國東南方有一座山，山上有一棵大桃樹，盤曲三千里，上面有一隻天雞。每天旭日初升時，陽光照到這棵大桃樹上，天雞就會抖翅打鳴，聲音雄渾高亢。於是，天下雄雞都隨牠叫起來。

在漢代，雄雞特別受到尊重，甚至被認為具有五德：頭頂紅冠，是文德；腳爪有力，是武德；見敵能鬥，是勇德；找到食物能召喚同類共享，是仁德；按時報曉，是信德。從古人對雄雞的讚譽不難看出，中國自古就有重德、輕利的文化傳統。因此，「雞」字帶給人的啟示是：要像雄雞那樣，注重五德修養，即文、武、勇、仁、信。

鳥：鴻鵠之志

甲骨文		金文		小篆		繁體	鳥	楷書	鳥

「鳥」屬於象形字。甲骨文和金文中的「鳥」字，有首、尾、足、羽，像是寫意的中國畫。到了小篆中，「鳥」字變化很大，但依然保留了早期象形字的某些特徵。楷書的筆畫方正，這使「鳥」字的象形意味失去了很多。字體由繁而簡，書寫的確便利了，但「鳥」字離鳥的形象也越來越遠了。

人是一種高級智慧動物，但在上古時的活動空間卻遠不及鳥類。古時候的人不會飛，但這並不妨礙他們展開想像的

翅膀，借鳥的形象表達個人的志向。

　　秦朝末年，陽城有一個叫陳勝的人，年輕時曾經跟別人一起受雇給富人家種地。當時，秦王朝肆無忌憚地徵調勞役，不斷加重對百姓的壓迫和剝削，陳勝對這種社會現實憤恨不平，有志於擺脫壓迫和剝削，改變自己的社會地位。有一天，他放下農活到田埂上休息，對他的同伴們說：「假如將來我們中間有誰富貴了，可不能相互忘記啊。」同伴們都譏笑他，說：「受雇給人家種地，怎麼能富貴呢？」陳勝長長地嘆了一口氣，說道：「燕雀哪裡會懂得鴻鵠的凌雲壯志呢！」

　　後來，也就是秦二世元年（公元前年），陳勝與吳廣發動農民起義，並建立了政權。這個政權雖然持續時間不長，但群起響應的義軍最終推翻了秦朝的嚴酷統治。燕雀、鴻鵠都是鳥類，但志向決定了彼此的高度，留戀於枝頭的燕雀，永遠也不知道鴻鵠搏擊長空的快樂。

烏：慈烏反哺

金文		小篆		繁體	烏	楷書	烏

　　在金文、小篆和楷書中，「烏」字的構形相似，均像一隻鳥，只是它頭部缺少表示眼睛的一點。「烏」的本義指烏鴉，而烏鴉的羽毛顏色是黑的，眼睛也是黑色的，人們不易分辨

出它的眼睛，於是就利用這一特徵，創造了「烏」字，把牠與其他鳥區別開來。除了指烏鴉，「烏」字也用來形容黑色的東西，如烏雲、烏衣等等。

烏鴉的顏色漆黑，外表醜陋，因而古人把牠視為不祥之鳥。實際上，烏鴉是典型的孝鳥。據說，如果老烏鴉飛不動了，不能覓食，小烏鴉就會主動出去找食，並銜回來餵老烏鴉。這就是所謂的慈烏反哺，人們常用這個詞來比喻子女報答父母的養育之恩。

中國人自古崇尚孝道。古人認為，治理國家必須先本而後末。所謂本，並非指耕耘種植之事，而是指致力於與人有關的事務。人事之中最重要的，並不是使貧窮的人富裕起來，或使很少的人口增多，而是提倡孝道。國君重視孝道，則名揚天下，百姓歸順，四方讚美；大臣重視孝道，則忠於君主，為官清廉，肯為國家鞠躬盡瘁；百姓重視孝道，則平時可勤於生產，戰時可踴躍參軍，在保衛國家的戰爭中不會輕易打敗仗。

提倡孝道，是三皇五帝時治理天下的根本大計，也是萬世應當仿效的基本原則。既然這樣，以孝順聞名的烏鴉怎麼能是不吉利的鳥呢！

生：養生之道

甲骨文	↓	金文	↓	小篆	↓	楷書	生

　　甲骨文中的「生」是個象形字，下邊的一橫表示地面，上面像是新長出的嫩芽，整個字像一棵新破土的小草。金文中的「生」與甲骨文稍異：下面的一橫演化為土，依然表示地面，上面的嫩芽演化為「屮」，可見，它已經是一個會意字了。

　　漢朝文字學家許慎指出，「生」的本義為進，就像草木生於土上。後來，「生」由草木的生長，又引申為人與動物的出生、生長，並進一步引申為生命、生活，甚至可以指年輕人，如書生、學生等。

　　如果有這樣一種聲音，聽到時感覺非常舒服，但聽完後一定會使人耳聾，那麼人們一定不會去聽；如果有這樣一種顏色，看到時感覺非常美妙，但看完後一定會使人失明，那麼人們一定不會去看；如果有這樣一種食物，吃到時感覺非常可口，但吃完後一定會使人變啞，那麼人們一定不會去吃。正因為如此，懂得養護生命的人，對待聲音、顏色、滋味的態度是：對生命有益的就取用，對生命有害的就拋棄，這就是保全生命的基本原則。

　　但是，世間大多數人，對於聲音、顏色、滋味的態度往往是很糊塗的。他們拚命追求這些東西，一旦擁有，就恣意

放縱自己，盡情享用。在每個人的生命中，可以享用的聲音、顏色、滋味都是有限的，無限縱慾，必然會損害生命。因此，每個人對自己所擁有的寶貴生命，都應當像呵護一棵小草那樣去愛護。對於聲色滋味的追求，不能只貪圖瞬間的感官舒適，而應考慮到它對生命的影響。

小：小點大痴

甲骨文	金文	小篆	楷書
川	小	川	小

在甲骨文和古代青銅器銘文裡，「小」字寫作三點，像塵、沙一類的小物體，表示「微小」之義。後來，「小」字又引申為狹隘、不足、輕視、低微、短暫等。「小」與「少」本來寫法一樣，後世漸漸分化為兩個字。

小與大是相對的，有的人喜歡在小地方明察，卻不懂得大道理，好表現小聰明，實際上卻很愚蠢。相傳，古時候有個人打算修建房屋，但木匠對他說：「現在還不行，木料還是濕的，上面加上泥土，一定會被壓彎的。用濕木料蓋房子，初時雖然很好，但以後必定要倒塌。」他說：「照你這樣說，房子恰恰不會倒。因為，木料越干就越結實，泥土越干就越輕，用越來越結實的東西來承擔越來越輕的東西，肯定不會倒塌的。」他說的似乎很有道理，木匠聽了也無話可說，只

好奉命造屋。房子剛落成時很好，過了不久，果然因木料變形而倒塌了。

戰國時的荀子認為，人如果被小處蒙蔽，執迷於小處而見不到大處，這將是重大的禍患。心思只往小處用，就會對大處視而不見，以致於黑白不分。俗話說「一葉障目，不見泰山」、「只見樹木，不見森林」就是這個意思。因此，看問題應當全面，力求把握問題的實質與關鍵，避免只看到表面現象，糾纏於細枝末節。簡單地說，做事可以從小處著手，但看問題必須從大處著眼，這就是「小」字帶給人們的大智慧。

習：學而時習

甲骨文	彐	小篆	習	繁體	習	楷書	習

「習」是一個會意字。郭沫若指出：此字在甲骨文中從羽從日，表示禽鳥於晴日學飛。到了小篆中，原來的「日」旁演變為「白」，後演化為現在的「習」字。「習」的本義是小鳥反覆學飛，後來引申為學習、複習、習慣等。

「學而時習之」是孔子的主張，意思是學習之後要經常複習，這與小鳥反覆學飛是相似的。隨時隨地學習，不斷地複習、反省，這樣就可以不斷得到提高，從而達到人生的新

境界。

北宋初年，出身小吏的趙普做了宋太祖的宰相。比起一般的文臣來，趙普的學問差得多，所以，太祖皇帝勸他多讀點書。於是，趙普每天回家就一個人躲進書房，認真讀書。宋太祖死後，他的弟弟趙匡義繼位，即宋太宗，趙普仍為宰相。有人對太宗皇帝說，趙普是個粗人，沒有什麼學問，不過是讀過半部《論語》而已，不適合當宰相。宋太宗不以為然地說，「我知道他讀書不多，但不可能只讀過這一本書吧！」

一次，太宗皇帝與趙普閒聊，隨便地問他：「有人說你只讀過《論語》，這是真的嗎？」趙普老老實實地回答：「確實如此。過去，臣以半部《論語》輔助太祖安定天下，現在，臣用半部《論語》，同樣可以輔佐陛下。」趙普病逝後，人們打開他的書箱，看到裡面確實只有這一本書。儘管趙普的起點較低，但半部書反覆讀，同樣可以提高文化修養，找到治國方略。通過反覆學習就可以不斷發現新意，實現自身的昇華，這就是「習」字的智慧。

奮：笨鳥先飛

金文		小篆		繁體		楷書	

「奮」是會意字，中間的「隹」字表示鳥，下面是田地，上面的「大」形原表示鳥展翅用力飛翔之勢。三形會意，表示一隻鳥振翅飛翔在田野上。鳥飛需要用力，所以「奮」字又引申出振作、奮發的意思。

著名的經學家閻若璩，小時候體弱多病，口吃，反應遲鈍，甚至讀書至千百遍也讀不熟。因此，他常遭到別人的嘲笑。但是在母親和老師的鼓勵下，閻若璩憑著勤能補拙的精神，堅持刻苦讀書，付出幾倍於別人的努力。每當同學日暮抱書回家之後，他仍舊在讀書，必背誦如流才肯停下來。水滴石穿，積思自悟，他終於在十五歲的一個冬夜豁然開朗，心像打開了兩扇大門，從此聰穎過人，讀書過目不忘。他立志博覽群書，以「一物不知，以為深恥；遭人而問，少有寧日」為座右銘，鞭策自己發奮學習。正是憑著這股好學肯吃苦的精神，他成為了著名的學者。

快船遲開早入港，笨鳥先飛早入林。也就是說，你如果比別人聰明些，就算起步慢些也不要緊；但是，如果你比別人弱些，那就要比別人起步早些，付出的多些，這樣才能走在別人前面，戰勝別人！當然，「奮發有為，笨鳥先飛」強調的是態度，要想獲得成功，當然也不能忽視方法。

進：循序漸進

甲骨文		金文		小篆		繁體	進	楷書	進

　　古時候，鳥是長尾禽的總稱，而「隹」是短尾禽的總稱。甲骨文的「進」，上邊是表示短尾禽的「隹」字旁，下邊是表示足跡的「止」旁。兩形會意，「進」表示短尾鳥在地上行進。鳥類只會前進，不會後退，古人發現了這個規律後，就據此創造了表示前進的「進」字。

　　事物是波浪式發展的，在前進的過程中，總會遇到各種各樣的阻礙。只有堅持循序漸進，才能不斷排除阻礙，推動事物的發展和進步。如果在初步發展的過程中一切順利，當事人常會因為過於相信自己的能力而變得雄心勃勃，於是，就會出現種種輕舉妄動的念頭。不停地冒然行事，就違背了循序漸進的原則，長此以往，遲早是要付出高昂的代價的。

　　元朝末年，朱元璋率領紅巾軍奪取了徽州。經大將鄧愈舉薦，朱元璋親自來到石門，微服拜訪被稱為「楓林先生」的朱升，向他請教平定天下的大計。朱升見朱元璋態度誠懇，就幫助他剖析了天下的大勢，並且提出了僅有九個字的計謀：「高築牆，廣積糧，緩稱王。」朱元璋聽了朱升的分析和建議之後，連連說好。於是，他改變了馬上稱王的計劃，避開元朝軍隊的鋒芒，保存了義軍的實力。這一決斷，為他後來能夠打敗強敵陳友諒，除掉元軍的殘餘勢力，奠定了堅實的基礎。可見，前進是有原則的，當進則進，當緩則緩，一味

冒然前進，往往會欲速則不達，循序漸進才是良策。

觀：察言觀色

甲骨文	🦉	金文	🦉	小篆	觀	繁體	觀	楷書	觀

　　在甲骨文中，「觀」字像是一隻貓頭鷹，左右的兩個「口」字，像是大而明亮的眼睛，中間像是羽毛。貓頭鷹通常都是在夜間捕食的，所以古人認為牠的視力特別好，於是就用牠的形象來表示仔細看。後來，經過不斷演化，就成了今天的「觀」字。

　　察言觀色是一種智慧。不會察言觀色，等於不看風向便去轉動舵柄，這樣的人世事國事都無從談起，弄不好還會在小風浪中翻了船。

　　據說，清朝時有一位舉人經過三科，又參加候選，得了一個山東某縣縣令的職位。他第一次去拜見上司，不知道應該說什麼話。沉默了一會兒，忽然問道：「大人尊姓？」這位上司很吃驚，勉強說了姓氏。縣令又低頭想了很久，說道：「大人的姓，百家姓中所沒有。」上司更加詫異，說：「我是旗人，你不知道嗎？」縣令連忙站起來，問道：「大人在哪一旗？」上司回答說：「正紅旗。」縣令說：「正黃旗最好，大人怎麼不在正黃旗呢？」上司勃然大怒，問道：「你是哪

一省的人？」縣令回答說：「廣西。」上司說：「廣東最好，你為什麼不在廣東？」縣令吃了一驚，這才發現上司滿臉怒氣，於是趕快找了個理由退下了。第二天，上司就命這位縣令改任學校教職。究其原因，便是這位縣令不會察言觀色，根據對方的情緒變化轉移話題。

一般來說，言辭能透露一個人的品格，而善聽弦外之音是察言的關鍵；臉色反映一個人的情緒，而注意表情應當成為觀色的重點。此外，還應根據對方的不同身份選擇不同角度，避免單一視角的片面性，這就是察言觀色的智慧。

鳴：一鳴驚人

甲骨文		金文		小篆		繁體		楷書	
	𱿣		𱿣		𱿣		鳴		鳴

在甲骨文、金文和小篆中，「鳴」像是一隻活潑的小鳥，旁邊有一個「口」，表示牠正在鳴叫。可見，「鳴」是一個會意字，從鳥，從口，本義是鳥的叫聲。後來，經過引申，它可以指其他動物或物體發出的聲音，如蟬鳴、蛙鳴、雷鳴、耳鳴、禮炮齊鳴等。

正如鳥的叫聲可以證明牠的存在一樣，特定身份的人必須表白自己的立場，才可以證明自身的存在價值。

春秋時，楚莊王被立為國君，卻連續三年不理朝政。成

公賈進諫，莊王說：「我禁止臣下進諫，你卻敢來勸說，這是為什麼？」成公賈說：「我不是來進諫的，只是想問君王一個問題。聽說有隻鳥停在南方的土地上，三年不動不飛也不鳴叫，請問這是什麼鳥？」楚莊王說：「這隻鳥停在南方的土地上，三年不動，是想要定下志向；雖然不飛，一飛必然衝上高空；雖然不鳴叫，一鳴叫必然使人驚駭。你出去吧，你的意思我明白了。」

　　第二天楚莊王上朝了，楚國被提拔的有五個人，被罷免的有十個人。對此大臣們都很高興，老百姓也都互相慶賀。此前楚莊王很久不行動一定是有原因的，安處不說話必定是有緣故的。經過三年的觀察與休養生息，楚莊王已經對國內和朝中的情況非常瞭解，本來就打算要一鳴驚人。此時恰值成公賈進諫，所以立刻採取行動，一舉為後來楚國稱霸奠定了基礎。可見，有了平時較長時間默默無聞的準備工作，才會有一鳴驚人的突出表現。這就是說，說話、做事都要懂得醞釀，如果在準備不充分的時候就冒然行動，可能對事情最終的結果並無大益。

集：燕雀之樂

甲骨文		金文		小篆		楷書	集

　　「集」是一個會意字。在甲骨文和金文中，「集」像是一棵樹上落著一隻小鳥，形象逼真。到了小篆中，「集」字呈上下結構：其中一種寫法上半部分是「雥」，即三個「隹」，隹是短尾禽的總稱，三個表示群鳥；下半部分是一個「木」，表示一棵樹。兩形會意，表示群鳥棲息在樹上，引申為聚集、會集。後來，上半部分的「雥」簡化為「隹」，整個字就簡寫作「集」。

　　古人用「集」字表示群鳥聚集在樹上。對於群鳥，孔子曾有這樣一番評論：「燕雀在同一間房子下爭搶好地方，母鳥哺育著幼鳥，都歡樂自得，自以為很安全了。其實，這間房的灶已經出了問題，煙囪破裂了，火星冒了出來，向上一直燒到了屋樑。可是，燕雀卻安然鎮靜，毫不驚慌，這是為什麼呢？原來，牠們並不知道災禍將要降臨到自己身上啊！」

　　古時很多做臣子的，平時只顧追求自己的爵位和財富，父子、兄弟、親友結黨營私、爭權奪利，只圖個人的享受，根本不顧及自己的國家。他們與灶上的煙囪離得很近，卻從來不知道這個事實。這樣的人，與燕雀的見識有什麼兩樣呢？因此，古人指出：「如果天下大亂了，就不會有安定的國家；整個國家都動亂了，就不會有安定的城邑；整個城邑都亂了，就不會有平平安安的人。」也就是說，個人的安定要依賴於集體，集體的安定也依賴個人。只有集體與個人相互關心、支持，所有人才能各得其樂。

覆：覆巢之下

小篆	楷書
覆	覆

「覆」字的本義是翻倒、底朝上。戰國時，著名的思想家荀子曾說，「統治者像是一條船，而廣大的民眾猶如水，水既可以把船托起來，也可以將船淹沒掉。」唐朝貞觀後期，丞相魏徵勸諫唐太宗時曾說，「怨恨不在於大小，可怕的只在人心背離，水能載船也能翻船。」成語「水能載舟，亦能覆舟」便源於此。這裡所謂的覆舟，用的正是「覆」字本義。

「覆」既指翻轉，當然也意味著整體失敗。中國古代有一個非常有名的典故，叫作「覆巢之下無完卵」，意思是說，鳥窩被掀翻了，就不可能有完整不破的鳥卵存在，比喻如果整體毀滅了，個體則很難倖免於難。

東漢末年，名士孔融因觸怒曹操而被捕，朝廷內外聞知此事，都非常驚恐。當時，孔融對前來逮捕他的差人說：「希望懲罰只限於我自己，請讓兩個孩子保全性命吧！」這時，大兒子上前，說道：「父親難道看見過打翻的鳥巢下面，還有完整的鳥蛋嗎？」果然，孔融的孩子們很快也被拘捕起來。

可見，如果一個整體遭受了顛覆性的破壞，等待其個體的，也必然是毀滅性的災難。因此，對於個體而言，竭力維護整體的存在，才有可能避免個體的覆亡。這就是「覆」字的警示。

薦：先有伯樂

金文		小篆	𧂇	繁體	薦	楷書	薦

　　「薦」是一個會意字。金文中的「薦」，中間像是一隻口部突出的麋鹿，四角各有一棵小草，表示麋鹿在地上吃草。漢朝文字學家許慎認為，「薦」的本義是獸畜所吃的草。相傳，古時有神人贈鹿給黃帝，黃帝問：「牠吃什麼？養在哪裡啊？」神人說：「吃薦，夏天在水邊，冬天在松柏。」後來，「薦」又引申為向神進獻祭品，又由獻祭品引申為推薦人才。

　　治理國家需要賢才，而賢才若要脫穎而出，一定要有人舉薦。春秋時，孫叔敖和沈尹莖是好朋友。孫叔敖到楚國郢都遊歷了三年，一事無成。沈尹莖對他說：「上可使君主稱王天下，下可使之稱霸諸侯，這方面我不如你；下可適應社會流俗，上可迎合君主的心意，這方面你不如我。你不如先回去耕田隱居起來，我在這裡幫你奔走。」

　　沈尹莖在楚都奔走了五年，影響極大，楚王想任用他當令尹。沈尹莖辭讓說：「有一個叫孫叔敖的草野百姓，是一位聖人，請您一定要任用他，我的才能遠不及他。」於是，楚王就派人把孫叔敖接到郢都，並任用他為楚國令尹。過了十二年，楚莊王終於成就了霸業。孫叔敖的成功，應當歸功於沈尹莖。唐朝的韓愈因此感慨說：「世有伯樂，然後有千里馬。千里馬常有，而伯樂不常有。」可見，識別賢才並加

以舉薦的人，比賢才更富有智慧。

善：嘉言懿行

| 金文 | 𦎫 | 小篆 | 𦎫 | 楷書 | 善 |

　　善是抽象的概念，上古時要用文字把它表現出來並不容易。在金文中，「善」字從羊，從言，是一個會意字。「美、義、祥」等具有褒義色彩的字，均與羊有關，可知古人把羊看作一種美好、正義、吉祥的動物，因此「善」字也從羊。所謂言，指的是爭辯或爭言。這就是說，古人認為與人爭辯的言辭，像羊一樣，也是充滿善意的。後來此字就寫作「善」了。

　　喜歡聽恭維讚美的話是人之常情，但是，這樣的話未必是善意的。真正能夠分辨出具體言行的善與惡並不容易。

　　春秋時，楚文王是一個能夠分辨善與惡的賢明君主。他說：「莧嘻多次據義冒犯我，據理拂逆我的心意，我跟他在一起就感覺不安。但是，時間久了，我從中有所收穫。如果我不親自授予他爵位，後代如有聖人，一定會因此而責備我。」於是，授予莧嘻很高的爵位。

　　楚文工又說：「申侯伯很善於揣摩並迎合我的心意，我想要什麼，還沒有說出來，他就為我準備好了，跟他在一起，讓我感到很輕鬆。但是，時間久了，我從中有所損失。如果

我不疏遠他，後代如有聖人，也將會因此而責難我。」於是，就把申侯伯驅離楚國。

後來，申侯伯到了鄭國，曲意逢迎鄭君的心意，事先準備好鄭君想要的一切。這樣三年之後，申侯伯就執掌了鄭國的國政，但僅過了五個月，鄭國的百姓就把申侯伯殺了。事實證明，楚文王對人的判斷是正確的。可見，衡量什麼是真正的嘉言懿行，不應當根據自己的感情好惡，而應當站在客觀的角度上公正地評價。

美：素質為美

甲骨文	🐏	金文	美	小篆	美	楷書	美

愛美之心，人皆有之。然而，對於什麼是美的問題，人們卻有不同的看法。漢朝時的人認為，美就是甘，也就是美味。可能是羊越大肉味就越鮮美，所以古人就以羊大為美。但是，在更早的甲骨文中，「美」字並不形容羊大，而像一個頭戴羊角的人在舞蹈。因為甲骨文中的「大」，像一個正面站立的人，戴著羊頭或羊角的大人，一般被認為是部落酋長或巫師一類的特殊人物。在以遊牧或畜牧為主的部落社會中，酋長或巫師扮演羊神所跳的舞蹈，就是最美的事物。這也就是說，最早的美源於人們的信仰。

　　人們對於「美」字的原義很難形成一致的看法，這也正如對美的標準並無統一的看法一樣。因為愛美，人才會去裝飾；因為裝飾，人的生活才更加豐富多彩。然而，對美的成功創造或追求不過是一種感覺，當新奇感消失，人們就會覺得乏味。終於，人們明白了，真正的美只存在於人自身！它只存在於事物的深層，它是人的內心和諧，也是宇宙間萬物秩序的和諧。

　　自然事物根本不需要裝飾，只要接受了人類心靈的觀照，那就是美的。這種美就是自然之美，它的顏色、形狀、味道，都是大自然所賦予的。所以，不必去刻意裝飾，實用與簡樸是最好的形式，素質與真誠是最好的品質。對於美的追求達到極致的時候，就會取消裝飾，讓自然的本質毫無掩飾地呈現出來，正所謂「清水出芙蓉，天然去雕飾」。

群：容民畜眾

金文	羣	小篆	羣	繁體	羣	楷書	群

　　在金文和小篆中，「羣」字均為上下結構，上半部分是「君」字旁，下半部分是「羊」字旁。東漢的許慎認為，「群」是形聲字，羊為形旁，君為聲旁。五代宋初文字學家徐鉉認為，「群」是會意字，羊這種動物喜歡群體相聚，每群羊都

有自己的首領，這就是領頭羊，而「群」字中的「君」旁即表示羊群中的頭羊。

古語說「獸三為群，人三為眾」，可見「群」字本指三個以上的動物，如果指人則用「眾」字。在現代漢語中，可以稱很多人在一起為人群，或是模糊地稱為群眾。

群眾需要英明的領導者，而英明的領導者同時也需要群眾的支持。權力並不是領導者唯一的依靠，除了個人的魅力，威望也是非常重要的。威望的建立，需要領導者不失時機地贏得人心。把自己置身於群眾之中，瞭解群眾的需要和問題，與群眾同甘共苦，這樣才能得到群眾的信任和支持。有了群眾的普遍擁戴，領導者所做出的合乎實際的決定才能得到徹底的實行；有了堅強的領導核心，一個具有強大戰鬥力的團隊才能形成。

西漢王朝的開國皇帝劉邦，年輕時本來是一個市井混混兒。起兵之後，他也常常看不起讀書人。但是，他卻能從諫如流，聽取眾人的意見。在他的身邊，聚集了許多非常有才能的人，像張良、韓信、陳平等。晚年時，他曾寵愛趙王如意，幾次想廢掉太子。但是，因眾大臣反對，他就不再堅持這樣做了。正因為得到了眾人的支持，劉邦才能從社會底層，一步步成為大漢帝國的皇帝。由此可見，心胸寬廣，善待群眾，是每一位欲成大事者必備的智慧。

敬：操其利害

金文	敬	小篆	敬	楷書	敬

　　「敬」是一個會意字。在金文中，「敬」字的異體較多，常見的有三種：其一，像是一隻蹲坐著的狗；其二，在前一字形的基礎上，左邊多一「口」旁，表示對狗發出命令；其三，在第二種字形的基礎上，右邊多一個字旁，像是一隻拿棍子的手。綜合三種字形來看，「敬」字表示一隻恭敬、嚴肅的狗，正等待主人發號施令，倘若牠不聽命，後面會有一隻手拿棍子打牠，這就是「敬」的本義。後來，敬也用來指尊敬、恭敬。

　　要使眾人的態度恭敬，領導者就必須具有足夠的威嚴。戰國時，中山國的相國樂池帶領一百輛車出使趙國，他選派了自己門客中一位有才智、有能力的年輕人作為領隊，但是，半路上車隊卻亂成一團。樂池對領隊說：「讓你當領隊，是因為覺得你有才智。現在隊伍卻亂了，這是為什麼呢？」領隊聽他這樣責問，便要求辭去職務，並說：「您不懂得治人的方法。有了用刑的權威，才能讓人服從；有了實際的獎賞，才能讓人受到鼓勵。我不過是您的一個年輕門客，由年輕的管理年長的，由地位低下的管理地位高貴的，又沒有掌握賞罰大權來控制他們，所以車隊當然會亂了。假如您能給我足夠的權力，我可以封車隊中表現好的人當大官，而那些表現不好的可以被我殺頭，這樣的話，哪裡有管理不好的道理

呢?」

可見,正像「敬」字所揭示的那樣,要想讓被管理者恭敬地聽命,背後確實需要一隻棍子。只有管理者擁有足夠的權力,一個嚴肅、恭敬、有效率的團隊才有可能形成。

敢:勇於進取

金文	𠭥	小篆	𣪏	楷書	敢

金文中的「敢」字,像兩隻手上下相持,正抓捕一隻野獸。從金文到小篆,「敢」字形體不斷簡化,捕獵的情形變得漸不明朗。漢代的許慎認為,「敢」的本義為進取,當是形聲字。這表明,小篆的「敢」字與古文比,字形變化較大。捕獵需要膽識和勇氣,所以「敢」字有勇猛、剛毅的意思。

進取需要智慧和勇氣,特別到了緊要關頭,就更是如此。東漢時,班超奉命出使西域。他來到鄯善國,開始時受到了熱情的招待。但過了幾天,對方忽然變得怠慢起來。班超召集同來的三十多個人說:「我們受到冷遇,一定是北方匈奴也派人來了。聰明人要在事情還沒有萌芽的時候就發現它,何況現在事情已經很明顯了。」經過打聽,事情果然是這樣。

於是,班超又約來所有的人:「我們現在處境很危險,再過一些時候,鄯善國王可能會把我們綁起來送給匈奴。你

們說該怎麼辦？」當時大家堅決地表示願意聽班超的主張。班超便繼續道：「不入虎穴，焉得虎子。現在唯一的辦法，就是在今天夜裡用火攻擊匈奴來使，迅速把他們殺掉。只有這樣，鄯善國王才會誠心歸順漢朝。」這天夜裡，班超就和他的同伴衝入匈奴人的住所，奮力死戰，以少數人戰勝了多數的匈奴人，達到了預期目的。

　　可見，無論做什麼事情，如果不下決心、不身歷險境、不經過艱苦的努力，都是很難達到目的的。這就需要像「敢」字所表現的那樣，發揚勇猛無畏的精神。

闖：過關斬將

小篆	繁體	楷書
闖	闖	闖

　　馬是一種比較機靈、敏感的動物，過門時常會本能地向前迅速一衝，以避免不必要的危險。古人創造「闖」字，大概就是根據對這一現象的觀察。「闖」是一個會意字，漢朝文字學家許慎指出，「闖」字從馬在門中，表示馬出門時的樣子。後來，「闖」又引申出猛衝、橫行無忌之義。

　　門像是一個關口，門裡門外，常常是兩種不同的環境。人生也有無數個這樣的關口，過與不過，常常意味著不同的境界。要改變生活，擺脫當下的困境，常常需要像馬一樣臨

門一躍。

東漢末年，劉備、關羽、張飛在徐州戰敗失散後，關羽被曹操俘虜。曹操非常欣賞關羽，希望招降他。關羽出於對兄長劉備的結拜誓言，為了保護嫂夫人不被侵犯和與張遼的情誼，同意暫時歸降曹操，但提出了幾點要求：一是降漢不降曹；二是要確保嫂夫人安全；三是如有劉備的消息要立即離去，曹操不能阻攔。曹操愛才心切，便同意了這三個條件。在曹營的日子裡，關羽受到了極高的待遇，被封為漢壽亭侯，上馬金，下馬銀，賜予赤兔馬。當然，關羽也不是毫無報答，為曹操斬顏良誅文丑，立下了大功。

後來，關羽得知劉備的消息，立即向曹操辭行。曹操為了挽留關羽，避而不見。最後，關羽只能不辭而別。由於沒有得到曹操的手諭，關羽一路之上遭到了層層攔阻。但是，關羽憑自己的勇猛，過了五個曹軍所轄關隘，斬殺曹操六員大將。關羽像駿馬闖關一樣，克服了重重困難，改變了自己的命運。人遇到困境時，也應當像關羽那樣，鼓起勇氣，過關斬將，闖出一片新天地來。

罷：韜光養晦

| 小篆 | 罷 | 繁體 | 罷 | 楷書 | 罷 |

「罷」本來是一個會意字：下面的「能」是「熊」的初字，本義指熊，上面的「四」字像一張網。兩形會意，表示以網捕熊。熊屬於猛獸，力量極大，古人對付這種野獸，只能用網捕了。因此，「罷」字的本義是以網捕熊。

熊的本領很強，但是，如果被獵人的網罩住，再大的力量也將無法施展。人生也可能遭遇類似的處境：雖有天大的本領，卻身處羅網之中，根本沒有施展的機會。古人認為，如果遇到這種情形，最好的策略就是韜光養晦。「韜光」是隱藏自己的光芒，「養晦」是處在一個相對不顯眼的位置，它與「低調」的意思基本相同。這是一種優秀的策略。

三國時，劉備為防範曹操的謀害，就在住處的後園種菜，親自澆灌，以此躲避風頭。一天，曹操擺下酒宴來試探劉備，問他天下有哪些英雄，劉備列舉了當時一些風雲人物的名字，就是不提自己。曹操以手指劉備，然後自指，說道：「天下英雄，只有你與我啊！」劉備聞言，吃了一驚，手中的筷子不覺落在了地上。當時正值天要下雨，雷聲大作。劉備俯身撿起筷子，說：「我被雷聲嚇到了，才會這樣。」曹操笑道：「大丈夫也怕雷嗎？」劉備說：「聖人聽到迅雷烈風都要變色，我一個普通人，如何不怕？」這樣，就把害怕的真正原因，

輕輕掩飾過了。可見，當身處羅網、受制於人之時，像劉備
這樣自晦其明，把自己的才能隱藏起來，是最聰明的做法。

逸：遁世無悶

金文		小篆		楷書	逸

「逸」是一個會意字。小篆中的「逸」字，從 ，從兔。
清朝的文字訓詁學家段玉裁認為，兔子善跑，本義是亡逸、
逃跑、奔跑。「逸」的引申義很多，有釋放、隱逸、散失、
過失、超絕、安樂等。

像兔子一樣逃匿山林，這是「逸」字諸多解釋中，影響
甚大的傳統智慧。春秋時，晉國公子重耳逃亡在外，儘管歷
盡艱辛，但仍有幾十人追隨他。經過十九年的流浪，重耳返
回晉國，終於坐上了國君的寶座，這就是春秋五霸之一的晉
文公。當年跟重耳一起流亡的人都受到了封賞，唯有介之推
不肯接受。

介之推賦詩道：「有龍于飛，周遍天下。五蛇從之，為
之承輔。龍返其鄉，得其處所。四蛇從之，得其露雨。一蛇
羞之，槁死於中野。」他把這首詩懸掛在晉文公門前，自己
隱居於山林。晉文公聽到後，說：「啊！這一定是介之推。」
於是，晉文公離開宮室，改穿凶喪之服，以示自責，並下令說：

「有能找到介之推的，賞賜上卿爵位，土地百萬畝。」

有人在山中遇到介之推，見他背著釜，上面插一把長柄笠作為傘蓋，就問他：「請問介之推住在哪？」介之推回答說：「那個介之推如果不想出仕，只想隱居，我怎麼會知道他在哪裡？」說完，轉身就走了。那些追求名利的人，白天口乾舌燥，夜裡焦慮難眠，儘管如此，依舊不能感到滿足。與此相反，送上門來的富貴，介之推卻要遠遠地避開。人雖然不可完全向介之推學習，但也不能否認，不為功名所累可以換來一身輕鬆，也是一種人生智慧。

牢：亡羊補牢

甲骨文	金文	小篆	楷書
(甲骨文字形)	(金文字形)	(小篆字形)	牢

很多人覺得，牛是一種溫順、勤勞、甘於奉獻的動物。事實上，上古時的牛是非常狂野的，在牛耕推廣之前，先民們為了馴服牠們想盡了各種辦法。甲骨文中有一個字，中間是「牛」，外面是或圓或方的圈，表示牛被圈起來，這就是「牢」字。顯然，「牢」的本義是牛圈。隨著社會的發展，凡是圈養牲畜的圍欄，都可以叫牢，甚至關押犯人的地方也叫牢。無論是圈養牲畜還是關押犯人，圍欄必須堅固才可以，因此「牢」又有堅固之義。

　　圍欄堅固，圈養的牲畜才不會外逃；防範各種突發事變的措施穩妥、牢靠，事業才不易失敗。發現了政策、措施的漏洞，只有及時修補，才可以盡快改變被動的局面。

　　戰國時，楚國有一個大臣名叫莊辛，有一天他對楚襄王說：「您身邊的人專門講究奢侈淫樂，不管國家大事，楚國有危險了！」楚襄王聽了很不高興，罵道：「你老糊塗了嗎？故意說這些險惡的話惑亂人心！」莊辛不慌不忙地回答說：「您既然不相信我的話，就請允許我到趙國躲一躲，看事情究竟會怎樣。」

　　莊辛走了才五個月，秦國派兵攻打楚國，楚襄王被迫流亡，這才覺得莊辛的話果然有道理，趕緊派人把莊辛請了回來，問他有什麼辦法。莊辛很誠懇地說：「我聽說過，看見兔子才想起獵犬，這還不晚；羊跑掉了才修補羊圈，也還不遲。」

　　可見，發現了錯誤，不應氣餒，可以耐心地將事情重新想一遍，吸取教訓，及時採取補救措施。亡羊補牢，從頭做起，為時不晚，這就是「牢」字的智慧。

本：根深葉茂

金文	木	小篆	木	楷書	本

　　「本」是一個指事字。金文、小篆中的「本」字，形體結構基本相同，都是在「木」字像樹根的部位加指事符號，指出樹木在土壤下的部分，也就是樹根。「本」的原意指草木的根，後來又引申為事物的基礎或主體部分。

　　樹木只有根深才會枝繁葉茂，人也是如此，只有務本，事業才會發達。自古以來，聰明的人都是務本的：作戰時雖用陣勢，但必須以勇敢為本；做官雖講才識，但必以德行為本。立本不牢固的，就談不上枝節的繁盛；身邊的人不能親近，就談不上招撫遠方之人；做一件事情有始無終，就談不上從事多種事業；舉一件事物尚且不明白，就不必追求廣見博聞。因此，只有最為根本的基礎打好了，才可以向外擴張，以求更大的發展，根深葉茂就是這個道理。

　　說話不講信用的人，行動一定不果敢；僅勇敢而不注重品行修養的人，必定懶惰；行為無信的人，名聲必受損害。會說話而行動遲緩的人，沒人會聽信他的話；出力多而自誇功勞的人，雖勞苦卻不可取。聰明人心裡明白而不多說，努力做事而不居功自傲，因此美名遠播。這就是「本」字帶給人們的啟示：只求最終的枝繁葉茂，而不修身，不注重最根本的務實，必然會背離正道；所謂的務本，正是要從加強自

身修養做起。

末：本末倒置

「末」是一個指事字。金文中的「末」，是在「木」的上部加一短橫，表示樹梢所在的部位。漢朝文字學家許慎指出：末，木上為末，從木，一在其上。「末」的本義為樹梢，後又引申泛指事物的端、梢，以及事物次要的、非根本的一面。

分清本末、主次是人生必要的智慧。

戰國時，韓、魏兩國爭奪領土。子華子去拜見韓釐侯，只見韓釐侯正在為打仗的事情憂慮。子華子就問：「聽說有一種神奇的『天下書銘』，誰握著它就能擁有天下，不過，左手握著它，右手就會殘廢，右手握著它，左手就會殘廢。現在假如它就在您的面前，您願意把它握在手中嗎？」韓釐侯說：「寡人不想去拿。」子華子說：「很好。由此看來，兩隻手臂比天下更重要，而身體比兩隻手臂還重要。韓國要比天下次要很多，您現在爭奪的土地又比韓國次要很多。現在，您為了爭奪一點土地，傷害無比重要的身體，恐怕不划算吧！」韓釐侯說：「好吧。教誨寡人的賢者很多，但是還

未曾聽過像先生這樣的話。」

　　只有知道了事情的輕重主次，做事才不會犯錯誤，子華子可以說是知輕重主次的人。但是，很多人不知道什麼是本、什麼是末，以為權力、金錢、地位就是一切。為了滿足無限膨脹的私慾，這些人不僅勞神費心、耗損身體，甚至貪贓枉法，走上犯罪的道路。直到面對病痛折磨或是法律嚴懲的時候，他們才意識到，失去了身體之後，辛苦積累下來的財富都將歸他人所有，一切都將與自己沒有任何關係！這就是「末」字帶來的警示。

葉：一葉障目

金文	𦯧	小篆	葉	繁體	葉	楷書	葉

　　在金文中，「葉」是一個象形字，像是一株植物，末端有幾根簡化的短線像是葉子。與此不同，漢朝文字學家許慎則認為，「葉」是一個形聲字，其中，上面的草字頭是形旁，表明葉子屬於草本，下面為聲旁。「葉」的本義指植物斜生於枝莖之上的營養器官，後來語義擴大，凡是像葉一樣輕薄的東西都可以稱為「葉」。

　　葉子雖小，放在眼前，卻足可以讓人看不見泰山。

　　相傳，古時楚國有一個人家境貧寒，他聽說螳螂捕蟬時

掩蔽過的樹葉可以用來隱沒人身，便真的去尋找。他跑到一棵樹下抬頭仰望，發現一片隱蔽著螳螂的樹葉，就伸手去摘。不料失手，那片樹葉飄落到地上，和許多落葉混在一起，再也無法辨認。無奈，他將落葉全部掃起帶走。回家後，他把樹葉一片一片地輪番拿來遮住自己的眼睛，問他妻子：「你還能看見我嗎？」開始妻子一直說能看見，後來不耐煩了，便說：「看不見了。」這人一聽大喜，急忙將選出的樹葉揣在懷裡，跑到街上去。到了鬧市，他用樹葉遮住眼睛拿別人的東西。結果，官府差役當場抓住他，扭送去了縣衙。

　　這只是一則寓言，很多人以為這種事在生活中不會真的發生。但是，人們常常被一些小現象、小見識所蒙蔽，看不到事物的本質和主流，這不也是一葉障目嗎？

華：盛而不驕

金文	华	小篆	華	繁體	華	楷書	華

　　「華」是一個象形字。在金文中，「華」字像一棵繁花盛開的樹。到了小篆，它的形體變化較大，但字體的上部依然像植物繁茂的花和葉，下部像植物的枝幹。可見，「華」的本義為花。到了六朝時，古人又造出「花」字，「華」與「花」本義相同，只有古今的區別。現在，「華」一般指抽象意義

上的華麗、華彩等。如果指具體植物所開之花，則用「花」字表示。

　　鮮花盛開，象徵著繁榮昌盛，這當然是好事。但是，就如同花一定會凋謝一樣，盛極而衰是一般規律。因此，當形勢一片大好時，人應當意識到可能存在的危機。當事業處在頂峰時期，人是非常容易自滿和驕躁的。此時，在人的內心深處，會湧動著像公羊一樣冒然前進的衝動，這種衝動可能會引導著當事人笨拙地、沒有理性地前進，直到耗盡全部能量。

　　秦朝末年，劉邦率大軍攻入咸陽。進入阿房宮後，他看到富麗的宮殿、如雲的美女，有點飄飄然，想在皇宮住下來。這時，部將樊噲不客氣地對他說：「您是想打天下呢，還是想當財主呢？秦朝為什麼滅亡了，不就是因為這些東西嗎？還是快回軍營吧！」謀士張良也這樣勸劉邦。

　　聽了兩人的話，劉邦猛然醒悟，就命令將士不准拿宮中的任何東西，把庫房按原樣封存，然後帶著將士們回了軍營。接著，劉邦召集了咸陽的老百姓，向他們約法三章，設身處地地為老百姓著想。這個做法得到了老百姓的熱烈擁護，為劉邦日後成就大業奠定了必要的基礎。可見，盛而不驕，對爭取更大的成功是非常重要的。

秀：秀而有實

| 小篆 | 秀 | 楷書 | 秀 |

　　「秀」字比較特殊，在漢朝的字典中未有詳解，這是因為東漢光武皇帝叫劉秀，文字學家許慎需要避皇帝的諱。五代宋初文字學家徐鍇認為，「秀」是象形字，像禾穗有實下垂的樣子。也有學者認為，「秀」是會意字，上邊的「禾」表示穀類作物，下邊的「乃」字旁表示禾、麥、稻等農作物抽穗含漿如奶汁。兩種說法都與「秀」字本義的解釋比較接近，只是「乃」在「奶」字中僅做聲旁，與乳汁無關，所以「秀」字也與奶汁無關，因而並非會意字。簡單地說，「秀」字本義指穀類作物抽穗開花，後來又引申為人優異出眾。

　　東周時，百姓中出類拔萃的人被稱為秀民。到了宋、元時期，「秀」就成了貴族子弟和有錢有勢者的稱謂了。一般來說，如果指人，「秀」意味著具有雅致美好的外表。

　　春秋時，晉國的大夫陽處父出使衛國，回國時路過寧地，住在一家客店裡。店主寧嬴見他儀表出眾，就表示願意追隨他做一番事業。陽處父同意了，就帶著寧嬴一起上路回國。一路上，陽處父同寧嬴東拉西扯，誇誇其談。寧嬴一邊走，一邊聽。剛剛走出寧地，寧嬴就改變了主意，和陽處父分手了。妻子問他為何回來，他說：「我看到陽處父長得一表人才，以為他可以信賴，誰知聽了他的言論卻感到非常討厭。我怕

跟他一去，沒有得到好處，反倒遭受禍害，所以打消了原來的主意。」在寧嬴的心中，陽處父就是一個秀而不實的人，即表面上很有學問，實際卻腹中空空。

可見，人在注重外表的同時還應該提高內在的修養，千萬不要秀而不實。

齊：內助之賢

甲骨文	ㄧㄧㄧ	金文	𣥏	小篆	𪥏	繁體	齊	楷書	齊

「齊」是一個象形字。在甲骨文中，「齊」像三株吐穗的禾麥整齊地排列著。到了金文和小篆中，「齊」字中間的一株禾麥被上移了，這是為了適應書寫而對甲骨文進行的改進。在楷書「齊」字中，原來表示三株禾麥的圖形完全符號化，失去了象形特徵和會意的內涵。簡單地說，「齊」的本義指禾麥吐穗後的整齊，後來引申泛指一般事物的整齊。

古人重視修身齊家，認為不會齊家的人就不能治理國家、平定天下。所謂齊家，是指使家庭整齊，也就是治家有方。在中國傳統的家庭模式中，丈夫陽剛而主外，妻子陰柔而主內。妻子賢惠，有助於丈夫的事業。

春秋時，晏嬰是齊國宰相，個子不高，但很有才幹。有一天，晏嬰出門，由他的車夫駕車。當車子經過車夫家門前

時，車夫的妻子在門縫裡偷看，看到丈夫揮著馬鞭，一副揚揚得意的樣子。當天晚上，車夫回到家，妻子責備他說：「晏嬰身長不滿六尺，個子很小，卻當了齊國的宰相。我看他的態度，還是很謙虛；你身長八尺，外表比他雄偉得多，只做了他的駕車人，還揚揚得意。所以，你不會發達，只能做些低賤的職務，我實在替你難為情啊！」

車夫聽了妻子的話，態度逐漸轉變了，處處顯得謙虛和藹。晏嬰發現了車夫的變化，問他其中原委，車夫如實回答了。晏嬰見他有過能改，於是舉薦他當了大夫。顯然，車夫之所以能有這樣的成就，是因為家裡有一位「賢內助」。

當然，在現代社會中，女性也已經走向職場，很難用過去女主內的老規矩看問題了。但夫妻之間仍然可以彼此配合，互為內助，使家庭井井有條，使事業飛黃騰達。

豐：德揚恩普

甲骨文	豐	小篆	豐	繁體	豐	楷書	豐

「豐」是一個象形字。甲骨文的「豐」字，形象地刻畫了一株根粗葉茂的植物。小篆、楷書一脈相承，筆畫逐漸平直，象形意味稍減。從甲骨文來看，「豐」字本指一種根大葉茂的植物，但是它的常用義卻是「豐盛」。後來，經過詞

義引申，「豐」不僅可以指草盛，而且可以指人和其他動物的體態豐滿。

植物只在某一季節旺盛地生長，財富也只在某一時期特別豐富。但是，豐盛不過是短暫的現象，衰退的時刻遲早會到來，就像太陽到了天空的正中就要偏西，月亮圓了就要虧損一樣。正如太陽會把光和熱灑向人間，成功的人應把財富和榮耀與他人共享。真正的財富存在於與他人的交換中，如果把財富局限於自己一家一室的小圈子裡，那麼，它會枯竭得更快。

紂王是殷商的最後一個君主，年輕時，他曾多次在征伐異族的戰爭中取勝，當時商朝的國力是非常強盛的。如果他在國家強盛之時，能像太陽一樣光照天下，與百姓共享太平，則完全可以繼續保持豐大之勢。但是，他後來不管百姓的疾苦，一意孤行，只圖個人享受，結果國勢很快衰弱，落得個國破家亡、身敗名裂的下場。可見，不醉心於暫時的成功，也就是豐不忘喪、盈不忘虛，才有利於長期發展；在富貴的時候，能夠惠及別人，則有利於事業基礎的穩固。

相：觀察之道

甲骨文		金文		小篆		楷書	
	相		相		相		相

　　遠古時，樹木是先民賴以生存的重要條件，也是當時人們在地面上可見的較大目標。那時人們觀察事物，常常會以樹木為目標。在甲骨文和金文中，「相」字常見的形體是左邊為「木」，右邊是一隻大大的眼睛，表示用眼睛觀察樹木。這大概是因為先民伐木之前，會仔細觀察樹木的品種、大小、曲直等等。「相」字的本義是對樹木的觀察，後來，又泛指審視、打量，表示對一切事物外觀形貌的觀察。轉化為名詞，「相」就表示被觀察對象的形貌，如洋相、狼狽相等。

　　觀察是人們獲取信息的重要方式，而如何觀察則是一門歷史悠久、積澱深厚的傳統智慧。在日常生活中，人們常常只注意到問題的表面，習慣於蜻蜓點水似的從一件事轉移到另一件事，而不願意多花費些心思去研究事物的深層意義。雖然常有人推測未來，但一般都是脫離實際，沒有什麼確切依據的。聰明的人都善於觀察，能夠在事情還沒有發生之前，或者是發生了還沒有公佈消息之前，就預知了結果。

　　東晉時的王獻之是著名的大書法家，他從小就非常聰明。有一次，他和兩個哥哥徽之、操之一起去見宰相謝安。當時徽之、操之都說了不少家常瑣碎的事，而獻之問候一下就不作聲了。他們走了以後，有人問謝安這三個孩子哪個比

較好。謝安說：「最小的一個比較好。」有人問為什麼，謝
安說：「獻之說話不多，但是並不覷睞，所以說他好。」後來，
王獻之的成就果真超過了他的兩個哥哥。可見，真正有眼光
的智者，可以通過對表面現象的觀察，準確揭示事物的本質。
這就是「相」的學問。

乘：因利乘便

甲骨文	金文	小篆	楷書
			乘

　　「乘」是一個會意字。在甲骨文和金文中，「乘」字是
由兩部分組成的，上半部分像個人，下半部分像棵樹。兩形
會意，表示人在樹上。上古時，為躲避洪水、猛獸的威脅，
人常常要爬到樹上去。有時候，為了看得更遠，比如觀察敵
情，也需要爬到樹上。研究甲骨文的學者李孝定指出，「乘」
的本義為升、登，又引申為加於其上。後來，由「登」又引
申為乘坐交通工具或牲畜，如乘車、乘馬等。由此又引申為
憑借、駕馭，如乘勢而起。

　　一個人登上大樹，他的身體沒有加高，卻可以看得更遠，
這就是「乘」的獨特之處。

　　春秋時，管仲在魯國被抓住，魯國人把他捆起來裝進囚
籠，派差役用車載著，把他送回齊國。差役們邊拉車，邊唱歌，

走得很慢。管仲擔心魯國人改變主意，把自己留下來並殺死，所以想盡快到達齊國。於是，他就對差役們說：「我來領唱，你們應和我。」差役們很高興，就同意了。管仲領唱的歌，節奏稍快，恰好適合快走，差役們不自覺地加快了腳步，而且並不覺得疲倦。可見，管仲是一個非常善於因利乘便的人，他順應外物並加以引導，從而達到了自己的目的。差役們能夠及早完成任務，管仲也保障了自己的安全，這的確是個好結果。這就是「乘」字的智慧。

兼：兼愛天下

金文	小篆	楷書

「兼」是一個會意字。金文中的「兼」，從又從秝，像是一隻手，同時抓住了兩株禾谷。「兼」與「秉」的造字原理相似，但「秉」像手執一禾，「兼」像手執二禾。因此，漢朝文字學家許慎認為，「兼」的本義是並，也就是同時抓取兩禾。後來，兼又引申出「同時」之義，凡是同時涉及兩件或兩件以上的事物，都可稱為「兼」，如兼職、兼顧、兼收並蓄等。

「兼」與「專」相對，往往體現出一種寬廣的視野與博大的胸襟，非智者，則很難做到這一點。戰國時，哲學家墨

子指出，社會混亂源於人與人之間不相愛。兒子愛自己而不愛父親，因而損害父親以自利；弟弟愛自己而不愛兄長，因而損害兄長以自利；臣下愛自己而不愛君上，因而損害君上以自利。這些是為什麼呢？都是起於不相愛。即使是做盜賊的人，也是這樣。盜賊只愛自己的家，不愛別人的家，所以盜竊別人的家以利自己的家；盜賊只愛自身，不愛別人，所以殘害別人以利己。即使大夫相互侵擾家族，諸侯相互攻伐封國，也是這樣。大夫各自愛自己的家族，不愛別人的家族，所以侵擾別人的家族以利他自己的家族；諸侯各自愛自己的國家，不愛別人的國家，所以攻伐別人的國家以利他自己的國家。天下的亂事，全部都體現在這裡了。可見，人不能過於心胸狹窄，只有兼愛天下，才能互利共贏。

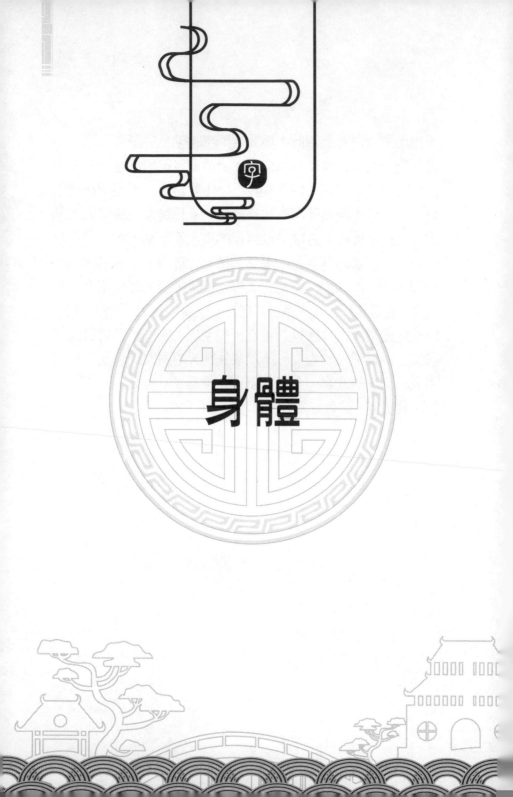

身體

微：微言精義

金文	𢼸	小篆	𢽾	楷書	微

　　在金文中，「微」字由兩部分組成：左邊像是一個頭髮很長的人，右邊像一隻拿著小棍的手。結合考古發現的古代發笄推測，右邊手拿的東西當是笄，也就是束髮之物。發笄本是細小之物，而頭髮與之相比更加細小，所以「微」的本義為小。從石鼓文、小篆開始，又增加了「彳」旁。後來，「微」又引申為隱蔽、精妙、不明等義。

　　凡是帶有暗示意味、不肯明說的話，都可以稱為微言。俗話說，逢人只講三分話，含義隱微的牢騷、怪話，不可以隨便對人講。相傳，白公曾經問孔子說：「可以對別人講微言嗎？」孔子沒有回答。白公又問：「假如把石頭投入水中，會怎麼樣呢？」孔子說：「會潛水的人能得到它。」白公又說：「假如把水倒入水中，會怎麼樣呢？」孔子說：「味道不同的水倒在一起，善於辨味的人能分辨出來。」白公說：「那麼，這就是說不可以與別人說隱微的話了？」孔子說：「為什麼不可以呢？只有對適當的人，才可以說這種話。」

　　對於是否可講微言這個問題，這段對話中運用了兩個比喻，也就是把石頭投入水中和把水倒入水中。石頭在水中很好分辨，一種水在另一種水中很難分辨，但如果遇到聰明的人，一樣可以分辨出來。不要以為講隱微的話別人就聽不懂。

人內心的想法總會在言辭中透露出來，因此講話時要特別慎重，注意說話的對象。當然，人不可能在一個完全自我封閉的狀態下生存，因而也就難免要對他人打開心扉。但是，就像你不能讓所有的過路人都進入你的客廳一樣，對隱微談話的對象，還是要有所選擇的。

面：察言觀色

「面」是一個會意字。在甲骨文中，「面」字從目，外圍像人的面部輪廓，這大概是因為在面部的五官中，眼睛是最引人注意的，所以造字時會把「目」放在「面」字的中間。小篆中的「面」，外面是未封口的「囗」，裡面是「自」，像人的鼻子，這顯然選取了人臉的正面，把鼻子作為面部的中心了。「面」的本義為臉面，後來又引申為一般事物的外表。

事物的外表不同於它的本質，但聰明的人善於通過表面現象推知其本質。

春秋時，齊桓公會盟各國諸侯，衛國人來遲了，齊桓公很不高興，就在朝上與管仲謀劃攻打衛國。退朝回宮後，齊桓公娶於衛國的夫人衛姬見到他就下拜請罪，請求不要攻打衛國。齊桓公說：「寡人對衛國沒有什麼意見，你為什麼要

請罪呢？」衛姬說：「我看到您進來時邁著大步，顯出生氣的樣子，大約是要攻打別國。看到我以後，您的臉色就變了，這說明要攻打的應當是衛國。」

第二天，齊桓公上朝後，管仲問：「您放棄攻打衛國了嗎？」齊桓公問：「仲父是怎麼看出來的？」管仲說：「您上朝作揖時很恭敬，說話時有些吞吞吐吐，見到我臉上就顯出愧色，我因此知道的。」齊桓公說：「好！仲父幫寡人治理宮外的事，夫人幫寡人治理宮內的事，寡人不必擔心被諸侯嘲笑了。」齊桓公隱藏自己心思的辦法是不說出來，但是，從他的言談舉止與面部表情中，夫人衛姬和管仲清楚地看到了他的想法。

可見，察言觀色可通過臉色揣摩心意。當然，只有具備豐富經驗與智慧的人，才會具有這種見微知著的能力。

耳：耳聽為虛

甲骨文		金文		小篆		楷書	
	⊅		𢆶		𦣝		耳

「耳」是一個典型的象形字，甲骨文中的「耳」字恰好像一隻耳朵的形狀。隨著漢字的演變，「耳」字漸趨勻稱、美觀，這同時也使它失去了早期文字的象形特徵。「耳」的本義為耳朵，是人體最重要的感覺器官之一。後來，「耳」

的詞義擴展，通常從兩個方面引申：一是形狀上像耳朵的可稱為耳，如木耳、銀耳等等；二是位置上像耳朵一樣位於兩側的可稱為耳，如耳房、耳門等。

耳朵是獲取外界信息的重要渠道，但人們卻歷來不太相信聽覺。古人常說，用耳朵聽到的，不如用眼睛看到的；用眼睛看到的，不如直接去考察到的；而直接考察到的，不如親手去做的。

相傳春秋時候，孔子的一位學生煮粥，發現有骯髒的東西掉進鍋裡去了。他連忙用湯匙把它撈起來，正想把它倒掉時，忽然想到一粥一飯都來之不易，於是，便把它吃了。正巧孔子走進廚房，以為他在偷食，便教訓了這位負責煮食的學生。後來，經過這位學生的解釋，大家才恍然大悟。孔子很有感觸，說道：「我親眼看見的事情都不符合實際，更何況是道聽塗說的呢？」

社會生活是紛繁複雜的，人們經常會聽到一些是非難辨的話。謠傳可以混淆是非，往往令人不知所措，從而影響人們的信心。正因為耳聽為虛，所以只有找出事情的真相，而不是輕易地相信謠言，辛辛苦苦建立的事業才不會毀於一旦。

聽：洗耳恭聽

甲骨文	𦔻	金文	𦕢	小篆	聽	繁體	聽	楷書	聽

　　在甲骨文和金文中，「聽」字是由耳、口組成的會意字：耳是人的聽覺器官，口是人的發音器官，兩者放在一起，表示口裡說的話，耳朵可以聽得到。小篆和楷書中的「聽」，字形比甲骨文複雜了許多。

　　聽別人講話是一種非常簡單的行為，卻也包含著並非所有人都知道的智慧。古時候，有個偏遠小國到中原向皇帝進貢。他們獻給皇帝三個外觀一樣的金人，光彩奪目，形象逼真。皇帝看了之後，非常高興。可是，小國使臣出了一道題目，問這三個金人哪個最值錢。皇帝想了許多辦法，請來珠寶匠檢查，稱重量，看做工，都是一模一樣的。怎麼辦？使者還等著回去匯報呢。泱泱大國，不會連這點小事都不懂吧！

　　最後，有一位老大臣說他有辦法。皇帝將使者請到大殿，老臣胸有成竹地拿出三根稻草，分別插入三個金人的耳朵裡。稻草從第一個金人的左耳朵進去，從右耳朵出來了；第二個金人，稻草從嘴巴裡直接掉出來；第三個金人，稻草進去後掉進了肚子，什麼響動也沒有。老臣說：「第三個金人最值錢！」使者點頭，答案正確。

　　同理，最有價值的人，不一定最能說會道。上天給每個人兩隻耳朵一張嘴巴，本來就是讓人多聽少說的。善於傾聽，

才是一個成熟人的最基本素質。

聞：充耳不聞

甲骨文		金文		小篆		繁體		楷書	
	𦖥		𦗓		聞		聞		聞

在甲骨文和金文中，「聞」是一個象形字，像是一個跪坐的人，以手掩面，側耳傾聽。為了突出「聽」的意思，這個人的耳朵特別突出。小篆重新造字，「聞」變成了會意兼形聲字，從門，從耳，表示一隻耳朵正貼著門縫傾聽。「聞」的本義是傾聽，由於聽到的消息具有一定價值，所以「聞」又引申為知識、見聞。

人通過耳朵獲取的信息很多，其中，哪些是真實的，哪些更有價值呢？這就需要對聽到的信息認真加以分析，否則即使聽到也未必瞭解真實情況。

戰國時，齊國攻打宋國，宋王派人去偵察敵情。派去的人回來說：「齊軍已經逼近了，國人都很慌張。」左右近臣說：「憑宋國這樣強大，齊軍怎麼能逼近呢？」於是，宋王非常生氣，便把匯報敵情的人殺了。這樣，先後殺了三個匯報的人，又派人去打探敵情。這次奉命去打探敵情的人，路上遇見了自己的哥哥，他哥哥說：「如果回去匯報實情，你將比國破後被殺和逃亡的人先死。」於是，這個人回來向宋王匯

報說：「根本看不到齊國的軍隊，國人也很安定。」宋王聽了大喜，左右近臣都說：「可見先前被殺的人確實該殺！」宋王於是賞賜給謊報軍情的人大量錢財。不久，齊軍殺到，宋王只好乘車逃命，而這個謊報軍情的人因為知道實情，早就逃到別國去了。

　　可見，要想獲取有價值的信息，僅有聽的動作是不夠的，必須擺正態度，想辦法聽到真實的聲音，否則聽到與沒聽到又有什麼區別呢？

直：直道而行

　　「直」是一個會意字。在甲骨文中，「直」像一隻眼睛，瞳孔上方有一條短且直的豎線，表示眼睛向上直視。金文中的「直」字有了變化，一是眼睛左邊增加了一個「∟」形符號，表示注意力在於眼睛；二是眼睛上方的短豎線中間增加了一個圓點作為指事符號，強調目光是直的。到了小篆中，上面的短豎和圓點，演變成了「十」，中間的眼睛抽象為「目」字形，左面的「∟」形符號依舊保留。漢朝文字學家許慎認為，「直」的本義是正見或正視。後來，「直」引申為直線或不彎曲的事物，進而引申為人的品格正直，性情坦率。

　　說話、辦事直來直去，常被人譏為頭腦簡單。其實，有些時候直道而行也是一種極高的智慧。春秋時，柳下惠以正直聞名，卻多次被革職。有人說：「您為何不離開魯國呢？」他說：「如果我正直地侍奉君主，到哪裡去不會被革職呢？如果不正直地侍奉君主，又何必一定要離開父母所在的國家呢？」齊國派人向魯國索要傳世之寶岑鼎，魯莊公捨不得，卻又怕得罪強橫無禮的齊國，遂打算以一假鼎冒充。但齊國人說：「我們不相信你們，只相信以真誠正直聞名天下的柳下惠。如果他說這個鼎是真的，我們才放心。」魯莊公只好派人求柳下惠。柳下惠說：「信譽是我一生唯一的珍寶，我如果說假話，那就是自毀我的珍寶。以毀我的珍寶為代價來保住你的珍寶，這樣的事我怎麼能做？」魯莊公無奈，只得把真鼎送往齊國。

　　可見，正直是一種無價的智慧，這種智慧簡單明瞭，不需要大費周章，卻可以使一切巧妙的偽裝都相形見絀。

見：見微知著

甲骨文		金文		小篆		繁體		楷書	
	𦣻		𦣻		見		見		見

　　「見」是一個會意字。甲骨文、金文、小篆中的「見」字，都像是一個突出了眼睛的人形，基本結構相似，只是細

節上略有差別。漢朝文字學家許慎指出，「見」的本義為視，從兒，從目。清朝的文字訓詁學家段玉裁認為，「見」的本義為用目之人。實際上，「視」與「見」意義相近，卻有差別：「視」強調看的動作，「見」強調看的結果。簡言之，「見」的本義當為看到或發現，後來引申為一般的會面，如接見、朝見等。

看到同樣的事物，不同的人會有不同的見解，只有那些具有智慧的人，才善於從小事件中發現大趨勢。春秋時，魯國的法令規定，凡是魯國人在別的諸侯國做了奴僕，有能夠贖出他們的，都可以到國庫中去領取金錢。孔子的弟子子貢從其他諸侯國贖出了做奴僕的魯國人，回來後卻不去國庫領取金錢。孔子說：「端木賜（子貢）做錯了啊，從此以後，不會再有人從其他國家贖回做奴僕的魯國人了！」如果子貢支取了金錢，對他的品行沒有什麼損害；如果他不支取金錢，以後別人贖回奴僕也不好意思去支錢了。做了好事卻得不到補償，誰還會去贖奴僕呢？

不久，另一個弟子子路救起一個落水的人，那個人就用一頭牛來酬謝子路，子路接受了。孔子說：「以後，魯國人一定會救落水的人了。」因為，像子路那樣救人，可以得到豐厚的回報，其他人才會效仿。

上述兩件事體現了個體行為對整體發展的影響，也體現出孔子見微知著的智慧。見微知著既是一種把握全局的能力，也是一種預知未來的眼光。聰明的人應當掌握這種技巧，根據細節看到事物發展的端倪，從而推斷事物的發展趨勢，防

患於未然。

看：取長補短

| 小篆 | 盾 | 楷書 | 看 |

　「看」是一個會意字。在小篆中，「看」字由上下兩部分組成，上半部分是一隻手，下半部分是一個目，兩形會意，表示以手遮住陽光，極目遠望。在強光條件下，為了看得更清楚，人們常常採用這種姿勢。

　明智的人做事一定會依賴時機，最佳時機不一定能夠把握住，但自己的努力不可以放棄。這與以手遮光極目遠望的道理是一樣的：想遠望但光線太強，總不能等太陽落下去再看，因此以手遮陽，就有效地彌補了不足。

　據說北方有一種叫蟨的野獸，前腿短得像鼠，後腿長得像兔，一跑就跌倒。牠常常替一種叫蛩蛩巨虛的野獸采鮮美的草，採到了就送給牠。遇到危險時，蛩蛩巨虛一定背著蟨逃走。這就是利用自己能做到的，彌補自己不能做的。

　春秋時，齊國大亂，鮑叔牙、管仲、召忽三人是好朋友，想要團結起來安定齊國。當時，很多人認為公子糾將被立為齊君。召忽說：「我們三人對於齊國，就像是鼎的三隻腳，去掉任何一個都不行。如果我們都幫公子糾，那麼公子小白

肯定立不成。」管仲說：「不可。國人都厭惡公子糾的母親，
這會連累公子糾；而公子小白無母，國人可憐他。事情會怎
麼樣還不一定，不如我們其中一人去輔助公子小白。反正將
來擁有齊國的，必定是這兩位公子之一。」於是，就由鮑叔
牙做公子小白的師傅，管仲、召忽兩人輔助公子糾。

　　顯然，按照管仲的安排，無論兩位公子中的哪位成為國
君，他們都有機會受到重用。可見，聰明的人做事善於取長
補短，通過巧妙的安排，彌補自己某些方面的不足。

省：一日三省

甲骨文		金文		小篆		楷書	

　　「省」是一個會意字。在甲骨文裡，「省」字像一隻大
大的眼睛，上面有三道放射狀的短線，示意目光四射，正在
左右觀察。金文繼承了甲骨文的基本構形，但把眼睛上面的
其中一條線拉長，小篆又進一步把這條線彎曲，到了楷書裡
就寫作「省」了。「省」的本義是視，確切地說當是上下左
右認真審視。後來，又引申出視察、探望、覺悟等意。

　　「吾日三省吾身」是曾子的名言。曾子說，一個人每天
都應當多次反省自己：替人家辦事是否不夠盡心？和朋友交
往是否不夠誠信？老師傳授的學業是否不曾複習？對於智者

而言，問題不在於每天幾次反省，而在於時刻保持清醒的頭腦，知道自己有哪些不足需要改正。

儒家主張，人應當於世間尋求與他人的契合，而求助他人之前，首先應當捫心自問：自己的品德修養是否有某些欠缺？對待物慾橫流的社會，一個人應當適度保持自己的操守，不僅在主張裡，而且要在行動上。對於社會和人生，應當給予真誠的關懷，這一份社會責任感，讓人時刻感受到人性的價值，從而主動承擔起屬於自己的那一份責任。

這種社會責任感，要求每一個人都要不斷地進行自我反省，這就是一日三省的內在動力。因此，一個心懷大志者，不僅要不斷地反省自己，還應當知道自己為什麼要反省。

口：有口難言

甲骨文	金文	小篆	楷書
ᗺ	ᗡ	ᗺ	口

「口」是一個象形字。自甲骨文以來，「口」字形體就沒有大的改變。與楷書相比，甲骨文的「口」更像是人的嘴巴。漢朝文字學家許慎認為，「口」是人們用來進食和講話的器官。動物也有嘴，但是牠們不會講話，可見「口」的本義專指人的嘴巴。後來，「口」字語義擴大，也可以指動物的嘴，如虎口、蛇口等。

　　講話是人嘴巴的重要功能，也是人與動物的根本區別。但是，歷史上卻不乏妄圖剝奪人講話的權利的統治者，使人有口難言。

　　西周後期，周厲王實行暴政。為了防止國人提反對意見，周厲王讓衛巫監視「國人」，如果誰講了不同意見，就殺死他。國人不敢再講話了，周厲王很高興，認為自己已經消除了負面批評。周厲王一意孤行，聽不進國人的忠言勸告，結果不出三年，國人發生暴動，把他流放了。

　　其實，治理國家就像治水。河流被堵塞後，一旦決口，傷人必定很多，堵住人們的口不讓講話，這比堵塞河流更嚴重，百姓的積怨會越來越深。所以，治理河流的人，要解除阻塞，使流水暢通；治理百姓的人，也應引導百姓，讓他們敢於講話。

　　古時聖明的天子治理國家，會讓公卿列士直言進諫，讓好學博聞的人獻詩，讓樂官獻上箴言，讓身邊的臣子把想說的話都說出來，讓同族親戚彌補天子的過失。這樣做了以後，百姓的意見得到了充分的考慮，政府行動才會減少過失。大到治國，小到管理一個部門，當權者都應當讓這個集體中的每一個成員充分發表意見。否則，不但無法團結眾人，而且還會威脅到自己的領導地位。因此，讓群眾有話敢說，才是領導者明智的選擇。

舌：鼓舌如簧

甲骨文	金文	小篆	楷書
 （甲骨文字形）	（金文字形）	（小篆字形）	舌

　　「舌」是一個象形字。甲骨文、金文中的「舌」字，下面的「口」是嘴巴的形狀，從口中向上伸出來之物就是舌頭。有的異體「舌」字帶有幾個輔助的小點，這表示人的唾沫。漢朝文字學家許慎認為，人的舌頭有兩大功能，一是發聲說話，二是辨別味道。「舌」是組成漢字的基本部首，凡是與說話、食味有關的字，多從舌。

　　會說話，即能夠運用語言表達自己的想法，這是正常人所具有的基本能力。儘管舌頭僅僅是發音的輔助器官，古人還是用「鼓舌如簧」來形容那些能言會道的人。

　　戰國時的張儀，就是這樣的一個人。相傳，他曾師從鬼谷子先生，學習遊說之術。完成學業後，張儀就去遊說諸侯。他曾經陪著楚國的相國喝酒，席間，相國丟失了一塊玉璧，門客們懷疑是張儀偷拿了，都說：「張儀貧窮，品行鄙劣，一定是他偷去了玉璧。」於是，大家一起把張儀拘捕起來，打了他幾百棍。張儀始終沒有承認，這些人只好釋放了他。

　　回到家裡後，張儀的妻子又悲又恨地說：「唉！你要是不讀書遊說，又怎麼能受到這樣的屈辱呢？」張儀對妻子說：「你看看我的舌頭還在不在？」他的妻子笑著說：「舌頭還在呀。」張儀說：「這就夠了。」張儀特別看重舌頭，是因

為他要把說話當成謀生的手段。對於一般人而言，說話雖不能成為謀生的手段，但會不會說話，常常會影響到人際交往的質量，從而對事業產生間接影響。因此，努力提高語言表達能力，也是提高職場競爭力的重要組成部分。

言：謹言慎行

甲骨文	金文	小篆	楷書
𠧞	𠿒	𠱠	言

「言」是一個象形字。在甲骨文和金文中，「言」像舌頭從口裡伸出來的樣子。「言」的本義是說話，如言行一致、大言不慚、言過其實等等。後來，「言」又由說話引申為說話的內容，如言論、言辭等。

孔子有句名言：知者不失人，亦不失言。意思是說，本來可以與別人談話卻不談，這叫錯過了人；本來不可以與別人談話卻談了，這叫說錯了話。富有智慧的人，既不會錯過人，也不會說錯話。

戰國時的范雎就是這樣的一個智者。據說，范雎第一次見秦昭王時，開始秦昭王無論怎麼問，他都只是「啊啊」兩聲。秦昭王又拜請說：「難道先生真不肯教導寡人嗎？」范雎便恭敬地解釋說：「我只是個旅居在秦國的賓客，與大王比較陌生，想陳述的又是糾正君王政務的問題，而且還會涉及君

王的骨肉至親。我本想盡自己的愚忠，可又不知大王的心意
如何，所以大王三次問我，我都沒有回答。」秦昭王說：「先
生怎麼說出這樣的話呢？今後事無大小，都希望先生給予教
導，千萬不要對寡人有什麼疑惑。」

范雎見秦昭王態度誠懇，就深入分析了秦國的國內外形
勢，提出了結交遠國而攻擊近國的策略。秦昭王欣然採納了
這些建議，後來還把范雎封為丞相。范雎的成功，完全是他
深謀遠慮、善於選擇說話時機的結果：他先是閉口不言，試
探秦昭王的態度；看到時機成熟後，再全盤托出，於是深得
秦王的認可。他既不肯失言，又沒有失人，可謂智者。

信：言而有信

在金文中，「信」字從人從口，表示人從口裡講出來的
話。到了小篆裡，「口」上加「舌」，強化了說話的意思，
變成了從人從言的會意字。「信」的本義指言語的誠實，後
來又進一步引申為行動的誠實，也就是行動要按期、準時。
孔子提倡「言必信，行必果」，意思是說話一定要守信用，
做事一定要辦到，用的正是「信」字的本義。

講究誠信是中華民族的傳統美德。古人認為，上天運行

如果不守信，那麼年歲就無法計算；大地運行如果不守信，那麼草木就無法正常生長；為人處世如果不守信，那麼就沒有辦法在社會上立足。

　　春秋時，孔子的學生子貢向老師請教：「治理國家需要什麼？」孔子說：「有足夠的糧食，有足夠的軍隊，老百姓足夠信任國君，就可以了。」子貢說：「如果萬不得已，需要去掉一項，應當先去掉什麼呢？」孔子說：「那就先去掉軍隊吧。」子貢又問：「如果萬不得已，還需要去掉一項，應當去掉什麼呢？」孔子說：「那就去掉糧食吧。沒有糧食，人會餓死的。可自古以來，人總是要死的。但是，如果老百姓不相信國君，那國家就不存在了。」

　　可見，人無信不立，國無信不存。因此有人認為，誠信是人生最好的策略。為人言而有信，這既是一種品德修養，也是一種人生智慧。

問：入門問諱

甲骨文	昍	小篆	問	繁體	問	楷書	問

　　「問」是一個會意兼形聲字。每當有人敲門時，門外的人會問：「某人在家嗎？」而門內的人開門之前，也會問一

下：「您是哪位？」「問」字從門從口，表現的正是這種情形。「問」的本義是詢問，後引申為問候、問好。

中國古代有入門問諱的禮俗，也就是客人進門，先問主人的祖先名諱，以便談話時避開。門把空間分為門裡和門外兩部分，這就是說，它是兩個領域的分界。處於不同領域的人，掌握的信息顯然是不對稱的。因此，一個門外漢進入新的領域後，虛心向業內人士請教是必要的。

春秋時，楚莊王在周朝的直轄地域陳兵，周定王派遣王孫滿慰勞他。楚莊王問九鼎的大小輕重，王孫滿回答說：「鼎的輕重在於德，不在於鼎本身。從前夏朝有德時，讓九州進貢青銅，鑄造九鼎，並把各地神怪的圖像鑄在鼎上，因而使上下和諧，以承受上天的福佑。後來，九鼎由夏傳到商，又由商傳到周。如果德行美好，鼎雖然小，也是重的；如果德行不好，鼎雖然大，也是輕的。成王把九鼎固定在郟鄏，占卜的結果是傳世三十代，享國七百年，這是天命。周朝的德行雖衰，但天命並未改變，因而鼎的輕重是不能問的。」

王孫滿的答覆義正詞嚴、恰當得體，這就反襯出楚莊王提問的不得體。或許，楚莊王確實不知鼎的輕重，但在楚國大軍壓境的危急情況下，詢問象徵王權的九鼎輕重，必然讓人產生猜忌。可見，進入一個陌生領域後，請教問題應當注意得體，否則容易引起誤會，這就是「問」的智慧。

名：名正言順

甲骨文	（字形）	金文	（字形）	小篆	（字形）	楷書	名

　　甲骨文中的「名」，從口從夕，是一個會意字。「口」表示以口自報其名，「夕」表示夜晚，因此，「名」的本義就是夜晚時某人自報其名。上古時候，人們在天黑以後看不清面目，只有通過報自己的名字，才可以知道彼此是誰。

　　孔子認為，「名不正則言不順，言不順則事不成。」想做好一件事，可這件事本來不歸自己管，或者說自己還沒有取得管的權力，要想取得大家的信任就很不容易，能順利辦好就更難了。比如，要組織某個活動，別人為什麼要聽你的呢？這就需要正名，要麼是上級領導賦予你權力，要麼是下級成員認為你有資格，總之需要有恰當的名分，然後才能承擔起相應的責任，發揮相應的作用。

　　社會是一個複雜的人際關係網絡，正名的過程，即是在這個關係網絡中找到自己的恰當定位的過程。有了合理的定位，才能充分發揮自己的潛能，從而取得成功。如果因面臨困境而處於無序狀態，應當先坐下來冷靜思索，為自己正名，從而找到合理的定位。只有清醒地認識到自己處於什麼樣的位置，所採取的策略才有可能是恰當的，這就是名正言順的重要性。

若：一諾千金

甲骨文		金文		小篆		楷書	若

　　在甲骨文中，「若」字像一個跪坐著的人，正在用手理順自己的長髮。小篆的「若」字變化較大，長髮被抽象化為草字頭，整理頭髮的雙手僅保留了一隻，跪坐的人形消失了，僅保留了一張口。三形會意，表示以手理順長髮，比喻口裡講出來的話順暢，也就是說到做到，表示「允諾」之義。古時年長者頭髮才能很長，邊說話邊理順長髮，也是在暗示對方，自己是年長者，會說話算話的。後來，為了更明確地表達這個意思，古人給「若」加上「言」字旁，成了「諾」字。

　　一諾千金是一種力量的象徵，它顯示著一個人的高度自重和內心的安全感與尊嚴感。相傳，古時有位青年男子叫尾生，他與自己心愛的姑娘約定，晚上在一座橋下會面。橋下的河水不深，很容易蹚過。橋樑架在河上，橋柱下幾乎都是陸地，加之光線幽暗，很適合約會。晚上，尾生早早來到橋下等候，但那位姑娘卻遲遲未來。不料天降暴雨，河水猛漲，如果不登高岸，就會被河水淹沒。尾生為了信守諾言，寸步不離，緊抱橋柱，結果被洪水淹死了。洪水退去後姑娘才來，當她發現尾生已經抱柱而死後，悲慟欲絕，於是也殉情而死。

　　有人說，當信用消失的時候，肉體就沒有了生命。尾生為信用而獻出自己的生命，足見古人把信用看得比生命更重

要。由此可見，欺人只能一時，而誠信才是長久之策。「若」
字的本義，正是啟示人們要講誠信。

從：正己隨人

甲骨文	𠨬	金文	从	小篆	从	繁體	從	楷書	從

在甲骨文中，「從」是會意字，像兩個側立的人，一前
一後，姿勢一致。到了金文、小篆裡，「從」字形體近於楷
書「從」，增加了「彳」「止」，其中「彳」像道路，「止」
像人的腳。因此，「行走」之義在「從」字中得到了強調，
表示兩個人前後相隨走在路上。只是不同時代寫法不同而已。

「從」即是跟隨，也就是要順應他人與社會，或者是順
應自然與客觀規律，從而創造一種和諧的環境與氛圍。但是，
跟隨他人不是盲從，更不是趨炎附勢。

據說，劉秀未當皇帝時，與嚴光、侯霸是好朋友。後來，
劉秀起兵打敗了王莽，建立了東漢王朝，成了大名鼎鼎的光
武帝。

光武帝非常希望昔日好友嚴光出來做官，幫助自己治理
天下。但是，嚴光對官場中的欺詐與煩瑣的禮儀很反感，不
願做官。有一天，光武帝又將嚴光請到宮中，與他談論舊事，
談得十分投機，晚上還與嚴光同榻而臥。嚴光在睡夢中把腳

擱到皇帝的肚皮上，光武帝也毫不介意。不料此事被侯霸知道了，他便在第二天叫太史今上奏，說是昨夜客星犯帝座甚急，想以此引起光武帝對嚴光的猜忌。劉秀聽了卻哈哈大笑，說：「這是我和子陵同睡啊，沒事！」然而，嚴光卻料定其中必有緣故，他從這件事中進一步看到了官場的傾軋與小人的險惡，便執意不肯再在京城停留。

後來，他不辭而別，悄然離開京城，隱居於富春山下。嚴光不肯盲從光武帝，但又與之保持一種和諧的關係，可以說是把正己隨人的原則運用得恰到好處，這就是智者從人的智慧。

友：志同道合

甲骨文		金文		小篆		楷書	
	𦥑	金文	𦥑	小篆	⺕	楷書	友

在狩獵、遊牧時代，為防範野獸和異族侵擾，石塊、棍棒等武器常常不離人的左右。如果彼此沒有惡意的人相遇，雙方就會放下手中的東西，伸出手讓對方摸摸手心，表示手中沒有武器，以示友好。甲骨文中的「友」字就形象地表現了上述情形：它像兩隻手並列排在一起，而且朝向一致，生動地表現了兩個人的友好關係。可見，「友」是一個會意字，本義為朋友，後來又進一步引申為友好、友善。

　　人與人之間需要互相幫助、互相愛護，所以朋友對每一個人都很重要。古語說，君子以文會友，以友輔仁。意思是說，通過各種文化活動可以結交朋友，通過朋友間的互相幫助可以提高自己的品德。古人認為，和正直、誠實的人交朋友，是有益處的；同虛情假意、花言巧語的人交朋友，是有害處的。

　　交友的方式有四種：一是以德交友，要拿出自己的真心，以道德、義氣、善心來交往；二是以誠交友，講究知心、坦誠、肝膽相照；三是以知交友，結交有內涵的朋友，充實自己的內涵；四是以道交友，有內涵的人、有修養的人，無人不喜歡，不論遠近，大家都會爭相來結交。結交了好的朋友，就好比住進了植滿蘭花香草的居室，時間久了，再也聞不到花草的香氣，因為自己已經與之合而為一了。既然朋友對人的影響如此之大，交友怎能不慎重呢？

企：延頸企踵

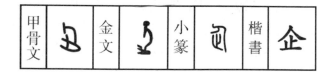

甲骨文	金文	小篆	楷書

　　在甲骨文中，「企」字是上下結構，上半部分為「人」，下半部分為「止」。整個字形，像是一個人蹺起腳後跟向遠處張望。漢朝文字學家許慎認為，「企」字兼為形聲字，從人，止聲，本義為舉足或蹺腳。

　　古人認為，凡事預則立，不預則廢。也就是說，不論做什麼事，事先有準備，才有可能獲得成功，不然就很容易失敗。為了能夠看得更遠以便事先準備，有時，像「企」字本義所揭示的那樣，蹺起腳跟是非常必要的。

　　古時候，有一個人到別人家做客。他看見那家人的廚房裡，煙囪做得很直，燒飯時火星四濺，而且煙囪旁邊還堆了許多柴草，客人就勸主人把煙囪改成彎曲的，把柴草搬得離煙囪遠一些，主人不以為然，把客人的話當成耳邊風。不久，這家的廚房就失火了，幸虧鄰居們都來幫忙救火，才沒有造成大的損失。

　　事後，主人設宴酬謝救火的鄰居，而那個勸他改修煙囪、搬走柴草的人卻沒有被邀請。於是有人對主人說：「如果你早聽那個客人的話，就不用備辦酒席，更不會發生這場火災。今天你酬謝大家，卻沒有邀請那個勸你改造煙囪並搬走柴草的人，僅把燒得焦頭爛額的人當作上等客人，這是什麼緣故呢？」主人聽後恍然大悟，趕忙把那位客人請來。

　　顯然，這位客人才是富有遠見的智者，因為事實證明了他的預言。可見，只有善於發現隱患並及時採取措施，才能防患於未然。所以，蹺起腳跟以便看得更遠一些是非常有必要的。

先：先見之明

| 甲骨文 | | 金文 | | 小篆 | | 楷書 | 先 |

　　「先」是一個會意字。甲骨文中的「先」，下半部分像是一個人形，上半部分人頭的位置是「止」。語言文字學家楊樹達指出：先字從兒，「兒」是古文「人」字的一種寫法；從止，古文「之」與「止」是一個意思，都表示人的腳，意為前進。「先」字本義是「前後」的「前」，再由次序上的在前，引申為時間上的在前。

　　憑借經驗與智慧預知事情的結果，只有富有遠見的人才能做到。戰國時，吳起擔任西河守，有人在魏文侯面前詆毀他，魏文侯就派人把吳起召回來了。吳起離開時，回首遙望西河，不禁流下了眼淚。車夫見了，對他說：「我私底下觀察您的心志，覺得您捨棄天下，就像扔掉一隻破鞋一樣。現在您要離開西河，為什麼流淚呢？」吳起一邊擦著眼淚，一邊說：「你不知道啊，假如魏文侯瞭解我、信任我，使我能夠盡自己所能，那麼，僅憑西河我就可以幫助君主成就王業。現在，君主聽信了小人的讒言，不相信我，西河被秦國奪取的日子不會太遠了。從此以後，魏國將日益衰弱，永無寧日。」

　　吳起已經預見到自己離開西河的後果，但是得不到君主的信任，他也無法改變現實。無可奈何，吳起只好選擇離開魏國，去了楚國。不久，西河果然被秦國吞併，秦國日益強大，

魏國卻一蹶不振，情況正如吳起所預見的一般。吳起的這種能力就是先見之明，它是考查一個人是否具有大智慧的重要因素。

尾：尾大不掉

在甲骨文中，「尾」字像是一個人屁股後面長了一條長長的尾巴。漢代文字學家許慎指出，尾巴是某些動物身體末端的一部分，古人有把動物的毛繫在人的臀部作為裝飾的習俗。可見，從字形來看，「尾」字本來是人模仿動物而繫在臀部的裝飾，後來才引申為動物的尾巴。

對於那些有尾巴的動物而言，尾巴必須與整個身體的動作協調才可以，否則就會影響身體的正常活動。人的身體沒有尾巴，不會有這種煩惱，但是，人們常常把下屬或局部不服從整體的情況，稱為尾大不掉。

春秋時，楚靈王在蔡地築城，並打算派公子棄疾做蔡公。為此，楚靈王向大臣申無宇徵求意見，問道：「你看讓公子棄疾去蔡地怎麼樣？」申無宇首先表示，作為父親和國君，這樣的選擇應該是合適的，接著又委婉地說：「大人物不在邊境，小人物不在朝廷；關係親近的人不在外面，關係疏遠

的人不在裡面。現在，您把兒子棄疾安排去了外地，鄭丹一類小人反而留在身邊，所以，您要加以戒備才是。」

楚靈王認為國都有高大的城牆，不會出事。申無宇見楚靈王還不明白，就又列舉了鄭、宋、齊、衛曾經發生動亂的例子，最後語重心長地提醒楚靈王：「末大必折，尾大不掉。」意思是，樹梢過大，樹一定會折斷，尾巴過大，就搖動不起來。申無宇的話是富含哲理的名言，後被用為成語，凡下級權重危及上級，或是機構龐大等原因而使指揮調度不便，都叫尾大不掉。可見，局部或下屬過於強大，是不符合整體利益的。

局：當局者迷

「局」是一個會意字。小篆中的「局」字，從尺從口，「尺」表示手臂的曲肘，「口」表示手臂彎曲後形成的狹小空間。楷化後，寫作「局」。後來，「局」被引申為組成整體的一部分，如人們常說的局部服從整體、小局服從大局等等。

「局」是一個小環境，每個人都生存於特定的局中，時時感受到環境帶給自己的壓力。特別是那些處在困境中的人，像不幸落入蛛網的遊蜂，有一種強烈的掙脫慾望。

　　三國時，劉表有兩個兒子，長子劉琦，次子劉琮。蔡夫人為了讓自己的兒子劉琮繼位，時時想要加害劉琦。劉琦意識到自己的處境危險，卻不知道如何脫身。有一天，諸葛亮隨劉備到荊州議事，劉琦趁機請他到後花園中遊玩。諸葛亮不好推辭，就應邀前往。他們登上一座高樓，邊飲酒，邊賞風景。其間，劉琦命人將樓梯撤去，然後雙膝跪倒在諸葛亮的面前，懇求諸葛亮給他一些建議。諸葛亮見他態度懇切，就說：「你可知道，申生在內而危，而重耳在外而安嗎？」原來，申生、重耳是春秋時晉獻公的兒子，驪姬為使自己的兒子繼位，想除掉這兩位公子。後來，申生在城內被逼自縊，重耳由於逃亡在外沒有遇害。劉琦聽了立刻明白，便向父親提出請求，要去做江夏太守。這樣，劉琦就安全脫身了。

　　常言道，當局者迷，旁觀者清。局內之人眼光受到限制，看不清事物的全貌，這時可以請局外人點撥一下，往往能得到十分有效的建議，找到出路，從而擺脫困境，重獲自由。

躬：直躬之信

小篆	楷書
躬	躬

　　「躬」是一個會意字。小篆中的「躬」字，左邊像是一個肚子很大的人，右邊或為「呂」，或為「弓」。清代文字

訓詁學家段玉裁認為，「呂」或者「弓」是人的脊柱的象形。因此，「躬」的本義為人的身體。後來，「躬」的語義擴大，從具體的身軀，又引申為抽象的自我、親身、本身等。

　　古人認為，人不可以大肆宣揚自己的優點並借此撈取好處，否則就是一個卑劣的人。

　　據說春秋時，楚國有一個以正直聞名的人，被人們稱為直躬。有一次，他的父親偷了羊，他就跑到官府告發了。官府捉到他的父親，並要處以死刑。這個以正直聞名的人，又要求自己代父親去死。可是，當官府要殺他的時候，他又對行刑官說：「父親偷了羊，我告發了他，這難道不是誠實守信嗎？父親將要被殺，而我代他去受死，這難道不是孝順的兒子嗎？誠實守信的孝子都要被殺，楚國還有什麼人不被殺掉呢？」這些話傳到了楚王那裡，楚王就免除了他的死刑。

　　後來，孔子聽說了這件事，評價道：「直躬之信，不如無信。這個正直的人表現出來的誠實也太虛偽了，他只有一個父親，卻被利用兩次來撈取好名聲。」儒家講究親情，認為兒子有醜事，父親要為他隱瞞；父親有醜事，兒子也應當為他隱瞞。這樣做是可以理解的，也並不違背正直之道。而楚國這個標榜正直的人，告發父親不合人情，認罪替死又不願真死，可見他的道德並不高尚。

疑：疑人竊鈇

甲骨文	柔	金文	𢁛	小篆	𣦠	楷書	疑

在甲骨文中，「疑」字常見的有兩種寫法：一種寫法是象形字，像是一個人大張著口，東張西望，不知所往；另一種寫法，在人旁邊增加了「彳」，表示道路，迷路之意比較明確。金文中的「疑」字在甲骨文的基礎上增加了「牛」，表示要尋找的對象，增加了「止」，表示腳印。整個字有些像一個故事，講述了某人的牛走失，路上僅留下牛的蹄印，人循跡找牛，不知道向哪個方向找才對，因此顯出迷惑、焦慮的神情。據此推出，「疑」的本義為迷惑。

疑神疑鬼、冤枉好人，這是人們生活中常犯的錯誤。有時，人們會因為對方長相不合自己的意，就懷有成見；有時，僅據傳聞，人們就草率給出結論。

從前有個砍柴的人，他特別珍愛的斧頭不見了，於是，他就懷疑被鄰居的兒子偷去了。他這樣想著，再看鄰居的兒子，走路的姿勢、面部的表情就像是偷了斧頭的人；言語也顛三倒四，更是像偷了斧頭的人。總之，鄰居兒子的一舉一動都像是偷了斧頭才會有的。

因此，他堅信鄰居的兒子偷了斧頭。又過了幾天，這個砍柴的人到山裡去拾柴，竟然在草叢裡發現了自己的斧頭，原來是他上次砍柴時不小心落下的。他又喜又愧，覺得很對

不起鄰居的兒子。他拿著斧頭興沖沖地跑回家，迎面正好遇到鄰居家的兒子，發現他現在一點也不像偷斧頭的人了！可見，在證據不足的情況下懷疑他人，極容易受到主觀印象的影響，得出錯誤的結論。智者不應輕易懷疑他人，要先冷靜觀察、理智處事，找到足夠的依據再下結論。

睽：目不給視

　　金文中的「睽」是由上下兩部分組成的：上半部分是兩隻眼睛，下半部分像水從四方流入地中之形，也就是「癸」的較早寫法。水從四個方向流來，兩隻眼睛當然是不夠用的，因此「睽」的本義指二目不能集中視線同視一物，又引申為背離。

　　語言是用來表明意圖的，如果它與要表明的意圖相背離，必將造成混亂。天下大亂的時候，社會上往往會出現各種流言，人們不顧實際，要麼千方百計相互詆毀，要不然就是想方設法相互吹捧，結黨營私，讓人很難分清什麼是正確的，什麼是錯誤的。遇到這種情況，賢明的君主都會迷惑，更何況一般人呢？

　　戰國時，齊國有個叫淳於髡的人，用合縱的主張去勸說

魏王。魏王覺得他說的很有道理，就為他派車十乘，出使楚國。可是即將出發時，淳於髡又與魏王談起了連橫策略的好處。所謂合縱，指的是東方六國聯合起來，對抗秦國；所謂連橫，就是東方的強國與秦國強強聯合，控制或侵吞其他小國。二者完全矛盾，現在都從淳於髡的口裡講出來，誰能知道他的真實意圖是什麼呢？因此，魏王立刻制止了他的出行。這樣，淳於髡的合縱、連橫主張全都落空了。

　　可見，明白很多互相矛盾的事理，反而不如只明白一種事理好。討巧是不可取的，與其誇誇其談令人應接不暇，倒不如老老實實只做一件事。

北：南轅北轍

甲骨文	金文	小篆	楷書
⺁⺁	𢓜	⺁⺁	北

　　「北」是一個會意字。甲骨文、金文、小篆中的「北」，字形基本相同，像是兩個人背對背而立。漢代的許慎指出，「北」的本義是背對背，或者是違背，表示兩個人的關係不協調。古代打了敗仗，叫「敗北」，大概是因為敗軍逃跑的方向與他們戰前進軍的方向相反，所以用背對背的形象來表示戰敗。後來，「北」字被借用，表示四方中的北方。

　　在古人看來，北極星是唯一恆久不動的天體，因而北方

就成了四方中最易辨別的方向。人們形容失去方向時，習慣說「找不到北了」。同理，做事如果迷失了方向，也不可能取得成功。

戰國時，魏王想攻打趙國。謀臣季梁聽到這個消息，風塵僕僕地求見魏王，勸阻其伐趙。季梁對魏王說：「今天我在路上遇見一個人坐車朝北行，但他告訴我要到楚國去。楚國在南方，我問他為什麼去南方反而朝北走？那人說：『不要緊，我的馬好，跑得快。』我提醒他，馬雖然好，可楚國並不在北方。那人指著車上的大口袋說：『不要緊，我的路費多著呢。』我又給他指明，路費多也到不了楚國。那人還是說：『不要緊，我的馬伕最會趕車。』這個人所選的方向不對，即使其他的條件再好，也只能使他離目標越來越遠。」接著，季梁指出：「您想取信於天下，卻又經常進攻別的國家，這正如南轅北轍的人一樣，會離目標越來越遠。」

可見，明確目標與方向是一切事業的前提，如果方向出了問題，無論多麼努力都不會有意義。

逆：倒行逆施

在甲骨文中，「逆」是一個會意字：像一個頭朝下、腳

朝上的人形，因此，「逆」的本義表示倒著。倒向逆行是違背常理的，所以「逆」又引申為不順從、抗拒、悖於常理。部分字形中增加了「彳」旁，表示「行走」之義更加明確。

做事順應自然之勢比較容易成功，相反，倒行逆施往往會招致失敗。

秦朝末年，繼陳勝、吳廣起義後，先後出現了多支抗秦隊伍，其中勢力最大的是劉邦和項羽兩支軍隊。為了改變各路義軍一盤散沙的局面，大家推舉楚懷王十三歲的孫子為楚王，也稱為楚懷王，作為各路義軍的統領。楚王和各路義軍約好，誰先攻進秦都咸陽誰就為王。後來，劉邦先攻入咸陽，項羽對此不甘心，想借楚王的命令改變原來的盟約。誰知一請示楚王，得到的回答卻是依照原來的約定。

項羽一氣之下，奪了楚王的實權，尊他為義帝，後來竟把楚王殺了。不久，劉邦為興兵攻打項羽而尋找借口，有人建議以楚王被殺為名。於是，劉邦大張旗鼓地為楚王發喪，並且派人告訴各路諸侯：「楚王是大家立的，現在項羽謀殺了楚王，這是大逆不道，我願意和你們一道去征伐殺害楚王的人。」

楚王的才能並無過人之處，也未在反秦鬥爭中建立過特別的功勳。但是，既然反秦開始時各路義軍都遵從楚王的領導，這也就意味著他代表了大多數人的意願；後來，劉、項發生矛盾時，楚王又堅持履行盟約，也符合眾人的意志。因此，項羽殺害楚王、違背盟約，必然不得人心，這樣的倒行逆施行為，注定了他將以失敗告終。可見，凡事順求易得，

逆施難行。

爭：求而有度

| 甲骨文 | | 金文 | | 小篆 | | 楷書 | 爭 |

　　小篆中的「爭」是會意字：上面像是一隻爪，下面像一隻手，中間的一豎，表示兩者搶奪的東西。可見，「爭」的本義為搶奪，意義非常明確。在搶奪的過程中，通常都會有激烈的衝突，所以「爭」又引申為爭鬥、較量，如龍爭虎鬥、競爭等。

　　如果不想為爭奪付出巨大代價，迴避可能是最好的策略。有時候，人面對誤會不必去做任何解釋，過一段時間流言蜚語自然可以銷聲匿跡。相反，越是解釋，就越容易加深誤會，因為言多必失。當自己處於明顯的劣勢時，有人為了保全面子，還要與人爭下去，結果越爭越丟面子，沒有任何收穫，只會不斷地付出代價。

　　道家認為，「夫惟不爭，故天下莫能與之爭。」這是智者的辯證法，不與人爭，會在不失原有優勢的同時得到豐厚的回報。在與他人意見相左的時候，如果發現真理確實在對方手中，就應當盡快回頭，以理智取代暴怒，修正自己的行為，這樣就可能避開無法克服的障礙。當然，忍讓並非是解

決爭端的唯一選擇，因為有時候，爭奪確實無法避免。

戰國時的荀子認為，人生來就有慾望，如果一味追求而沒有標準或限度，就不能不發生爭奪，接著，禍亂就會接踵而至。為了避免禍亂，古代的聖王制定了禮義來確定人們的名分，以此來調解人們的慾望，使人們不會因私慾而頻繁爭奪。可見，當爭奪不可避免時，制定恰當的競爭規則是非常有必要的。

甲骨文中的「鬥」字，像兩個人徒手搏擊，這就是「鬥」的本義。後來，語義擴大之後，拿著兵器相互爭鬥也用「鬥」字來表示，而且，它還可以表示很多人參與的激烈衝突，如戰鬥，就不再限於兩個人之間了。

人們常常以自己的主張為是，以他人的觀點為非。當雙方的矛盾不可調和時，鬥爭就不可避免了。鬥爭是力量與勇氣的較量，也是雙方智慧的較量。

楚漢戰爭時，劉邦與項羽的軍隊在廣武一帶形成對峙局面。幾個月過去了，楚軍的軍糧越來越少，項羽十分焦急。他在戰場上對劉邦說：「我想單獨向你挑戰，決一勝負，不

知你敢不敢？」劉邦笑著回答說：「我寧願同你鬥智，也不願同你鬥力。」

　　劉邦為了動搖楚軍的軍心，打擊楚軍的士氣，有一次在兩軍陣前，當眾數出項羽的十大罪狀。項羽惱羞成怒，暗中放了一箭，射中了劉邦的胸口。機智的劉邦怕漢軍知道了軍心動搖，也怕被楚軍知道了乘勢來進攻，便忍著疼痛，故意彎下身子摸著腳說：「這一箭射中我的腳趾了！」巧妙地將箭傷遮掩了過去。經過一段時間的對峙之後，雙方的力量對比發生了明顯的變化，為後來劉邦贏得勝利奠定了堅實的基礎。

　　可見，在雙方的鬥爭中，勇氣當然是必不可少的，但是，結果往往是智高者略勝一籌。

眾：眾怒難犯

甲骨文		金文		小篆		繁體		楷書	
	𠱾		𨸏		𥅀		眾		眾

　　在甲骨文中，「眾」字是上下結構：上半部分是「日」，表示太陽；下半部分是三個人，表示許多人在太陽下勞動。可見，殷商時的「眾」字，本義是指在烈日下勞作的普通人。到了周代，周人把「眾」字上面的「日」改成了「目」，這樣，「眾」就成了在一隻大眼睛監視下勞動的許多人，這樣的人

顯然是沒有人身自由的奴隸。楷書寫作「眾」。

　　從最初烈日下的勞動者，到後來受監視的奴隸，再到現在的普通人，「眾」字形體與意義的演變反映了民眾地位的變化。

　　春秋時，鄭國的一次貴族叛亂平息後，子孔掌握國政。他製作盟書，規定官員各守其位、聽取執政的法令。但是，許多人不願意順從，於是子孔就準備誅殺不服者。子產勸阻他，請求他燒掉眾人都反對的盟書。子孔說：「製作盟書用來安定國家，眾人發怒就燒了它，這是眾人當政，國家怎能安定呢？」子產說：「眾人的憤怒難於觸犯，專權的願望難於成功，把兩件難辦的事合在一起來安定國家，這是危險的辦法。不如燒掉盟書來安定大家，您得到了所需要的東西，大家也能夠安定，不也是可以的嗎？」

　　最後，子孔聽從了子產的建議，公開燒掉了盟書，眾人這才安定下來。許多人在一起，力量必然強大，不能輕易忽視。因此，在任何情況下，眾人的意見都應當得到尊重，觸犯眾怒是危險的。這就是「眾」字的內涵。

忍：忍辱負重

金文		小篆		楷書	

　　「忍」字從心，刃聲，是形聲兼會意字。從字形上看，金文和小篆的「忍」字，像一把尖刀正刺向人的心臟。當尖刀刺向心臟的時候，對於執刀者而言，需要足夠的殘忍才可以；對於被刺者而言，需要忍受巨大的傷痛才可以。也就是說，以刀刺心，需要具備一定的條件才能做到。因此，「忍」的本義為能，後來又引申為容忍、克制。

　　小不忍則亂大謀，忍耐是中華民族的傳統智慧。東漢末年，群雄逐鹿，孫權、劉備聯合對抗曹操，形成了三國鼎立的格局。後來，蜀主劉備不顧眾人的反對，出兵攻打東吳，以奪回被東吳襲取的荊州，並為大意失荊州的關羽報仇。劉備的軍隊水陸並進，直抵夷陵，在長江南岸六七百里的山地上設置了幾十處兵營，聲勢十分浩大。

　　當時，有東吳的將領被蜀軍包圍，要求都督陸遜增援。陸遜見蜀軍士氣高漲，便堅守陣地，不與之交鋒。吳軍將領以為他膽小怕戰都很氣憤。於是，陸遜召集眾將說：「我雖然是個書生，但被主上拜為大都督，就是因為我還有可取之處，能忍受委屈、負擔重任。軍令如山，違者要按軍法處置！」就這樣，陸遜堅守不戰長達七八個月，直到蜀軍疲憊不堪，他才順風放火，大敗蜀軍。

陸遜僅憑忍耐就拖垮了蜀軍,而劉備爭一時之氣,結果落得兵敗身死。可見,當形勢對自己不利時,忍耐也不失為一種好策略。

癡:大智若愚

	小篆		繁體		楷書	
	癡		癡		痴	

「癡」字,病字頭裡面是「疑」,寫作「癡」。古人在造這個字的時候,運用了物極必反的道理,即:只有聰明的人才善於懷疑,如果人的神思不足、呆頭呆腦、不會懷疑,就被認為是得了癡病。無論是「知」還是「疑」,都有「聰明」的意思。由於聰明的本性之外被蒙以它物,才顯示出病態來。因此,「癡」的本義就是不聰明。

得病當然是壞事,但把聰明掩蓋起來未必不是好事。古時候,有很多才智很高的人不露鋒芒,表面上看好像很愚笨,被稱為「大智若愚」。大智若愚的人,看上去癡呆,實際上已經大徹大悟,這與真正的癡呆並不一樣。表面上看來很聰明卻內裡糊塗的人,是真糊塗;表面上看來很癡呆卻內裡聰明的人,才是真聰明。

大智若愚在生活中的表現是:不處處顯示自己的聰明,做人低調,從來不向人誇耀自己;做人原則是厚積薄發,寧

靜致遠，注重自身修養、層次和素質的提高；對於很多事情持大度開放的態度，有著海納百川的境界；從來沒有太多的抱怨，能夠真誠做人、踏實做事；對於很多事情要求不高，只求不斷地積累自己的學識。

　　大智若愚的人，常常是大器晚成者。以這種態度成長起來的人，雖然成名可能會晚些，但多年積累所鑄就的，往往是絕代珍品，所謂的「不鳴則已，一鳴驚人」，指的就是這種人吧！

正：撥亂反正

甲骨文	金文	小篆	楷書
𠧞	𤴡	正	正

　　「正」是一個會意字。在甲骨文中，「正」由上下兩部分組成：上半部分是個方框，像個城邑；下半部分是「止」，像是人的腳或腳印。兩形會意，表示朝城邑的方向走。經過金文、小篆的演化，上面的方框演變為「一」，這樣它就寫作「正」了。漢朝的許慎認為，「正」的本義為是，從止，一以止，也就是止於一。像甲骨文中的方框一樣，「一」代表著目標，止於一，就是朝著正確的目標前進。

　　一個國家或集體出現混亂局面的原因會有很多，其中很重要的一點往往是很多人不肯履行自己應有的職責。每個人

都有自己特定的社會角色，相應地，就有自己特定的目標。假如兔子變成了狗，便不能再稱為兔子；假使國君去做臣子做的事，便不能再稱為國君。古人認為，如果一個人懂得了這個道理，只要他的品行不錯，即便不是特別聰明，也可以成為高官。

古代賢明的君主設立高官，一定要選擇方正的人。做到了方正，職責就確定了；職責確定了，臣下就不會營私舞弊。百官各盡其職，管理好自己職責範圍內的事，這樣來侍奉君主，君主就沒有不安寧的了；以此來治理國家，國家沒有不興旺發達的；以此來防備禍患，禍患就無從降臨。正如要想把音樂演奏得美妙動聽，則每個音都必須在規定的位置上，不能有絲毫的偏差。

可見，要想治理好混亂的局面，就必須要求國家或集體內的每一個成員都認真履行自己的本職。當每一個成員都回歸正道的時候，秩序才會恢復正常。

立：三十而立

甲骨文		金文		小篆		楷書	

「立」是會意字。從甲骨文、金文到小篆，「立」字形體變化不大，均是由直立的人形和腳下的表示地面的橫線組

成，就像是一個頂天立地、巍然不動的人。可見，「立」的本義指人站立於大地上。後來，又引申為豎立、豎起，如立竿見影、立櫃等。

孔子曾經說，自己十五歲立志於學習，三十歲能夠自立於世，四十歲能夠無所迷惑，五十歲懂得了天道物理的根本規律，六十歲對所聽到的東西都能辨別真偽，七十歲能隨心所欲而不越出法度。可見，人生是一個學習與修養的過程，隨著年齡的增長，人的思想境界會逐步提高。雖然不是每個人都能成為聖人，但是，孔子的這些話成了人生不同階段的理想狀態。

何謂三十而立呢？孔子未有詳解，而被人們較多認同的看法是：三十歲的人，應當依靠自己的本領，獨立承擔應當承擔的責任，並已經確定人生的追求與發展方向。正如「立」字所表現的那樣，頂天立地，對生活充滿自信，對未來充滿期待，這就是三十歲的人生。與其他年齡階段相比，三十歲的人承擔著更多的生活責任。

或許，有的人可以認為自己很年輕，未來還有很多時間去慢慢摸索、打拼。但是，年邁的父母還有多少時間去慢慢等你成功呢？「樹欲靜而風不止，子欲養而親不待」不知給多少人留下了一生的遺憾！歲月流轉，每個人都要由此經過。承擔責任，把握機遇，做一個頂天立地的人，這就是「立」字的啟示。

尤：好人難做

甲骨文	金文	小篆	楷書
尤	尤	尤	尤

甲骨文和金文中的「尤」，從又，從一，像是一隻手，手指上面加了個指事符號，表示長了一個小肉瘤。後來，古人在「尤」字前增加「月」（古「肉」字）旁，新創「疣」字表示肉瘤。這就是說，「尤」的本義指手指上的肉瘤。由於小肉瘤是特異、突出的，而且它不是人體的固有部分，因此「尤」引申為特異、突出。

手指上長了肉瘤，必然影響正常的勞作。同理，做人如果有了私心，即使提出好想法，別人也難以接受。

從前，郳國的戰甲、戰衣主要是用帛來縫合的。謀士公息忌對郳君說：「不如改用絲繩來縫合。現在用帛縫合，縫隙雖然塞滿了，但只能承受它應當承受的一半力；假如用絲繩來縫合，就可以承受全部應當承受的力。」郳君聽他講得有道理，就問：「到哪裡去弄那麼多絲繩呢？」公息忌回答說：「只要君主有需要，老百姓自然就會生產。」郳君說：「好！」於是發佈命令說，從此以後，製作戰甲的工匠務必要用絲繩來縫合戰甲葉。公息忌知道自己的建議得到了實施，就要求家裡人加緊生產絲繩。有詆毀公息忌的人就對郳君說：「公息忌建議您用絲繩，是因為他家裡有很多絲繩。」郳君聽了很不高興，就命令以後縫製戰甲不許用絲繩。

本來，公息忌主張用絲繩穿甲的建議是正確的，但是，由於他多了一個藉機謀私利的心思，所以使人對他的建議本身產生了懷疑。可見，去除多餘的肉瘤，即自私自利之心，是做好人的前提。也就是說，首先要讓別人尊重並信任你，否則即便你做好事，別人也會認為你在謀取私利。

爰：援引之道

甲骨文	金文	小篆	楷書
爰	爰	爰	爰

甲骨文中的「爰」是上下結構，上半部分像一隻手，下半部分像另一個人的手，中間一根木棍。整個字形表示，一個人正通過木棍拉另一個人。到了小篆中，上面的手演變為「爫」，下面的手演變為「又」，中間的「於」字形顯然是被援助的對象。「爰」的本義是引，「援」是它的後起字。

具有遠見的領導者，如果發現了可用之才，應當果斷提拔，大膽援引。

春秋時，寧戚想到齊國謀取職位，但他家境貧寒，無法使自己得到舉薦。於是，他就替商人趕著拉貨的車子來到齊國。這天傍晚，恰好齊桓公從郊外回城，城門大開，讓往來商人的貨車避到旁邊。火把的光非常明亮，寧戚藉著火光看到了齊桓公，但他出身下賤，無法靠近。寧戚心裡悲傷，就

敲著牛角高聲唱起歌來。齊桓公聽到後，歎道：「真是與眾
不同啊，這唱歌的人一定不是普通人！」於是命人用車載著
寧戚回城，賜給寧戚衣服和帽子，並召見了他。寧戚陳述了
自己治國的想法，齊桓公聽了非常高興，認為他確實有才能，
就決定正式任用他。

有大臣勸道：「這個人來自衛國，衛國離齊國不遠，不
如先派人去那裡打聽一下他的情況，然後再任用也不晚。」
齊桓公說：「去打聽他的詳細情況，就有可能瞭解到他的小
毛病。如果因為一點小毛病而看不到別人的大優點，就會失
去天下賢能的人。」可見，引進人才時，應該看重其主要的
優點，不必受一些無關緊要的因素的干擾，這就是援引之道。

扶：濟困扶危

| 金文 | | 小篆 | | 楷書 | |

　　「扶」是一個會意兼形聲字。在金文中，「扶」字是由
左右兩部分組成的：左邊像是一個直立的人，右邊像是伸過
來的一隻大手。兩形會意，表示用手去攙扶一個需要照顧的
人。小篆在此基礎上，把字形的左右兩部分交換了位置，即
改為「手」在左，「人」在右。楷化之後，寫作「扶」。「扶」
的本義指扶持、攙扶，後來又引申為輔佐、幫助。

　　救助處於貧困、危難之境的人，這是美德，也是一種智慧。春秋時，晉國的魏武子生病期間，曾經囑咐他的兒子魏顆，等他死後，要把一個沒有生過孩子的小妾嫁出去。後來魏武子病重了，又告訴魏顆，等自己死後，讓這個小妾陪葬。魏武子死後，魏顆覺得父親病危時說過的話可能是神志不清時的胡言亂語，便依照父親以前的吩咐，把這個小妾嫁了出去。

　　後來，魏顆領兵與秦軍打仗，恍惚間看見戰場上有個老人把遍地的草都打成了結，纏住秦軍的戰馬，使秦軍兵將紛紛墜馬，魏顆因此獲勝並俘虜了秦將。當天夜裡，魏顆做了個奇怪的夢，夢見在戰場上結草的老人，自稱是那位被再嫁的小妾的父親，他是用結草克敵的方式，來報答魏顆沒有把自己的女兒送去陪葬。

　　這顯然只是一則傳說，編者和記錄者的意圖很清楚，即：通過宣揚行善者必有善報，來鼓勵那些濟困扶危的人。

　　很多人都會有幫助他人的想法，但常常抱怨沒有這樣的機會。事實上，機會總是有的，關鍵是看當事人如何巧妙地處理。魏顆的做法很聰明，他的做法既使自己的行為沒有違背父親先前的吩咐，同時也解救了這位無辜的女子。可見，濟困扶危也是需要講究方法的。

丞：一飯千金

| 甲骨文 |  | 金文 | | 小篆 | | 楷書 | 丞 |

「丞」是一個會意字。在甲骨文中，它由三部分組成：最下面像是一個坑，中間像是一個人，上面像是另一個人的兩隻手。三形會意，表示有人落入坑中，別人伸出手拯救他。因此，「丞」的本義是拯救，也有幫助、輔佐之意，「拯」是它的後起字。

當他人落入坑中或陷於困境時，應當給予無私的幫助。西漢開國功臣韓信年輕時懷才不遇，日子過得十分困苦，經常受到別人的鄙視。有一次他去河邊釣魚，河邊有一個洗衣服的老太太，看見韓信無家可歸又飢餓難耐的樣子，就把自己的飯菜拿出來給他吃。連著十幾天，老太太都這樣幫助韓信，韓信非常感激，發誓以後定要重重報答她。老太太聽了這話後，生氣地說：「大丈夫不能自己養活自己，我是可憐你才給你飯吃，根本沒有指望你來報答。」

後來，韓信在楚漢戰爭中立下了汗馬功勞，被劉邦封為楚王。他想起從前曾受過老太太的恩惠，便命人送給她黃金一千兩來答謝她。這是因為韓信當初窮困到了極點，哪怕是最平凡的一點恩惠也對他幫助極大。可見，當別人落難時伸出援助之手，一飯值千金。

付：益人自益

| 金文 | | 小篆 | | 楷書 | 付 |

「付」是一個會意字。在金文裡，「付」字從人從又，「又」字表示人手，手下多了一點，表示以手持物正遞給別人。到了小篆中，「又」字旁和下面的一點合在一起，演變成「寸」字旁。這樣，楷化之後，字形就演化為「付」了。「付」的本義指授予、給予，如付賬、付錢。後來，又引申為寄託，如託付等。

俗話說，益人者自益，有付出，就一定會有回報。戰國末，秦國的公子異人在趙國的都城邯鄲做人質。當時，秦國與趙國的關係比較緊張，趙國人對異人很不友好，異人在邯鄲的生活很艱苦。衛國商人呂不韋見到異人之後，認為自己飛黃騰達的機會到了，決定不惜一切代價把異人推上秦國王位。繼承王位的必須是太子，所以第一步，呂不韋要讓異人成為太子。

異人的父親雖然有二十多個兒子，但他的正妻華陽夫人卻沒有兒子。因此呂不韋送了很多財寶給華陽夫人，藉機說服她認異人為兒子。華陽夫人接受了禮物，並多次在丈夫那裡誇讚異人，這樣就使異人很順利地登上了太子之位。異人被立為太子之後，改名為子楚，呂不韋做了他的老師。

又過了幾年，子楚如願以償地當上了秦王，他就是莊襄

王。為了表達對呂不韋的感激，莊襄王封呂不韋為丞相、文信侯，同時賜給了他大量的土地。呂不韋為了幫助異人登上王位，花費了大量人力、物力，但卻得到了更豐厚的回報。可見，要想有收益，就必須先有所付出，益人者自益。

知：格物致知

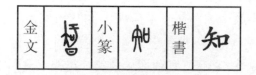

金文	小篆	楷書
		知

「知」是一個會意字，從口從矢，五代宋初文字學家徐鍇指出，此字指能夠迅速明白道理，像矢（箭）一樣快。可見，「知」的本義為知道。後來，古人在「知」的基礎上，又造出一個新字「智」，表示聰明、智慧、謀略、知識等。

智慧從哪裡來？這是一個古老的話題。中國儒家的經典中有一個重要的命題系列，即：格物、致知、誠意、正心、修身、齊家、治國、平天下。其中，致知即是獲取知識或智慧。

什麼是格物致知呢？古今不同的學者，對這個問題的看法分歧較大。按照朱熹的說法，格物致知就是窮究事物道理，致使知性通達至極；現在一般的理解是，推究事物的原理、法則而總結為理性知識。這兩種解釋固然不錯，但是還不夠明白。

據說春秋末期，公孟子對墨子說：「從前聖王安排位次，

道德智能最高的上聖立為天子，其次的立為卿大夫。現在，孔子博通詩書，明察禮樂之制，備知天下萬物。如果封孔子為上聖，豈不是可以讓孔子做天子了嗎？」墨子說：「所謂智者，一定要尊重上天、侍奉鬼神、愛護百姓、節約財用，符合這些要求，才可以稱為智者。現在，你說孔子博通詩書，便認為他是智者，可做天子，這是點數別人賬單上的記數，便以為是自己富有了。」

儒家學派的學者對於格物致知含糊其詞，但墨子卻一針見血地指出，只是博通群書算不得智者，這就好比看了別人的賬單，就以為自己富有一樣。

意：以意逆志

「意」是一個會意字。小篆中的「意」字是上下結構，上半部分是「音」，下半部分是「心」，兩形會意，表示心中的聲音，也就是人的想法。漢朝文字學家許慎指出，「意」即是志，也就是人的意圖，從心察言而知其意，從心，從音。可見，「意」的本義是意向或願望。作為動詞使用時，「意」可以引申為考慮。

戰國時，儒學大師孟子曾經提出以意逆志的詩學批評方

法，也就是通過體察別人的語言，用自己的心思去揣度別人的意圖。而墨子也是戰國時著名的思想家，是墨家學派的創始人。當時，墨學的影響非常大，與儒家一樣被稱為顯學。由於墨子兼愛天下的主張與儒家的觀點對立，所以經常有儒家弟子前來與他爭辯彼此觀點的是非。

　　有一次，儒家弟子巫馬子對他說：「你兼愛天下，卻沒有給天下帶來什麼好處；我不兼愛天下，也沒有給天下帶來什麼害處。我們彼此主張的實際效果都沒有達到，你為什麼只認為自己正確，而認為我不正確呢？」墨子回答道：「假如現在這裡失火了，同時來了兩個人，其中一個人捧著水將要澆滅它，另一個人拿著火苗，將使火燒得更旺。他們的行為都還沒有做成，在這兩個人之中，你覺得誰是正確的？」巫馬子回答說：「我認為那個捧水的人心意是正確的，而那個拿火苗的人的心意是錯誤的。」墨子說：「我也認為我兼愛天下的用意是正確的，而你不兼愛天下的用意是錯誤的。」

　　由這段對話可見，對於「意」的內涵，墨子提出了一個實用的觀點，那就是當某人的主張尚未實現時，可根據其意圖來判定是與非。

勻：大公無私

金文	勻	小篆	勻	繁體	勻	楷書	勻

　　「勻」是會意字。在金文中，「勻」字外圍像曲臂、手形，中間有兩個點，表示把一物平均分為兩份。後來，這個字形經過演化，楷書寫作「勻」，「勻」的本義是把某物平均分為兩份，後來，分化為「分出」「均勻」兩個義項。

　　「勻」字代表著公平與公正，它啟示人們，應當有大公無私的精神。

　　春秋時，晉國的中軍尉祁奚請求告老退休，晉悼公問祁奚誰可以接任他的職位，祁奚毫不遲疑地回答：「解狐最合適了，他一定能夠勝任的！」晉悼公問：「解狐不是你的仇人嗎？你為什麼還要推薦他呢？」祁奚說：「您只問我什麼人能夠勝任，並沒有問解狐是不是我的仇人呀！」

　　後來，晉悼公又問祁奚：「誰可以擔任國尉一職？」祁奚說：「祁午一定能夠勝任的。」晉悼公又奇怪起來了，問道：「祁午不是你的兒子嗎？你怎麼推薦你的兒子，不怕別人講閒話嗎？」祁奚說：「您只問我誰可以勝任，並沒問祁午是不是我的兒子呀！」

　　可見，祁奚推薦人，完全是以才能為標準，不因為是自己的仇人而心存偏見，也不因為是自己的兒子而怕人議論。這種持論公允的人，無疑會得到人們的尊重。

左：左右逢源

金文	𠂇	小篆	𠂇	楷書	左

　　在金文中，「左」字或從工，或從口，或從言，與「右」字構形相似。漢朝文字學家許慎認為，「左」的本義是以手來輔佐。後來，古人在「左」的旁邊加上一個「人」旁，構成「佐」字，表達「幫助」的意思。也就是說，「佐」是「左」的後起字。一般來說，誰都希望得到身邊人的幫助，然而常常有很多人抱怨不能左右逢源。實際上，之所以沒有人幫助，問題不在於別人，而在於自己。

　　戰國時，楚威王常向沈尹華學習，這讓很多人忌妒。有一次，有個地位很低的官員幫助楚威王制定法令，就趁機說：「國人都說您是沈尹華的弟子。」楚威王聽了很不高興，就疏遠了沈尹華。僅僅是一個小官的一句話，就使得楚威王不再去聽君子的高論，可見，君主要想真正得到賢者的幫助，不是很難嗎？引弓射箭時，向後引弦，箭才能射得很遠；阻截水流時，剩下的縫隙越小，水才能流得更急。同理，被小人激怒的人，常常見解悖謬；而見解悖謬的人，就沒有人去幫助了。自古以來，有君子就有小人，有小人就有流言蜚語。讓小人得逞，讓君子受污，哪裡還有真誠的幫助呢？可見，要想得到真誠的幫助，就必須心中早有原則，不被小人激怒，不輕信流言蜚語，才能夠左右逢源。

文：文質彬彬

甲骨文		金文		小篆		楷書	文

甲骨文中的「文」，像是張開雙臂、叉開兩腿、胸前刻有紋飾的正面人形，可見它的本義是「紋身」之「文」。到了金文和小篆中，「文」的字形稍變，但基本保持了甲骨文的結構。後來，「文」的語義擴大，被用來表示「文字」的「文」，這是因為文字的筆畫有橫有豎，有平行也有交叉，很像是古人的文身。

紋身，又叫刺青，是用帶有顏色的針刺入皮膚底層，從而在皮膚上製造出一些圖案或文字。許多民族認為文身可以防病祛災，也有的民族用紋身表明地位、身份或具有某集團的成員資格。一般認為，紋身最普遍的動機是為了美觀。外表華麗當然很美，但內在的素質同樣重要。

古時候，杭州有個賣水果的人，很會儲藏柑子。他的柑子可以保存一年，拿出來時依然光澤鮮亮。放到市場上，售價會高出普通柑子十倍，即使這樣，人們還是會爭相購買。可是，買來後卻發現，這種柑子的裡面乾枯得像破棉絮一樣，剖開時還會有一股煙塵撲向口鼻。顯然，做人不能像這柑子一樣徒有其表，一個人應當既重視外在儀表，又重視內在素質。

如果說質樸是人與生俱來的品格，那麼文飾就顯示後天

的文化修養。孔子認為,人的質樸勝過了文飾就會顯得粗野,文飾勝過了質樸就會顯得虛浮,只有文質彬彬,才可以成為君子。文質彬彬的原意是既文雅又樸實,質樸和文飾比例恰當。因此,人們在追求文化修養與外在修飾的時候,一定不要迷失了樸素的本性。

命:知命不憂

甲骨文	命	金文	命	小篆	命	楷書	命

甲骨文的「命」與「令」本是同一個字,到了金文裡,古人在「令」字的左邊加上一個「口」旁,創造了「命」字,但這與現代寫法還有很大區別。小篆中,「口」由「令」字的左邊移到了「集」的下邊,楷化後,寫作「命」。「命」與「令」的意義基本相同,只是「命」更強調口頭發布。

人生的吉凶福禍究竟是由什麼來決定的?當人們對這個問題苦苦思索卻長久找不到答案時,很容易把它歸咎於神祕莫測的命運。

所謂命運,就是自己無法主宰的生命歷程。由於時間具有唯一性和不可逆轉性,每個人都會因為各種難以預知的主、客觀因素,走完其獨具特徵的生命過程。強調命由天定的人認為,命裡富貴則富貴,命裡貧賤則貧賤。作為對不可預知

現象的一種解釋，命運觀本來也無可厚非。但是，如果因為
自己做錯而影響了前途，卻不思悔改，反而把它歸為命運，
就不能被原諒了。

　　古時候的暴君，貪於耳目口腹之慾，心中邪僻，不聽從
正確的意見，以致國破家亡，他不說這是管理不善造成的，
卻要說命裡本該亡國；貪於飲食且懶於勞動的人，衣食不足，
他不說這是懶惰造成的，卻要說命裡本該貧窮。這樣的人自
認為是知命者，其實卻根本不知道命運為何物。不能否認，
生命中確實有當事人無法決定的因素，但真正知命的人卻不
會因此而憂愁：既然是自己不能主宰的因素，又何必擔心呢？
同時，這種樂觀的人生態度並不意味著消極，腳下的路畢竟
是自己走出來的。

人：仁者愛人

甲骨文	ｸ	金文	㇁	小篆	㇗	楷書	人

　　從字形來看，古時的「人」字是典型的象形字，像一個
人側立著，其中較長的一筆是軀體的勾勒，較短的一筆是手
臂的摹畫。現代的「人」字由此形象演化而來，儘管外形變
化較大，卻依然保持了最初的簡潔風格。「人」字雖然像人，
古人解釋它時，卻並不著眼於外形的相似。漢朝的許慎認為，

人是天地之間性最貴者。也就是說，具有最寶貴的人性，才能被稱為人。

人性是一個古老的話題。古書上說，立人之道曰仁與義，舊時聖賢們多從倫理角度闡發人性。做人既要重視自身的修養，又要重視與他人的相處。在中國這個以人情為重的社會裡，要想獲得成功，有廣泛的人際關係是至關重要的。

儒家道德理念的核心是仁者愛人，這既是對待他人的態度，也是自己做人的原則。即是說，要想自己立得住，同時也應使別人立得住；要想自己行得通，同時也應使別人行得通。可見，凡事只要能推己及人，就初步懂得了如何實行仁愛。人以人性為貴，人性又以仁愛為本，這就是人高於世間萬物的原因。

相傳，孔子去泰山遊覽，遇到一位山野村夫。這個人衣衫破舊，卻滿懷興致地彈琴唱歌。孔子問：「您為什麼這樣高興啊？」村夫回答說：「很多事都值得我高興。第一件事是上天雖然造就了世界萬物，卻只有人是最高貴的，而我恰是一個人，這如何不讓我高興呢？」這個村夫雖然貧窮，卻因為懂得了人生的可貴而感到快樂。人生或許不可避免地會有各種煩惱，但這些都是次要的因素，不會撼動人生的根本。只有認識到世間的一切事物中，人是最可貴的，這個人的眼光和心胸才可以超越世俗，達到安樂從容的境界。

長：長者之患

甲骨文	𡕣	小篆	𨱶	繁體	長	楷書	長

　　「長」是象形字。在甲骨文中，「長」字像一個頭髮很長的老人，不僅駝背，而且手扶枴杖。研究甲骨文的學者余永梁指出，「長」像人頭髮很長的樣子，引申為「長久」之意。古人認為，身體的任何部分都是父母給予的，不可以輕易損傷。因此，古人通常一生不剪髮，頭髮越長意味著年紀越大，生活經驗也越豐富。「長」字既可以指年紀大的人，也可以指經驗豐富的人。

　　有經驗的長者，往往可以預見事物的發展趨勢，提出合理的建議。遺憾的是，沒有這種長遠眼光的人常常對長者的意見不以為然，這就是長者之患。

　　戰國時，魏國的相國公叔痤病倒了，魏惠王前去探視他，說：「您病得這樣厲害，國家可怎麼辦呢？」公叔痤回答：「我的家臣公孫鞅（商鞅）很有才能，希望您可以讓他幫您治理國家。如果您不想重用了他，也千萬不要讓他離開魏國。」魏惠王當時沒有回答，出來後對旁邊的隨從說：「公叔痤竟然讓我把國政交給他的家臣公孫鞅，簡直是太荒謬了！」

　　公叔痤去世之後，魏惠王沒有重用公孫鞅，也沒有限制他不許離開魏國。於是，公孫鞅前往秦國遊說，秦孝公聽從了公孫鞅的意見並重用他，果然使秦國強大起來。與此同時，

魏國卻日漸衰弱了。公叔痤本來是具有長遠眼光的長者，而魏惠王既無長遠眼光，又不聽長者的勸告，他才是真正的糊塗人啊！俗話說「不聽老人言，吃虧在眼前」，可見，虛心聽取長者的意見才是明智的選擇。

賢：選賢與能

金文		小篆		繁體		楷書	

　　金文中的「賢」，有「貝」或無「貝」，左邊是一隻恭順的眼睛，右邊是一隻能幹的手。兩形會意，表示順從、能幹的奴隸。小篆在金文的基礎上增加了「貝」字底。「賢」的本義為多才，其中，「賢」旁本具有「多才」之義，增加了「貝」，當是以財喻才，或者表示多給賢者錢財，以示對賢者的重視。

　　古時候賢明的君王治理國家，任德尊賢，即使是最普通的勞動者，只要有能力，就會提拔他，給他高爵、厚祿、重權。如果爵位不高，民眾對他就不敬重；俸祿不厚，民眾對他就不信任；權力不大，民眾對他就不畏懼。把這三種東西給賢人，並不是對賢人的賞賜，而是要把事情辦好所必備的條件。根據德行任官，根據官職授權，根據功勞定賞，衡量功勞而分予祿位，所以，做官的不會永遠富貴，而民眾也不會永遠貧

賤。有能力的就舉用，沒有能力的就罷黜。舉公義、避私怨，
即是此意。

　　相傳，堯把舜選拔出來，授予他政事，結果天下大治；
禹把益選拔出來，授予他政事，結果天下統一；湯把伊尹選
拔出來，授予他政事，結果計謀得行；文王把閎夭、太顛選
拔出來，授予他們政事，結果西土大服。據說在當時，即使
是處在厚祿尊位的大臣，也沒有不敬懼的；即使是處在農業、
手工及經商地位的，也沒有不爭相勉勵而崇尚道德的。可見，
得到了賢士，就不會缺乏計策，也不會身體疲勞，不僅名立
功成，而且能使美的事物更加彰顯，惡的事物難以產生。

君：謙謙君子

甲骨文		金文		小篆		楷書	
ꕤ		𦤿		𠺞		君	

　　在甲骨文中，「君」字由三部分組成，從又，從丨，從
口。「又」旁像是一隻手，「丨」像是一支筆，兩形合起來
表示一手執筆。在上古時代，能夠執筆寫字的都是貴族，「又」
與「丨」合起來，可以寫作「尹」，即主管或治理的意思；
而「口」表示可以發號施令，所以「又」「丨」「口」三形
合起來，也可以看作「尹」加「口」，表示可以發號施令的
主管者，這就是最早的「君」。君是古代國家的元首，具有

至高無上的地位。後來，又引申為對人的尊稱。

稱某人為君子，是極高的評價。孔子的學生子路曾問：「怎樣才能算是君子？」孔子說：「以嚴肅認真的態度修養自己。」子路又問：「這樣就足夠了嗎？」孔子說：「修養自己，使別人安樂。」子路又問：「這樣就可以了嗎？」孔子又說：「通過修養自己，使所有的老百姓都得到安樂。這一點大概堯舜也沒有做到吧！」

在這裡，子路三次問怎樣做才算達到君子的標準，孔子逐步給出了答案，也就是成為君子的三個步驟：首先，修正自己的思想與行為，努力做到嚴肅、莊重、恭敬；然後，做一個有利於他人的人；最後，做一個對全社會都有益的人。

可見，孔子主張，要成為君子應從提高自身的修養做起，由近及遠，由易而難。其中，對全社會有益顯然是君子的理想人格，也是君子的努力方向。

聖：革凡成聖

甲骨文		金文		小篆		繁體		楷書	
	𦔻		聖		聖		聖		聖

「聖」是一個會意兼形聲字。在甲骨文中，它像一個人的耳朵，正在傾聽著什麼；又從口，表示能聽到別人說話。兩形會意，「聖」的本義為人的耳朵特別敏銳，後來引申為

通達。智慧通達、品德高尚的人，也就是聖人。因此，「聖」又引申為聖人之意。

　　「聖」字從耳，最初必與聽覺有關。只有廣泛聽取他人意見的人，才可以通達事理；只有通達事理的人，才能具有最高的品德與智慧；只有具備最高品德與智慧的人，才可以被稱為聖人。「聖」字意義的引申過程，可以給人深刻的啟示。

　　戰國時，大臣鄒忌曾向齊威王進諫：「本來，我知道自己不如美男子徐公美。可是，妻子偏愛我，小妾懼怕我，客人有求於我，因而他們都說我比徐公美。現在，齊國的土地方圓千里，宮裡的王后嬪妃和親信侍從，沒有誰不偏愛大王；滿朝的大臣，沒有誰不害怕大王；全國範圍內的人，沒有誰不有求於大王。由此看來，大王所受的蒙蔽太嚴重了。」齊威王說：「好！」於是發佈命令：「所有的大臣、官吏和百姓，能夠當面指責寡人過錯的，得上等獎賞；上書勸誡寡人的，得中等獎勵；能夠在公共場所議論指責寡人的，得下等獎勵。」

　　命令剛剛下達時，大臣們都來進諫，宮廷裡像集市一樣人來人往；幾個月以後，偶爾會有人進言；一年以後，即使有人想進言，也沒有什麼可勸諫的了。這表明，通過眾人的積極進諫，齊國的國政越來越清廉，問題越來越少了。可見，喜歡聽美言是人之常情，但卻不利於人的進步。只有打破常情的局限，廣泛聽取批評意見，才能成為具備高尚品德與智慧的聖人。

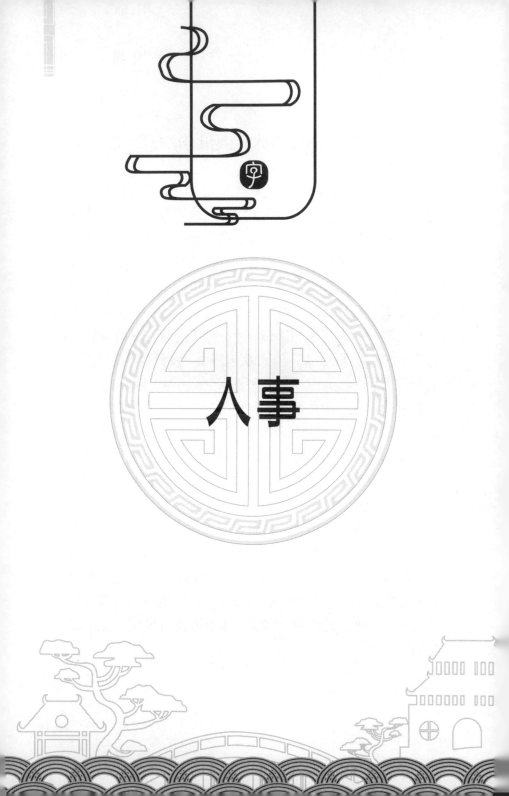

人事

力：木強則折

甲骨文	$\jmath$	金文	$\jmath$	小篆	丂	楷書	力

　　在甲骨文和金文中，「力」字像耕田的農具。大概是耕田時要耗費很大的力氣，所以古人就用農具的形狀來表示勞動時需要用的力。而漢朝文字學家許慎認為，「力」字像人筋之形，是對人用力的形象描繪。無論取其中的哪種解釋，「力」字最初的含義都是指力量或力氣。後來，「力」又引申出能力、威力、權力等意義。

　　具有一定的力量或能力，是完成特定任務的必要前提。但是，這並不等於，只要有力量就一定會取得成功。孟子認為，以力服人者，不能使人心服。

　　秦末的大英雄項羽力大無窮，武功蓋世，卻只活到三十多歲，以兵敗自殺收場。他在絕命詩中寫道：「力拔山兮氣蓋世，時不利兮騅不逝。騅不逝兮可奈何，虞兮虞兮奈若何！」英雄末路，如此悲涼無奈，雖有千鈞之力，卻不能挽狂瀾於既倒。此時的蓋世之力，是多麼微不足道啊！

　　就個人武力而言，劉邦絕對不是項羽的敵手。但是，正如劉邦所說：運籌帷幄之中，決勝千里之外，他不如張良；鎮國家，撫百姓，給饋餉，不絕糧道，他不如蕭何；連百萬之軍，戰必勝，攻必取，他不如韓信。這三個人，都是人中豪傑，劉邦能夠信任並重用他們，這是他取得天下的原因。

而項羽連他最信任的范增也不能重用，歸根結底，是因為他對自己的力量過度依賴，正是這一點導致了他最終的失敗。

可見，個人的強力終究是有限的。只有使人心服，得到眾人之力，才能成為真正的強者、贏家。

伏：伺機而動

甲骨文	金文	小篆	楷書
？	？	？	伏

「伏」是一個會意字。在金文中，它的左上角是一個人形，右下角像是一隻犬蹲伏在地上。兩形會意，表示獵人領著獵犬潛伏著，只要獵物一出現，就會立刻採取捕獵行動。漢朝文字學家許慎認為，「伏」的本義是「伺」，也就是窺伺、窺探或守候、等待。後來，「伏」又引申為埋伏、藏匿。

古人用兵，非常看重憑借。所謂憑借，就是把敵人的險阻作為自己的要塞，利用敵人的謀劃達到自己的目的。另外，還要使自己掌握不可被戰勝的主動權，同時尋找敵人的策略失誤來戰勝敵人。換言之，就是要盡可能減少自己的失誤，同時，要努力尋找敵人的失誤，並把敵人的失誤作為殲滅敵人的最佳機會。

要想達到這樣的目的，就一定要把自己的力量先潛伏起來。自己的主力潛伏起來，敵人沒有辦法找到，這就等於掌

握了不被戰勝的主動權；而敵人是暴露的、公開的，一旦敵人的策略出現失誤，己方就可以抓住機會，集中兵力迅速出擊，從而一舉戰勝敵人。這也正如野獸捕獲獵物一樣，那些依靠牙齒、獸角、利爪攻擊對手的野獸，在正式使用這些利器之前，一定會把自己的身體潛伏起來，這是牠們最終能夠取得成功的重要原因。

《周易·乾卦》第一爻潛龍勿用，也講了這個道理。所謂潛龍，就是正式行動之前，一定要使自己處於潛伏狀態；所謂勿用，就是暫時不要採取行動，應當韜光養晦，等待時機。可見，「伏」是非常重要的傳統智慧。

創：刀頭劍首

小篆	劍	繁體	創	楷書	創

從古至今，「創」字都與刀有關。「創」的本義是刀刺進皮肉，因此有「傷痛」或「傷害」之意。耐人尋味的是，如果形容某事物從無到有，也常常會用到「創」字，如創造、創新等。古人造字是富有深意的，「倉」是倉庫，裡面有財富，要想進入其中卻沒有鑰匙，只有用刀。這就是「創」字的立意所在：刀並非是開門之物，以刀開倉當然是一種非常規手段，這樣的行為必然是充滿風險的。如果冒險獲得成功，則可以得到倉庫中的財物，因此風險還是值得去承擔的。當然，

這不過是一種比喻的說法。

刀頭劍首意味著極其危險的境遇，同時，它也是創新者所必須面對的考驗。這也正如兩軍廝殺，勇者刀劈對方大門，迅速衝入敵營。危險當然會有，傷痛也不可避免，但是，只有具備這種敢闖敢拚的精神，才能創造出不朽的業績來。

創新為什麼一定要有傷痛呢？這是因為，傷痛不僅是創新的代價，而且還是創新的動力。就像溫水中的青蛙，由於感覺很舒服，於是神經漸漸地麻木了，在這樣的生存環境中，再偉大的天才也只能被煮掉。相反，倘若是一隻突然落入開水中的青蛙，切膚之痛會讓牠拚命一躍，於是，一個前所未有的高度就誕生了。

歷史上，蘇秦發憤苦讀時，用頭懸樑錐刺股的辦法，通過刺激皮肉的痛感來激發自己的意志，終於揚名天下；司馬遷宮刑受辱，身體上的傷害促使他發憤著書，於是才有了千古流傳的史學名著……此類例子不勝枚舉，足見傷痛是創新者所必須承受的代價。

敗：功敗垂成

甲骨文	小篆	繁體	楷書
𠕋	𧶠	敗	敗

「敗」是一個會意字：左邊的「貝」表示珍貴的東西，右邊的反文旁像一隻手拿著棍子去打擊的樣子。兩形會意，「敗」字表示手持木棒去敲擊貝殼，也就是將寶貴的東西毀掉。甲骨文中的「敗」從鼎不從貝，而鼎是比貝還要珍貴的東西，也是毀掉珍寶之意。後來，「敗」字的意義擴大，凡是事物的毀壞都可以叫「敗」，比如落葉可以叫敗葉，花落可以叫花敗。

在楚漢戰爭中，正當劉邦與項羽僵持不下時，韓信占領了齊國故地。於是，天下初步形成了楚、漢、齊三分的格局。在這種情況下，韓信成為決定時局的關鍵人物：如果他幫助劉邦，就可以打敗項羽；如果他幫助項羽，就可以打敗劉邦；如果他自立為王，則可以使天下三分的格局穩定下來，重回戰國分裂時代。

當時有個謀士勸韓信說：「功業難成而易敗，機會難得而易失，因此應當脫離劉邦自立為王。」韓信並沒有聽從這個謀士的話，而是幫助劉邦很快打敗了項羽。西漢帝國建立後，由於韓信的功勞太大，劉邦總是擔心他謀反，結果韓信最終死在了呂后手裡。對於韓信個人而言，他本來可以有一個更好的結局，但一念之差便使他功敗垂成，令人惋惜。

事物本來很完美，卻因為一個很小的失誤而毀掉了全局，人們通常把這樣的失誤叫作「敗筆」。歷史上或現實中的敗筆很多，大到像韓信這樣的決策失誤，小到一幅畫或其他藝術品中的瑕疵。可見，敗的教訓是很深刻的，如果不能謹慎地思考並進行抉擇，事業很容易在即將成功的時候毀滅。

辱：忍辱負重

甲骨文	金文	小篆	楷書
寅	辱	辱	辱

「辱」是一個會意字。在小篆中，「辱」字從辰，從寸。其中，「寸」旁像手，「辰」旁的解釋則比較複雜。甲骨文中的「辰」字像以手振動岩石，乃是「振」的初字。漢朝的許慎認為，「辰」的本義為「震」，三月陽氣動，雷聲震，這是農業耕作的時節，因此辰為農時。古時種田主要依賴雙手，農忙時，農民的雙手既要抓泥又要扒糞，農民不僅要忍受痛苦，還會有一種屈辱感。所以，「辱」字本義為農業勞作時的手，引申為恥辱、玷污、委屈等。

當自尊心受到傷害，人就會產生一種受辱感。很多人不甘受辱，便常常採取極端的行為來維護自尊。

相傳春秋時，有個士人名叫賓卑聚。一天晚上，他夢見有個強壯的男子，戴著白絹做的帽子，繫著紅麻線做的帽帶，

穿著熟絹做的衣服，白色的新鞋，佩著黑鞘寶劍，走上前來責罵他，還用唾沫吐他的臉。他被嚇醒了，發現只是一個夢。於是，他坐了整整一夜，心裡非常不高興。第二天，他對朋友說：「我從來沒有受到過挫折和侮辱，昨天夜裡竟然慘遭侮辱，我一定要想辦法找到那個傢伙報仇。」於是，他每天都站在十字路口，在過往的行人中尋找夢中吐他的那個男人。連續三天都沒有找到夢中的那個人，賓卑聚感到很絕望，就在這天夜裡自殺了。

　　僅僅因為夢中受辱就自殺，賓卑聚的自尊心顯然已經超出了尋常。崇尚英雄氣概沒有錯，但是，像賓卑聚這樣把不甘受辱推向極端，是根本不值得讚美的。相反，秦漢之際，韓信忍受胯下之辱，卻無損於他的英雄形象。可見，真正有智慧的人，都能忍受暫時的屈辱，因為只有這樣才能完成艱巨的任務。

困：困獸猶鬥

甲骨文	小篆	楷書

　　「困」字比較特殊，既可以視為象形字，也可以視為會意字。「困」字的甲骨文形體與楷書形體相差不大，都是外「囗」內「木」，像是用樹枝編紮成的簡陋柴門。在古文中，

「困」有一個異體字，上為「止」，下為「木」，表示阻止進入的木頭，這就是「困」字的本義。

上古時，農民為了方便田間勞作，夏天農忙季節在農田裡搭建簡陋的窩棚，夜裡就住在那兒，到了冬季農閒時再搬回家裡去住，古人把這種生活方式叫冬窟夏廬。

漢朝人認為，夏廬與「困」字有關。原來，廬舍比較簡陋，為防止夜間野獸侵入，農民會用木頭把門封住，正如甲骨文「困」字以木封門的樣子。廬門封住以後，裡面睡覺的人會很安全，所以人們把「睡覺」也稱為「困覺」。有木頭封門，外面的野獸進不來，裡面的人也出不去，由此，「困」字引申出被圍困之義。當湖泊裡沒有了水，裡面的魚就陷入了困境；當人的能力無法發揮，行為受到限制，人生就陷入了困境。

身處困境，最重要的是不放棄改變命運的抗爭。古語說，困獸猶鬥，更何況是擁有更高智慧的人呢？要走出困境，首先需要調整心態，正如「困」字所表示的那樣，柴門擋住了出去的路，但它同時也成了保護的屏障。其次要思變，所謂變，是指改變自己而不是改變環境，因為如果能夠改變環境，就不算處於困境了。

初入困境時，會感覺到種種不適應，只有通過改變自己才能適應這種條件。一旦適應了，就可以沉下心來，充分發揮自己的潛能，進而實現人生理想。正所謂：窮則變，變則通，通則久。

嚴：嚴懲不貸

| 金文 | 𠷿 | 小篆 | 𨟻 | 繁體 | 嚴 | 楷書 | 嚴 |

「嚴」是一個會意兼形聲字。金文的「嚴」字，上半部分是兩張「口」，中間是「厂」，下面是「帝」「又」。五形會意，表示堂上的主人不斷有命令傳出來，堂下負責灑掃的家奴應接不暇。漢代的許慎認為，「嚴」的本義為教命緊急。後來，「嚴」又引申為嚴峻、嚴厲、莊嚴、警戒等。

古人修身，講究嚴以律己、寬以待人，而治國則相反，必須對違法者嚴懲不貸。

春秋時，子產做鄭國的執政，臨終時對游吉說：「我死之後，你一定會在鄭國執政，請你務必用嚴厲的手段來治理民眾。火的樣子是嚴厲的，所以人們很少燒傷；水的樣子是懦弱的，所以人們常常被水淹死。正因為這樣，你一定要使自己對百姓的刑罰嚴厲，不要讓人們覺得你懦弱。」

可是子產死後，游吉並沒有使用嚴厲的刑罰對待百姓。結果，鄭國的青少年一個接一個地做了強盜，盤踞在大澤之畔，成了鄭國的嚴重禍患。游吉只好領兵與他們作戰，經過一天一夜的戰鬥，才把他們打敗。事後，游古感嘆道：「假如我早一天奉行子產的教導，事態一定不會惡化到現在這個地步。」

戰國時的韓非子認為：「愛多者法不立，威少者下侵

上。」因此，法家主張嚴刑峻法，刑律越是苛刻，百姓就越不敢犯法，這樣真正受到法律制裁的人就越少；相反，如果法律過分寬容，百姓就不會把法律放在眼裡，犯法的人就會多起來，受到法律制裁的人相應地也會多。可見，治國使用嚴刑峻法並不是對百姓的侵害，反而有助於建立良好的秩序，這就是「嚴」的智慧。

焚：焚林而田

甲骨文	金文	小篆	楷書

「焚」是一個會意字。在甲骨文中，「焚」字上半部分像是樹林，下半部分像是一堆火。兩形會意，表示以火燒林。小篆在甲骨文的基礎上將字形進一步複雜化，在上面的兩「木」之間加入了「爻」旁，表示林木間彼此糾結。楷書將小篆簡化，寫作「焚」。「焚」的本義指燒林，這是上古漁獵時代的一種打獵方式，後來又引申為普通的焚燒。

焚燒森林驅捕野獸，暫時可以得到很多獵物，但是不久之後就一定沒有野獸可捕了。同理，如果做事不留餘地，只顧眼前利益，則往往會損害長遠利益。

三國時，蜀國丞相諸葛亮為了鞏固後方，出兵平定孟獲。

諸葛亮得知孟獲勇敢善戰，深得當地民眾的支持，就決定把他招降過來。孟獲有勇無謀，不善於用兵，第一次交鋒就中了蜀軍的埋伏。孟獲以為自己一定會被處死，不料諸葛亮親自給他鬆綁，並好言勸他歸順。孟獲不服，諸葛亮並沒有生氣，還命人放了孟獲。孟獲回去之後，重整隊伍，又與蜀軍開戰，結果又被捉住了。這一次孟獲還是不服，諸葛亮又把他放了。最後，孟獲把各族的首領都請來了，大家一起上陣，結果都被諸葛亮活捉了。蜀營裡傳出話來，請孟獲等人回去。孟獲至此徹底服了諸葛亮，於是誠心歸順蜀漢。

如果諸葛亮第一次捉住孟獲就把他處死，可能會在最短的時間內就平定了南方。但是，這樣做很可能使蜀軍與當地民眾結下仇怨，從而造成無窮的後患。七擒七縱，雖然付出了代價，但換回的卻是長期穩定的戰略後方。這與田獵不可以焚林的道理是一樣的，留得青山在，不怕沒柴燒。可見，「焚」字的啟示就是，要平衡好眼前利益與長遠利益的關係。

罪：奉辭伐罪

小篆		繁體		楷書	
	𦋐		皋		罪

秦朝以前，「罪」是一個會意字。「皋」的上半部分為「自」，像人的鼻子；下半部分為「辛」，郭沫若認為這個

字是古代一種曲刀的象形。兩形會意，表示用刀去割人的鼻子。以刀割鼻是古代一種極其殘酷的刑罰，又叫劓，「罪」是用這種刑罰來表示人有罪。漢朝的劉向認為，「罪」表示有罪的人因面臨懲罰而蹙鼻的樣子，這樣解釋也有道理。秦朝以前的最高君主為王，從秦始皇開始改稱為皇帝，因「皋」與「皇」的字形相似，秦始皇就命令用「罪」代替「皋」字。

如果想要懲罰或攻擊他人，就必須先找到對方的罪名，否則便會師出無名。

春秋時，蔡侯的女兒嫁給齊桓公為夫人。一天，齊桓公夫婦乘船遊玩，蔡姬故意把船蕩得亂晃，把齊桓公嚇壞了，一氣之下把她休回娘家。不久，齊桓公想把蔡姬接回來，但是蔡侯賭氣，已經把女兒改嫁他人了。齊桓公惱羞成怒，決心要興兵伐蔡。

管仲勸道：「夫妻間因為玩笑出了問題，不好作為攻伐他國的理由。如果因此而興兵，您的霸業將會很難實現。」齊桓公不聽，還是堅持要伐蔡，管仲就說：「楚國已經三年沒有向周天子進貢了，如果要打仗，您就先為周天子伐楚。楚國投降後，便回師擊蔡，宣稱：『我們為天子討伐楚國，而蔡國不調兵響應，所以應當消滅它。』這樣興師問罪，名義上是光明正大的，而實際上，報蔡姬改嫁之恨的目的也達到了。」

可見，即便只是為了不可告人的目的，行動起來也必須有個光明正大的理由，這就是古人奉辭伐罪的智慧。

過：棄過圖新

| 金文 | 〳 | 小篆 | 𧤼 | 繁體 | 過 | 楷書 | 過 |

　　金文中的「過」顯然是會意字，從止，表示走路，而右上角的「S」形，則表示走過的路線。「過」的本義為從門前走過，學者吳善述指出，「過」本「經過」之「過」，故從 ，通常所說的「過我門」「過其門」等，即是用其本義。中庸之道非常崇尚過猶不及，所以「過」又引申為過錯、過失。

　　孔子認為：「君子如果不莊重就沒有威嚴，即使學習了也不會鞏固。」做人要講究忠、信，有了過錯，不要害怕改正。

　　相傳魏晉之際，有個人叫周處，他自幼父母雙亡，年少時身材魁梧，臂力過人，武藝高強。但是他品行不好，經常欺壓百姓，橫行霸道。當時，鄉間流行的民謠說：「小周處，體力強，日弄刀弓夜弄槍。拳打李，腳踢張，好像猛虎撲群羊。嚇得鄉民齊叫苦，無人敢與論短長。」於是，人們把周處、南山猛虎、長橋下的惡蛟合稱三害。

　　後來，這個說法傳到了周處那裡，他自知為人所厭，突然悔悟，決心棄過圖新。為了向鄉人表明自己改過自新的態度，周處先是隻身入山射虎，接著又下水搏蛟。經過三天三夜的捨命搏鬥，終於殺死猛虎、蘖蛟。由於周處的改邪歸正，鄉里三害盡除，人們無不歡欣鼓舞。改過後的周處發憤圖強，拜名士陸機、陸雲為師，終於成了文武全才，得到重用，吳

時為東觀左丞、晉平吳後任新平太守等職。可見，勇於改正自己的過錯，是十分可貴的品德和智慧。

去：以火去蛾

甲骨文		金文		小篆		楷書	去

「去」是一個會意字。在甲骨文中，「去」字上半部分是「大」，像是一個正面而立的人形，下半部分是「口」，像是城邑或是小坑。兩形會意，表示人正離開城邑或是小坑。小篆中的「去」，從大，從凵。「去」的本義為離開，後來語義不斷擴大，又引申為去掉、去除、放棄等等。

去除某些消極因素，也是事業進步的必然要求。但是，去除也要講究方法，如果行為與目的相矛盾，那麼只能取得相反的結果。假如瓦器中的醋黃了，蚊蠅之類的蟲子就會聚集到那裡，這是因為瓦器中有酸味的緣故；如果瓦器中只有冰，就一定不會招來蚊蠅，因為冰是無味的。正因為蚊蠅喜歡酸臭味，所以如果用變質的魚去清除蚊蠅，則蚊蠅只會越來越多。同理，用火驅趕飛蛾，越趕蛾越多，因為飛蛾喜歡撲火；用貓來捕捉老鼠，即使方法再巧妙，也不可能達到目的，因為貓是老鼠的天敵。

就政治而言，暴政是老百姓所厭惡的，可是夏桀、商紂

卻想用它來求得安定團結的局面，結果只能是對百姓的懲罰越重，社會就越亂。可以說，夏桀、商紂的滅亡，表面上是民眾的反抗，實質上卻是統治者不懂得去除弊政的方法，以致於親手埋葬了自己的前途。

可見，無論是為政還是一般做事，要想達到目的，就必須採取符合規律的方法，只有這樣才可以事半功倍。否則，只能是南轅北轍，不僅達不到目的，還會害人害己、誤國誤民。

出：虎口脫險

在甲骨文、金文和小篆中，「出」是一個會意字，從止，從凵。其中，「止」像是人的腳或腳印，「凵」表示坑或猛獸張開的口。清代文字學家孫詒讓認為，古文「出」字取足形出入之義。從字形來看，「出」的本義是從裡面走到外面，或者是從坑裡、口裡逃脫。

深坑或虎口，都意味著險境。倘若不幸深陷其中，如何才能走出來呢？既是險境，就需要運用智慧脫身。

相傳，戰國初期，齊國人孫臏與魏國人龐涓都跟鬼谷子

學習兵法。龐涓先下山，去了魏國，並且得到了魏王的重用。又過了幾年，孫臏也下山來到魏國。表面上，龐涓熱情接待了孫臏，並把他推薦給了魏王；實際上，孫臏高超的軍事才能引起了龐涓的嫉妒。為了除掉孫臏，龐涓想方設法陷害他，使他受到臏刑，雙腿致殘，而孫臏反把龐涓當成了恩人。

等到孫臏知道真相後，他已經受制於龐涓了。為了盡快脫離險境，孫臏開始裝瘋。他一會兒大哭，一會兒又大笑，時而唾沫從嘴角往外橫流，時而說話顛三倒四。龐涓不相信他真的會瘋，就命人把他扔進大糞坑中，孫臏眉毛也不皺一下，抓起大糞就吃。龐涓又命人送去酒肉，孫臏卻把它打翻在地，大聲說：「你們想害我吧！」這樣反覆幾次，龐涓真的相信孫臏瘋了。沒有人把一個瘋子當回事，這樣孫臏的行動就相對自由了一些。

後來，齊國使者來到魏國，孫臏悄悄和使者取得了聯繫，被祕密救到了齊國。孫臏為了脫身，費了很大周折。道理顯而易見，人走出深坑是需要動用智慧、付出代價的。越是在困境中就越需要冷靜的頭腦和周密的計劃，如果急於求成，魯莽行事，往往會欲速則不達，甚至越陷越深。

復：去而復返

甲骨文	[字形]	金文	[字形]	小篆	[字形]	繁體	復	楷書	復

在甲骨文中，「復」下半部分像倒「止」形的足跡。漢朝許慎認為，「復」的本義為行故道，也就是返回。「復」字中本有近於腳印的字形，已經表明它有走路的意思。後來，古人又給「復」字加上了「彳」旁，寫作「復」，突出「行走」之義。

去而復返的觀念，最早可以追溯到殷商文化中。考古發現的殷墟王陵區大墓，帶有兩條或四條墓道的占很大比例，它們均呈神祕的「亞」形結構。以兩墓道的墓葬為例，如果從其中的一條墓道進入墓室，繼續向前走，就會從另一條墓道返回到地面。這種設計，恰好與殷墟甲骨文中的「復」字吻合，或許體現了殷商人的某種原始宗教觀念，即：他們希望死者從一條墓道進入冥界，再從另一條墓道重返人間獲得新生。

這種原始宗教觀念進一步演化，就成為中國古代的一種哲學觀念：古人看到日昇月落、春去秋來，認識到循環往復是宇宙的規律；春去還會回來，花謝還會再開，說明失去的還會得到，得到的還將失去。這樣，復又進而成為一種人生智慧。

相傳古時候，邊塞一帶住著一位老人，有一天，他家的

馬無故跑進了胡人的領地。鄰居們都來安慰他，他卻說：「這未必不是件好事。」幾個月後，他的馬帶著胡人的駿馬回來了。鄰居們都來恭喜他，他說：「這也可能是禍患。」果不其然，因為家裡有了胡人養的好馬，老人的兒子很喜歡騎，結果不小心摔折了腿。人們又都來安慰老人，老人卻說：「這也可能是福氣。」又過了一年，胡人大舉入侵，壯年男子都去打仗了，很多人不幸戰死。唯獨這位老人的兒子，因為腿瘸沒有上戰場，保全了性命。

可見，得失是可以互相轉化的，好運的人可能樂極生悲，倒霉的人也可能時來運轉。這就是「復」字的啟示：得到了不要高興得太早，失去了也不必過於傷心，保持一顆平常心才是明智的處世態度。

戒：防患未然

甲骨文	戈	金文	戈	小篆	戒	楷書	戒

「戒」是一個會意字。在甲骨文中，「戒」字中間是一支長戈，這是殷商時代最常見的一種武器，「戈」的下部左右兩側各畫有一隻手。合起來看，整個字形像是雙手緊握長戈，表示戒備敵人來犯。到了周代青銅器的銘文中，為了書寫方便，把雙手從戈柄的兩側改換到同側。經過楷化之後，

「戒」字中的「戈」旁猶在，而雙手的形狀已經僅居一角，形狀有點像草字頭了。「戒」的本義是警戒、戒備，後來的各種含義都是由此引申出來的。

在事物發展的進程中，難免會突發意外情況。雷聲響徹雲霄，會讓萬物無比驚懼；危機突然發生，會讓人們非常害怕。突然的事變，可能會暫時給事業發展帶來一定的損害，因而會使人感到恐慌、煩躁、焦慮。但是，從長遠來看，在這樣令人震驚的意外中，人們的所得大於所失：因為人在恐懼警惕的狀態中，行事就會小心謹慎，從而減少失誤；反之，如果心安神泰，則往往會粗心大意，這樣就容易招致失敗。

戰國時，孟子曾經說過：「生於憂患，死於安樂。」正如「戒」字所描繪的那樣，緊握武器，時時防備危機的發生，這樣才能有備而無患。當令人震驚的時刻到來，人們會焦慮地關注著事態的發展。當人們認識到變動的規律並能夠適應時，事物就能亨通順利，由此即可以致福。這就是「驚則懼，懼則戒，戒則久」的道理。

察：至察無徒

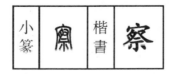

小篆	楷書
宗	察

「察」是一個會意兼形聲字。漢朝文字學家許慎認為，

「察」的本義為覆，從「宀」，從「祭」，解釋得不夠明確。清朝文字訓詁學家段玉裁指出：「宀」表示蓋子，「察」字從「宀」，表示取下蓋子，認真審視；「祭」為聲符，同時也具有表意功能，即祭祀時各種用品都必須仔細查看。因此，「察」的本義指詳審、細究，後引申為知曉、明瞭、區分、清楚等。

　　凡事都詳審、細究，則顯得人斤斤計較，未必是優點。

　　春秋時，管仲病重，齊桓公去看望他，詢問國事將來可以託付給誰。管仲問：「您打算讓誰擔任宰相呢？」齊桓公說；「鮑叔牙可以嗎？」管仲回答說：「不行。我和鮑叔牙交情很好，鮑叔牙為人清正廉潔，剛正不阿，看到不像自己那樣正直的人，便不去接近；一旦聽到別人的過錯，一輩子也不能忘記。這樣的人不適合做宰相。」齊桓公問：「那麼隰朋可以嗎？」管仲回答說：「隰朋為人，對勝過自己的賢人追羨不已，對不如自己的人則表示同情，並勸勉不息；他對於國政，細枝末節不去過問；他對於事物，分外的不去瞭解；他對於人，不刻意去找小毛病。如果一定要我推薦宰相人選的話，那麼隰朋是合適的。」

　　可見，居於高位的人，不應當在細小的事情上過分詳究，更不應當表現小聰明。正因為這樣，大工匠只注意總體設計，而不必親自揮斧弄鑿；大廚師只著意調和五味，而不必親自擺弄鍋碗瓢盆；大勇士只指揮戰鬥，而不必親自臨陣鬥毆。古語說，「水至清則無魚，人至察則無徒」，也是這個道理。

導：因勢利導

金文	𨑹	小篆	𨔶	繁體	導	楷書	導

　　「導」是一個會意兼形聲字。在金文中，「導」是由三部分組成的：從行，像十字路口；從首，像人的頭，表示一個人在十字路口；從寸，像一隻手，正朝十字路口的人打手勢。三形會意，「導」的本義表示引導。

　　當一個人正處於十字路口，不知去哪個方向時，往往需要適當的引導。引導者只有順情而引、因勢利導，才有可能使被引導者聽從自己的意見。

　　戰國時，惠盎就是一個善於因勢利導的人。據說，宋康王脾氣暴躁，常對人說：「我喜歡勇武有力的人，不喜歡鼓吹仁義的人。」惠盎就對宋康王說：「我有一種道術，可以使勇武有力的人傷害不到您，您想聽嗎？」宋康王說：「想聽。」惠盎說：「我還有一種更好的道術，它使勇武有力的人不敢傷害您，您想聽嗎？」宋康王說：「想聽。」惠盎說：「雖然不敢傷害，但未必沒有傷害的想法。我還有一種道術，它使人根本沒有傷害您的想法，您想聽嗎？」宋康王說：「想聽。」惠盎又說：「沒有傷害您的想法，卻未必會主動幫助您。我還有一種道術，它能使天下人都願意幫助您。您想聽嗎？」宋康王說：「想聽。」惠盎於是說：「仁義之說就是這樣的道術。倡導仁義的人能得到天下人的尊重，奉行仁義之道的君主能

得到天下人的幫助。」宋康王啞口無言，被惠盎的話折服了。

顯然，如果惠盎開口就講仁義，宋康王根本聽不進去。所以，惠盎就從對方愛聽的勇武講起，逐漸引到仁義之說上來，不知不覺中，讓對方接受了自己的觀點。這就是因勢利導的智慧。

學：好學不倦

甲骨文	金文	小篆	繁體	楷書
𦥯	𦥑	𨧀	學	學

在甲骨文中，「學」字由上下兩部分組成：上半部分是兩隻手，下半部分是「爻」字旁，表示古時計數用的小木棍，四根。兩形會意，表示教別人算數或自己學習占卜。金文增加了寶蓋表示房子，裡面又有表示孩子的「子」，表示教的對象或學的主體。

有一種解釋，認為「學」字中的寶蓋不是房子，而是抽象的蒙蔽之義，也就是說人只有通過學習，才可以擺脫蒙昧的狀態。這種說法未必是「學」字的造字依據，但卻揭示了學的價值：學是獲取知識的途徑，一個人好學不倦，可以改變自己的命運。

戰國時的寧越，原本是中牟地方的普通百姓。有一次他苦於耕作的辛勞，對友人說：「我怎樣才能免除這種勞動呢？」

友人說：「只有學習。學習三十年就可以顯赫了。」寧越說：「就讓我用十五年實現吧！別人休息的時候，我不休息而去學習；別人睡覺的時候，我不睡覺而去學習。」就這樣，寧越苦學了十五年，終於成為有名的學者，連國君周威王也拜他為師。

箭的速度是非常快的，但它的射程不會超過兩里，因為箭射出一段時間就會停下來。步行的速度是很慢的，但人可以走幾百里，因為腳步可以一直走下去。寧越憑著自己的智慧，加上多年的堅持，最終成了諸侯國君主的老師。可見，學本身並不是智慧，但是，只有具備大智慧的人，才會把學當作終生的追求。

宮：宮牆外望

| 甲骨文 | 𠃊 | 小篆 | 宮 | 楷書 | 宮 |

「宮」是會意字，兩個「口」表示一房之中有多室。在秦朝以前，居住者不分貴賤，無論大小房屋都可以稱為宮，而且，宮與室一般沒有區別。

既然古代的宮未必指宮殿，宮牆也就不一定指宮殿的圍牆了。

相傳，子貢曾以宮牆為喻，說明孔子的學問。子貢說：「我家的宮牆只有肩膀那麼高，人在外面就可以看見裡面的

房子；老師家的宮牆卻有好幾丈高，如果不從大門進入，就不可能看到裡面的宮室。」後來，人們就把得不到老師的真傳稱為宮牆外望。

那麼，如何才能得到真傳呢？據說秦朝末年，有一天張良到下邳橋上散步，碰到一個老人。老人走到他旁邊，故意把鞋子掉到橋下，然後對張良說：「孩子，下橋去把鞋子拾上來！」張良看他是個老人，就強忍著怒氣，到橋下把鞋拾了上來。那老人竟然又說：「把鞋子給我穿上！」張良一想，既然已經給他拾來了鞋子，不如就給他穿上吧，於是就跪在地上給老人穿鞋。穿完後，老人對張良說：「你這孩子是能培養成才的。五天以後的早晨，天一亮你就到這裡來。」張良答應了。

五天後他如約前往，卻發現老人已經在那裡多時了。老人很生氣，說：「和老人約會，怎麼可以晚到呢？五天後再來吧。」又過了五天，張良很早就到了，但還是落到老人的後面，老人又讓他五天後再來。最後一次，張良半夜就到了，等了好久，老人才來。老人見張良真心求學，很是高興，就把《太公兵法》傳給了他。可見，只有真心拜師，才能找到合適的求學門徑。相反，如果既無誠心也無耐心，只是隔牆窺探，則永遠也不可能成功。

編：韋編三絕

甲骨文	卌	小篆	編	繁體	編	楷書	編

甲骨文中的「編」是會意字，左邊是如柵一樣的編織物的象形，右邊是一束編織用的繩索。到了秦漢時的小篆中，「編」字被改造成左邊是「糸」、右邊是「扁」的形聲字。漢朝的許慎認為，根據字形，「編」的意思就是把竹簡用皮條編連成書。

在造紙術出現之前，中國的古書主要是在竹簡上書寫的。把一支支竹簡用皮條編連起來，就成了一卷卷的書。

據說孔子晚年非常喜歡讀《易經》，記載《易經》的竹簡被他反覆閱讀，結果連接竹簡的皮繩不知被翻斷了多少次。即使讀到了這樣的地步，孔子還謙虛地說，如果能再讀幾年，他就可以掌握《易經》了。這則故事後來被概括為「韋編三絕」，意在啟示人們讀書要勤奮。孔子是大聖人，即使到了晚年尚且如此，足見學習是沒有止境的。

三國時，孫權曾對大將呂蒙說：「你現在當權，掌管國家大事，不能不學習！」呂蒙推辭說軍中事多，沒時間讀書。孫權說：「我並不是要你飽讀經書成為聖人。但你也應當瀏覽一些書籍，瞭解過去的歷史。你說事多，比我如何？我經常讀書，自以為大有補益。」聽了這番教誨，呂蒙決定開始讀書。後來，適逢魯肅到尋陽，與呂蒙議論政務，剛談幾句，

魯肅就驚歎道：「以你現在的才略，已經不是過去的吳下阿蒙了！」呂蒙說：「士人離別三天，就不能再用老眼光來看待了，你看問題怎麼如此淺近呢？」呂蒙的進步足以說明，即使每天只拿出片刻時間來學習，也比整天空想的收穫大。

聖人如孔子、武夫如呂蒙，都是通過學習來不斷地提高自己的，可見，學習是所有人成功的最佳途徑。

審：審時度勢

金文	🔲	小篆	審	繁體	審	楷書	審

「審」本來寫作「采」，從 ，從采。通常都解釋為房子，這裡指一定的範圍；采，像獸爪分開之形，這裡指野獸的足印。兩形會意，表示在一定的範圍內辨別野獸的足跡。簡言之，「審」的本義是辨別、考察，引申為真實、固定。

上古時，如果人們在狩獵中發現了野獸的足跡，必須在一定範圍內分辨清楚。這關係到狩獵者的得失與安危，絲毫馬虎不得。通過長期觀察，古人發現：事物有表象和真相，只有對表象加以注意，才可以考察到真相。

春秋時，晉襄公派使臣到周，說：「敝國君主生病，以守龜占卜，說是三塗山山神作祟降災。於是，國君派我來借道，去三塗山求神降福。」周天子聽完，當即答應了，然後

按著禮節接待使者，結束之後，賓客就出去了。萇弘對劉康公說：「因為去三塗山求福，就受到周天子的禮遇，這是一件好事。但是，這些客人卻面帶勇武之色，大概會有別的事情，希望你能加以防備。」劉康公就安排了戰車，並讓士兵提高警惕，隨時準備應對突發情況。果然，晉國把祭祀的事安排在前面，後面跟著一支十二萬人的軍隊，渡過棘津，襲擊了聊、阮、梁這些蠻人居住的地區，滅掉了這三個國家。晉國口頭宣稱的與真實目的並不一致，但只有眼光敏銳、智慮周詳的人，才能覺察出這種跡象。

　　生活中，類似這樣的事很多，如掛羊頭賣狗肉；玩文字遊戲；明修棧道，暗度陳倉等等。可見，僅憑表面的名義不足以辨別事物的真偽，必須通過仔細觀察和嚴密思考，才能得知實際的情形。

聲：大音希聲

甲骨文	殸	小篆	聲	繁體	聲	楷書	聲

　　「聲」是會意字。甲骨文中的「聲」，至少有兩種寫法。其中一種比較簡單，由上下兩部分構成：上半部分像是懸掛著的一個石磬，石磬是上古時一種常見的樂器；下半部分像是一隻耳朵在聽。兩形會意，表示耳朵正在傾聽石磬發出來

的聲音。另一種寫法比較複雜，是由四部分組成的：一隻懸掛著的石磬，一張口，一隻耳朵，還有一隻持棍的手，示意去敲擊石磬。四形會意，表示敲擊石磬發出的樂音和口裡發出的聲音，耳朵都能聽得見。

大音希聲，最早是由老子提出來的，意思是說，最大、最美的聲音是無聲之音。人們所能聽到的各種聲音，只是聲音的一部分，而不是它的全部。倘若一個人只能欣賞到具體的、部分的聲音之美，就必然無法領略聲音的自然全美。老子認為，最美的音樂是自然美之全聲，而非人為的部分之聲，這與他的「道可道，非常道。名可名，非常名」的見解是一致的。

後來，莊子繼承並闡釋了這一觀點，把聲音分為人籟、地籟、天籟三種：人籟即簫管之聲，屬於下等；地籟即風吹孔穴之聲，屬於中等；天籟即自然之聲，屬於上等。老子和莊子這種對於自然全美的提倡，對中國後世產生了深遠的影響，後人往往把自然天成、不事雕鑿作為人生的最高境界。

音：聽音知德

金文	小篆	楷書
音	音	音

「音」是一個會意字。金文中的「音」，是在「言」字的基礎上創造而成的，即在「言」字的口中增加一短橫，表

示音自口中發出。在漢字的演化過程中，「音」字上部的一點三橫演變為立，楷化後寫作「音」。漢朝文字學家許慎認為，「音」是生於心而有節於外的聲，宮、商、角、徵、羽為五聲，絲、竹、金、石、匏、土、革、木八種材質製作的樂器演奏出來的是八音，從言，含一。可見，「音」的本義為樂器所發之聲。

大凡音樂，都是從人的內心中產生出來的。人的心中有所感觸，就會通過音樂表現出來。也就是說，音樂表現於外，但是卻孕育於內。因此，古人認為，聽到某一地區的音樂，就能瞭解到當地的風俗；考察當地的風俗，就可以瞭解當地人的志趣；觀察當地人的志趣，就可以瞭解他們的德行。興盛與衰亡、賢明與不肖、君子與小人都會在音樂中表現出來。

所以，音樂作為一種被觀察的對象，它所反映的內容是相當深刻的。土質惡劣，草木就不能生長；水質渾濁，魚蝦就不能生長；社會黑暗，音樂就會淫逸邪僻。只要淫邪、輕佻、放縱的音樂產生出來，放蕩不羈、邪惡輕慢的思想與風氣就會熏染世人。

古人提倡以道為根本，提高修養、端正品德後才能創造音樂，音樂和諧後才能通達事理。音樂和諧了，社會也就會和諧。可見，音樂具有獨特的魅力與影響力，可以深刻地改變欣賞者的性情乃至整個社會的風氣。因此，無論是創作音樂還是欣賞音樂，都不能不慎重。

舞：長袖善舞

甲骨文	金文	小篆	楷書

甲骨文中的「舞」是一個象形字，像一個人手裡拿著牛尾巴在跳舞。金文和小篆裡的「舞」字繁雜一些，但舞姿還是可以看出來的。到了隸書和楷書裡，「舞」字完全符號化了，再也看不出有人跳舞的樣子。漢朝文字學家許慎認為，「舞」的本義為樂。古代的詩歌、音樂、舞蹈三位一體，統稱為樂。

古時有長袖善舞之說，意思是，跳舞的人袖子長了有利於起舞。後來，古人常常以此為喻，說明「充分憑借某種優勢，事業才容易成功」的道理。

戰國時，燕國人蔡澤周遊列國，想謀求官職，卻一直得不到重用。後來，他聽說秦相范雎因舉薦的人犯了罪而抬不起頭來，就隻身來到秦國。見到范雎後，蔡澤力勸其應當急流勇退。他說：「秦國的商鞅、楚國的吳起和越國的大夫文種，他們的悲慘結局也值得羨慕嗎？如今您的君主親近忠臣比不上秦孝公、楚悼王和越王勾踐，而您的功績以及受到的寵信又比不上商鞅、吳起和大夫文種，可是您的官職爵位顯貴至大，自家的富有超過了他們三位，而自己卻不知引退，恐怕您將要遭到比他們三位還要慘重的禍患。」

范雎覺得他說得有道理，就說：「好的。我聽說『有慾望而不知道滿足，就會失去慾望；想占有而不知節制，就會

失去已經有的東西」。承蒙先生教導，我恭聽從命。」於是
范雎便請蔡澤入座，待為上客。幾天後，范雎把蔡澤推薦給
秦昭王，又宣稱自己病重辭去相國的職務。蔡澤充分利用自
己在言辭和分析問題方面的長處，幾乎沒費什麼力氣就取得
了秦相的地位。可見，利用優越的條件，借力於人，借勢於物，
有時會對事業成功起到意想不到的作用。

禮：禮尚往來

甲骨文	𧻜	金文	𧟯	小篆	禮	繁體	禮	楷書	禮

在甲骨文和金文中，「禮」的上半部分像成串的玉，下
半部分像「豆」，即古代的一種高腳盤。漢朝文字學家許慎
認為，「禮」的本義為履，即事神祈福活動，源於原始宗教
祭祀儀式，本來不具有倫理道德方面的意義。周以後，「禮」
的宗教意義逐漸淡化，人們開始注重在禮儀中區分參與者的
不同社會身份，這樣「禮」就由強調人與神的關係，轉為強
調人與人的關係。

中國自古就有禮儀之邦的美譽，傳統社會的很多方面都
包含有禮的因素。在禮節上，古人推崇有來有往，也就是彼
此尊重，以他人善待自己的方式來善待他人。

《周禮》是由周武王的弟弟——周公編撰的，據說周公

本人就特別尊重他人。如果有人來拜見，即使周公正在洗頭，他都會握著尚未梳理的頭髮前去接見。周公還無微不至地關心年幼的成王，也就是自己的侄子。有一次成王生了重病，周公很焦急，就剪了自己的指甲沉到黃河裡，對河神祈禱說：「現在成王還不懂事，有什麼錯都是我不好。如果要死，就讓我去死吧！」後來，成王的病居然真的好了。

周公輔佐武王、成王，為周王朝的建立和鞏固做出了重大貢獻。臨終時，周公要求把他葬在成周，以示自己作為周王之臣的身份。但周成王心懷敬意，把他葬在了畢邑文王墓的旁邊，以示對周公的無比尊重。古人重視禮尚往來，以彼此交往、彼此尊重為貴，這一點在周公身上得到了很好的體現。

樂：樂不可極

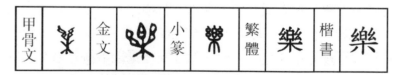

金石學家羅振玉認為，「樂」字上半部分像「絲」，為琴弦，下半部分為「木」，供繃琴弦之用。兩形會意，「樂」為琴弦之相。金文中的「樂」，上部比甲骨文多了一個「白」字旁，有人認為像調弦之器，也有人認為是大拇指的形狀。不論像什麼，「樂」的本義為樂器應當沒有問題。樂器可以

彈奏出美妙動聽的音樂，使人聽了之後身心愉悅，產生快樂之感，因此「樂」又引申為「快樂」。每個人都希望自己快樂，由此「樂」又引申出喜好、愛好之義。

和諧、美好、幸福的生活圖景，是人們夢寐以求的。人們總是希望各種願望得到滿足，希望盡情地享受生活。當事業取得成功，自以為可盡情享受的時候，切不可忘記樂極可能生悲。

戰國時期，齊威王曾經不理朝政，喜歡徹夜飲酒作樂。有一次楚國進攻齊國，齊威王派淳於髡去趙國求救。淳於髡不負所托，到趙國借來十萬大軍，成功逼退了楚軍。齊威王十分高興，擺設酒席為淳於髡慶功。他問淳於髡：「先生你要喝多少酒才會醉？」淳於髡一看這架勢，知道齊威王又要徹夜喝酒，於是回答道：「我喝一鬥酒也醉，喝一石酒也醉。」齊威王不明白他的意思，淳於髡就解釋道：「喝酒到了極點，就會因酒醉而亂了禮節；人如果快樂到了極點，就可能要發生悲傷之事。所以，我看任何事都是一樣，超過了一定限度，就會走向反面。」

齊威王聽後恍然大悟，當即表示今後不再徹夜飲酒，改掉一切惡習。此後，齊威王就勤於朝政，廣納人才，終於使齊國成為一代強國。齊威王是明智的，他沒有一味沉浸在眼前的快樂中，而是及時醒悟，糾正了不恰當的行為，防止了國家衰亡的悲劇。

同理，人們身處順境時一定要保持清醒的頭腦，得意是可以的，但不能忘形。一時的快樂終究有限，人只有一直努

力，才能使事業順利地進行下去。

射：立德正己

甲骨文	金文	小篆	楷書

「射」本來是一個象形字。在甲骨文、金文、石鼓文中，「射」像張弓發箭之形，後來，「弓」演變為「身」，「手」演變為「寸」。漢朝文字學家許慎認為，「射」字本來是從身從矢的，自小篆開始從寸作射，本義為「弓弩發於身而中於遠」之義。簡單地說，「射」的本義就是開弓放箭。

射在古代被視為六藝之一，是對人的道德與技能進行訓練的重要項目。上古社會中，射事專屬於男子。男兒初生，父母要做的第一件事，就是用弓箭象徵性地射天地、四方，希望孩子將來成為一位志在天地四方的男子漢。高超的射藝，原本是勇力與技巧相結合的技術。

據說，春秋時有個叫養由基的人十分善長射術，不僅能將七副盔甲疊在一起，一箭射穿，還能射穿百步之外的楊樹葉。然而，古時的射禮所注重的不是單純的技術，而是射手的德行、修養，這與一般的軍事訓練有著本質區別。要想射中目標，必須內志正、外體直。

儒家「禮樂思想」的主旨，強調用「樂」來引導心志的

中正，用「禮」來規範形體的正直。古人巧妙地抓住了射與禮、樂的結合點，在保留射的形式的同時，重塑了射禮的靈魂。射手的動作必須體現禮樂之道，如果一個人勇力無比卻不知禮義，將會受到鄙視。

在射禮中，射者共射三番。第一番射，不計成績，只要求射者容體合於禮；第二番射屬於正式比射，射中箭靶才能計算成績；第三番射，射者不僅要容體合於禮，而且要按照樂節發射，射姿與樂節相配合。和容，即心志與體態相和，是射者深層修養的外在表現，也是射禮的最高境界。

可見，在中國傳統文化中，「射」字代表的不僅是一項運動，更是一種內在的人文修養。

御：駕馭有術

甲骨文	金文	小篆	楷書

「御」是會意字。在甲骨文中，「御」字是由三部分組成的：左邊是表示道路的「彳」，右邊是一個跪坐的男人，中間是一束絲。有道路即意味著出行，但人坐著如何出行？當然是坐車了。車馬在字中省略，僅在中間保留一束絲，表示駕馭車馬的韁繩。「御」另有古字作「馭」，從馬，從又，「又」字旁表示手，兩形會意，表示用手對馬進行控制。漢

朝的許慎認為，「御」的本義為駕駛馬車。

駕馭車馬需要技術，也需要智慧。相傳，東野稷在魯莊公面前表演自己的駕車技術，前後進退都在一條直線上，左右轉彎能夠形成規整的弧形。魯莊公認為東野稷的技術很好，沒有誰能比得上，於是又讓他的馬再繞一百圈之後回來。

過了一會兒，顏闔來謁見魯莊公，魯莊公問：「你遇到東野稷了嗎？」顏闔回答說：「是的，我遇到了他。他的馬一定要累壞。」不久，東野稷回來，他的馬真的累壞了。魯莊公就問顏闔：「你怎麼知道他的馬要累壞呢？」顏闔回答說：「我剛才遇到他時，他的馬已經耗盡了力氣，可他還在拚命地讓馬跑，我就知道馬一定會累壞的。」馬是一種善跑的動物，但是，善跑也不能無限度地跑，這就是客觀規律。

因此駕馭車馬時，用威要適度，如果無限度地強求，那麼即使技術再高超也一定會失敗。做其他事也是如此，即便具有某種優勢，發揮時也要有限度，保留實力以便於今後持續發展，這就是「御」的智慧。

書：書不釋手

甲骨文		金文	小篆		繁體		楷書	
	𣪘		𦘒			書		書

在甲骨文中，「書」是一個會意字：上半部分像是一隻

手和一支筆，下半部分像是一張口。兩形會意，表示口在說話，同時用筆在做記錄。後來，在金文和小篆中，「書」的上半部分由手和筆演化為手握筆；下半部分的口，也逐漸演化為「曰」。楷書寫作「書」。「書」的本義指寫，後來又引申為書法、書信及裝訂成冊的著作等。

書是用來記載歷史經驗的工具，是打開智慧大門的鑰匙。

戰國時，墨子出遊南方，車中裝載的書很多。弦唐子見了很奇怪，問道：「老師您曾教導公尚過說『書不過用來衡量是非曲直的罷了』。現在您帶著這麼多書，有什麼用處呢？」墨子說：「過去周公旦早晨讀一百篇書，晚上見七十士。所以周公旦輔助天子，他的美善傳到了今天。我上沒有承擔國君授予的職事，下沒有耕種的艱難，如何敢拋棄這些書呢？我聽說，天下萬事萬物殊途同歸，流傳的時候確實會出現差錯。但是，由於人們聽到的不能一致，於是書就多起來了。現在，像公尚過那樣的人，對於事理已經可以洞察精微，對於殊途同歸的天下事物，已知道切要合理之處，因此就不用書教育了。」

像墨子這樣的大學者，尚且不敢輕易放棄讀書，那麼對於普通人來說，讀書就更重要了。要想成為智者，一個人必須書不離手，多讀書、常讀書。

養：怡情養性

甲骨文		金文		小篆		繁體		楷書	
	𦍋		𦍌		養		養		養

　　在甲骨文和金文中，「養」是一個會意字：左邊像是突出了兩角的羊，右邊像是手拿著鞭子，兩形會意，表示有人手拿著鞭子在放羊。小篆中的「養」是形聲字，漢朝文字學家許慎指出，「養」的本義為供養，從食，羊聲。「養」字原指養羊，後來引申為一般的供養，如養育、養老、養生等。

　　人們從古到今都十分注重養生、養性。要想怡情養性，凡事就要講究適度。古人認為，居室如果太大了，陰氣就會過多，久居大屋的人就會肢體乏力；樓台如果太高了，陽氣就會過盛，久處高台的人就會手足逆冷。所以，古代注重養生的帝王，既不住大房，也不築高台。

　　古人吃的東西也不求豐盛珍異，因為飲食太盛就會胃脘脹滿，而胃脘脹滿可能會導致胸悶腹痛；衣服穿得不求過厚過暖，因為衣服厚暖會造成人的脈理瘀結，而脈理瘀結可能導致呼吸不暢。

　　為了延年益壽，古代明智的帝王即使追求感官享受，也都盡可能做到適可而止：修造苑囿園林，大小只要適合遊目眺望、活動身體就行了；修造宮室台榭，高低只要避開乾燥、潮濕就行了；製作車輛衣服，只要可以安身暖體就行了；置備飯食酒菜，只要能適合口味、填飽肚子就行了；創作音樂

歌舞，只要可使性情安樂就行了。帝王們這樣做並不是提倡節儉、反對浪費，而是為了調節性情，使生活適度安樂而不過分。可見，適度是對生命最有益的調節，也是怡情養性的關鍵所在。

休：勞逸結合

甲骨文	伙	金文	休	小篆	𠇷	楷書	休

「休」是一個會意字。從甲骨文、金文到小篆、楷書，「休」字的形體結構未有大變，都是從人從木，表示一個人正背靠著大樹休息。漢朝文字學家許慎認為，「休」的本義為息止。古時候男女不平等，丈夫把妻子趕回娘家可以單方面終止夫妻關係，稱為「休妻」，這裡的「休」也是「止」的意思，但顯然是「休」的引申義。另外，對於特別勞累的人而言，休息當然是美事，所以「休」又引申為喜悅、歡樂、美好。

適度運動有助於保持健康，適度休息也會對身體有益。明朝高濂指出，身體要經常運動搖擺，這就使飲食易於消化吸收，血脈運行順暢自然。但是，如果過度勞累，則無疑會對身體有害。

古人認為，一陰一陽之謂道，任何事物都包括著相互對

立的兩個方面，而對立的雙方又總是相互統一的。因此，在人的生命活動中，有勞作、運動，還要有靜止、休息。同時，久動於身體有害，久靜於身體也無益。中國古代醫書上說：久視傷血，久臥傷氣，久坐傷肉，久立傷骨，久行傷筋。這也就是說，無論哪種行為時間久了，都會對身體造成傷害。養生宜運動勞作，但必須適當，如果運動過久、勞作太過，反而有損健康，這也就是過勞有害之意。

　　西漢時的劉安指出，儘管天地的威力與規律是宏大的，它還是能夠節制其偉力與光亮，鍾愛其神明與威力。天地尚且如此，人的耳目又如何能勝任過重、過久的勞作而不休息呢？精神又如何能長久過度運用而不停歇呢？可見，適度休息是十分必要的養生之道。

送：送子以言

金文		小篆		楷書	

　　「送」是一個會意字。在金文中，「送」字的形體較為複雜：左邊的「彳」像是道路，右邊由上而下依次像火、雙手、止，表示一個人雙手捧火走在路上。「送」字的本義是送人以火，後來又引申為給予或贈交。

　　遠古時，人們剛剛懂得用火，還不會人工取火，因而火

種是很珍貴的，通常要由專人負責照看。萬一哪個部落的火種滅了，就需要向其他部落借火。商周以後，人們已經熟悉了人工取火，但「送」字依舊保留了遠古時送人以火的情形。送人以火，體現了對他人的無私關愛；送人以言，同樣可以傳達對他人的深厚情誼。

相傳，孔子早年生活窮苦，又沒有什麼社會地位。一天，魯國的南宮敬叔對魯君說：「請幫助孔子到周去吧！」於是，魯君就給了孔子一個隨行的童僕，一輛車子和兩匹馬，一同到周去，向老子請教周禮。過了一段時間，孔子學成告別，老子對他說：「我聽說富貴的人用財物送人，仁德的人用言辭送人。我不夠富貴，只好竊取了仁人的名號，說幾句話送你：一個聰明又能深思明察的人，卻常遭到困厄，幾乎喪生，那是因為他喜歡議論別人；一個學問淵博而見多識廣的人，卻使自己遭到危險不測，那是由於他喜歡揭發別人的罪惡；作為子女，應該心存父母，不該只想到自己；作為臣屬，應該心存君上，不能只顧到本身。」

後來，老子的這番話讓孔子受益匪淺。可見，無論是送人以物，還是送人以言，只要具備足夠的價值或寓意，都可以傳達深厚的情誼。

公：背私為公

甲骨文		金文		小篆		楷書	

　　甲骨文、金文、小篆中的「公」字，字形基本相似，都是會意字，從八，從 。戰國時的韓非子說：「自環謂之厶（私），背厶（私）謂之公，公厶（私）之相背也。」漢朝文字學家許慎繼承了韓非子的說法，而且指出，公，從八，從厶，八猶背也。所謂八猶背，指的是書寫「八」字時，兩筆會朝向相反的方向運行。背私為公，即是說反對自私者為公。

　　天下不是屬於某個人的，而是屬於天下所有人的。陰陽相和，並非只允許一類生物生長；甘露時雨，也並非只為一種生物而降。古代聖王治理天下，必定把公心擺在首位。只有當權者出於公心，天下才能長久太平。

　　西周初年，周公的兒子伯禽被封為魯國國君，將要赴任時，向父親請教治理魯國的方略。周公說：「為政要考慮利民而不要只考慮利己。」

　　春秋時，有位楚人遺失了弓箭，卻不肯去尋找，他說：「楚國人遺失了弓箭，必是楚國人得到它，又何必去找它呢？」孔子聽到這話，說：「去掉『楚國』這一國別就好了。」老子聽到孔子的話，說：「去掉『人』這一限制就好了。」顯然，老子才是最具有公心的人。

　　天地是最偉大的，生育了萬物，卻不把萬物作為自己的子女；使萬物生長，卻不把萬物據為己有。萬物都蒙受天地的恩澤，享受天地帶來的好處，卻不知道這些好處是從哪裡來的。古人認為，沒有傾向、無偏無黨，天地間才能充滿公平與正義，這才是理想的大同世界，也是「公」字體現的境界。

私：自環為私

　　「私」像是人為劃定的一個範圍，強調此範圍之內歸個人私有，其他人不得染指。小農社會興起之後，古人在「厶」旁加「禾」，寫作「私」，即指禾谷歸其主人。

　　「私」進一步演化，越來越多地解釋為人的私心，而且私心自古就有。

　　戰國時，齊國的大臣鄒忌，身高八尺多，容貌英俊。一天早晨，他穿戴好衣帽，邊照鏡子邊問妻子：「我與城北徐公相比，哪一個更美？」他的妻子說：「您美極了，徐公怎麼能比得上您呢？」城北的徐公，是齊國有名的美男子。鄒忌不相信自己會比徐公美，又問他的小妾：「我與徐公相比，哪一個更美？」小妾說：「徐公怎麼能比得上您呀？」第二天，有客人從外邊來，鄒忌同他坐著談話，又問客人道：「我

和徐公誰美？」客人說：「徐公不如您美。」又過了一天，鄒忌見到了徐公，仔細端詳他，覺得自己並不如徐公美；再照鏡子看看自己，更覺得遠遠不如。晚上，鄒忌躺在床上反覆思考這件事，認為妻子是偏愛他，小妾是害怕他，客人是有求於他，這些人都有私心雜念，所以才不肯講真話。

顯而易見，有自私之心的人太多了，如果沒有鄒忌這樣的自知之明，就會很容易被謊言蒙蔽。很多人認為，私心是萬惡之源，可是，要想從根本上清除所有人的私心卻是不可能的。應該說，一個人存有私心並不是錯，只要不損人利己、損公肥私，就不會釀成大禍。

買：買櫝還珠

甲骨文		金文		小篆		繁體		楷書	
	𤲃		𧶜		𧶜		買		買

在甲骨文和金文中，「買」是一個上下結構的會意字：上部是「網」的象形，下部是「貝」的象形。古文字學家商承祚指出，買，以網取貝之形。

上古時，對於久居內陸的人們來說，貝是十分罕見的，因而非常貴重。正因為如此，商代先民把貝作為基本的貨幣單位。最初的貝殼，當然都是用網從水中撈取的。當這些被人撈取的貝殼進入流通領域後，如果再想獲得，就只好用商

業的手段，從市場中獲取了。漢朝文字學家許慎指出，「買」的本義是市，也就是做買賣或貿易。與「賣」相對，「買」是指以貨幣換得商品的過程。

　　在買賣過程中，買東西的人需要付錢給賣方，但從「買」的字形上看，卻是要以網撈取錢財。也就是說，買東西不是一個簡單的花錢過程，而是要通過交易獲取更大的利益。買東西當然很多人都會，但是是否物有所值卻未必每個人都清楚。

　　從前有個楚國人，帶了一顆又大又圓的珍珠，到鄭國去賣。為了使珍珠能賣一個好價錢，他就做了一個盒子，用貴重的香料把盒子熏得濃香撲鼻，還用各類寶石在盒子上進行裝飾。他把珍珠放在盒子裡去賣，果然有人出了很高的價錢把它買去了。可是第二天，那個買主拿著珍珠來找他，說：「你把珍珠忘在盒子裡了，我特地把它帶來還給你。」

　　花錢買東西需要有眼光，知道什麼價值高、什麼價值低。像這位買櫝還珠的人，只看重盒子表面的華麗，卻不知珍珠的價值更高。可見，要想在交易中獲取更大的收益，就必須具備一雙識貨的慧眼，這就是「買」的學問。

得：取之有道

金文	𦥔	小篆	得	楷書	得

　　金石學家羅振玉指出，在金文中，「得」是一個會意字，像是一隻手拿著貝，表示獲得。甲骨文同字異形較多，有的字形在此基礎上又增加了「彳」，表示行路所得。漢朝學者所依據的材料去古已遠，其中「得」字的「貝」形已經演變，漢朝文字學家許慎據此認為「得」是形聲字。「得」的本義為有所得，後引申出需要、應當、必須的意思。

　　金錢與地位，這些是人人都想得到的，但是，如果不用仁道的方式得來，君子是不會接受的；貧窮與低賤，這些是人人都厭惡的，但是，如果不用仁道的方式擺脫，君子是不會擺脫的。

　　儒家認為，仁道是一個人安身立命的基礎，也是人生的基本原則。無論是富貴還是貧賤，無論是倉促之間還是顛沛流離之時，都絕不能違背這個基礎與原則。用孟子的話說，就是富貴不能淫，貧賤不能移。

　　據說，河南郡有個叫樂羊子的人，曾經在路上撿到一塊別人丟失的金子，回到家他就把金子交給妻子。妻子很生氣，說道：「我聽說，有志氣的人不喝盜泉的水，廉潔方正的人不接受他人傲慢地施捨的食物，何況是撿拾別人的失物謀利呢？這樣會玷污自己的品德啊！」

　　樂羊子聽完之後感到十分慚愧，就把金子扔到野外，然後遠遠地拜師求學去了。可見，正直的人獲取好處是有原則的，正所謂「君子愛財，取之有道」。當然，這種獲得的原則，對於為達到目的不擇手段的人而言是沒有意義的。也就是說，如何看待取得的方式與方法，不僅僅是智慧，更是世界觀與人生觀的綜合影響。

重：君子重言

金文	小篆	楷書
（圖）	（圖）	重

　　「重」是一個會意兼形聲字。在金文中，「重」像一個人因背負大行囊而吃力的樣子，表示所背的東西很重。漢朝文字學家許慎認為，「重」的本義為厚，從王，東聲。學者林義光指出，「王」像人挺立於地，為厚重象。「重」的本義為輕重之重，後來又引申為抽象的重大或重要。

　　正確衡量輕重並不容易，特別是面對抽象的事物時，就更是如此。

　　西周初年，周成王年紀很小就繼承王位了。有一天，他與弟弟叔虞做遊戲時，摘下一片梧桐樹葉，假裝作為諸侯守邑符信的珪，並把它交給叔虞，說：「我拿這個來封你。」叔虞很高興，就把這件事告訴了當時輔政的周公。周公於是

請示成王，問道：「天子真想封叔虞嗎？」成王回答說：「哪裡的話，寡人只是跟叔虞開玩笑！」周公說：「我聽說，自古天子無戲言。天子所說的每一句話，史官都要記錄下來，樂工都要會吟誦，士人也要經常稱頌。」於是，周成王就把弟弟叔虞封在唐這個地方，後世因此稱叔虞為唐叔虞，也就是春秋時晉國公室的先祖。

周公此舉後來漸成風氣：凡是君主說過的話，都被人認為具有絕對的權威，不可以有任何更改。宣揚天子無戲言，既強化了君主的權威，也要求君主對自己的言行務必慎重，不可以隨隨便便。

西周後期的幽王，就是因為烽火戲諸侯，拿國家的制度當兒戲，才導致了西周的滅亡。可見，一個人說話，一定要注意自己的身份，同時也要顧及講話的場合。特別是手握權力的領導者，講出的話比一般人更重大、更有份量，因此格外需要把握分寸。

孝：慈孫孝子

金文		小篆		楷書	
	孝		孝		孝

金文中的「孝」是一個會意字，由上下兩部分組成，上半部分像一個頭髮很長的駝背老人，下半部分像是一個小孩。

兩形會意，表示一個小孩扶著一位老人在行走。漢朝文字學家許慎認為，「孝」的本義是善事父母，從老，從子，即子女奉養老人的意思。

　　古人認為，子女與父母，原本是一個身體，只是分在兩處，雖然呼吸各異，卻是精氣相通。這就像草莽有花、有果，樹木有根、有心一樣，雖在異處，卻彼此相通。

　　相傳，古時有個人叫申喜，他和自己的母親失散了。有一天，他聽到有個乞丐在門前唱歌，不由自主就感到很悲哀，臉色變得很難看。他馬上告訴看門的人，讓唱歌的乞丐進來。見到了這個乞丐，申喜問她：「什麼原因使你落到求乞討飯的地步？」一交談才知道，這個乞丐原來正是與他失散多年的母親！

　　父母與子女之間，心中志向互相聯繫，有病痛互相救護，有憂愁互相承擔，對方活著心裡就高興，對方死去心裡就悲傷，這就是所謂的骨肉之情。這種至誠出於天性，彼此心中的感應，雙方精氣的相通，是無法用語言來描述的。正因為如此，孝順的子女特別珍惜與父母共處的歲月。

　　有人把孝理解為農業社會的產物，認為它會隨著時代的進步而消失，這種看法顯然片面。孝不僅可以解決老年人的衣食之需，更重要的是感情之需。中華民族之所以能成為一個偉大的民族，很大程度上正是受益於幾千年來對孝的提倡。

守：杜門自絕

金文	小篆	楷書

　　「守」是一個會意字。在金文中，「守」字是由上下兩部分組成的，上半部分像一間大房子，下半部分像一隻手。兩形會意，表示以手護衛著房子。漢朝文字學家許慎認為，「守」為守官，從宀，從寸。「宀」像房子，代表官府之事，「寸」像手，也可以指法度。「守」的本義指護衛，引申為官吏的職責、職守，乃至人的操守、節操等。

　　安分守己地管好自家門內之事，看似簡單，卻是古人依法治國的重要智慧。春秋時，晉國派人出使秦國，公孫枝請求秦穆公讓他會見晉國使者。穆公問：「會見客人，是你職責內的事嗎？」公孫枝回答：「不是。」穆公又問：「相國委派你了嗎？」公孫枝回答：「沒有。」穆公說：「看來，這不是你應當做的事。秦國偏遠，地處戎夷之地，即使人人都有專職，事事都有專人負責，還怕被諸侯恥笑呢，而你現在卻想做不該做的事！下去吧，我將要治你的罪。」

　　公孫枝出了朝，跑到相國百里奚那裡，把事情的原委告訴了他。百里奚向秦穆公求情，穆公說：「這種事情是相國應當過問的嗎？如果他沒有罪，還需要求情嗎？如果他有罪，求情又有什麼用呢？」百里奚回去後，只好回絕了公孫枝。結果，公孫枝按規定接受了處罰。

　　嚴格規定官員的身份與職責，這是古人依法治國的基本要求。事實上，每個人都有自己的特定位置，也應該有相應的職守意識。在恰當的位置上盡心盡力，做好自己應做的事，不去過問自己職責之外的事，這就是堅守本分的智慧。

義：以身作則

甲骨文	𦥑	金文	𢦏	小篆	義	繁體	義	楷書	義

　　從甲骨文到楷書的，「義」字的結構基本相同，都是從羊從我。在古人看來，羊的性格是和善的，同時公羊的兩角又具有威儀；「我」本是象形字，指一種帶有鋸齒狀刀刃的兵器，做第一人稱代詞用時，是假借字。兩形會意，是指我要像公羊一樣，既與人為善，又具有威儀。後來，「義」成了中國傳統的道德標準之一，與仁、禮、智、信一起，被儒家合稱為「五常」。

　　義的外在表現是威儀，內在本質則是道義。一個有修養的人，會非常看重自己所崇尚的道義，不會見利忘義，違背自己的原則。

　　春秋戰國之際，墨子的弟子公上過到越國遊說，越王說：「您的老師如果願到越國來，我願意把過去吳國的土地封給他。」公上過回來後把越王的話轉達給了墨子，墨子說：「你

看越王能夠聽從我的言論，實行我的主張嗎？」公上過說：「恐怕不能。」墨子說：「不僅越王不瞭解我的心意，即使你也不瞭解我的心意。如果越王聽從我的言論，實行我的主張，我將測量自己的身體而穿衣，估量自己的肚腹而吃飯，和普通的客民一樣，不敢要求做官；如果越王不聽從我的言論，不實行我的主張，即使把整個越國都給我，對我來說也沒有什麼意義。越王不聽從我的言論，不實行我的主張，我卻接受他的國家，這就是拿原則做交易。拿原則做交易，又何必到越國去？即使在中原的國家也是可以的。」可見，真正品德高尚的人是十分看重義的，不會做出見利忘義的行為。

比：比目連枝

甲骨文	𠤎	小篆	𤕩	楷書	比

　　「比」字的寫法很形象，好像兩個人並列在一起，靠得很近。既然兩個人能很靠近地站在一起，彼此之間當然有親密的感情，因而「比」有親近的意思。傳說，古代東方有一種魚，叫比目魚。這種魚只有一隻眼睛，必須兩條魚緊挨在一起時才能向前游動。「比目魚」的「比」，用的正是「比」字的本義，即「親近」的意思。

　　一個人的能力再大，也不可能解決所有的問題。就像山

上的水總是要流向江河或大海一樣，人也會從五湖四海會聚到一起，這就產生了人與人交往的藝術。想與他人連繫好人際關係，把自己的生活圈子擴大，就需要與他人合作。

真誠顯然是交往的基礎，真正的友誼必須建立在坦率與真誠之上；付出，即樂於助人，則是聯合眾人最重要的途徑。只有懂得了真誠與付出，其他人才會像涓涓細流一樣向自己這裡會集。在任何時候，都不要為貪圖小便宜而傷害自己的親密夥伴，否則，自己也會蒙受損失。

春秋時，虢、虞是與晉國相鄰的兩個小國。在強晉的威脅下，兩個小國互相團結才能增強彼此的實力。但是，當虢國受到晉國的進攻時，目光短淺的虞公只看到眼前的利益，不僅不幫虢國，還借道給晉國。結果晉國滅掉虢國之後，掉過頭來就攻打虞國，很快把虞國也滅了。虞公一時糊塗，不僅害了虢國，也最終害了自己。可見，對於與自己關係密切的夥伴，只有通過真誠合作與無私付出，與其構建良好的人際關係，才有利於自己的長遠發展。

協：齊心協力

甲骨文	川	金文	世	小篆	協	繁體	協	楷書	協

　　「協」是一個會意字。在甲骨文中，「協」由三個並列的「力」旁組成，表示多人協同合作。金文的「協」字是在甲骨文，表示多人協同用力時，同聲相和。在小篆中，在旁邊增加了一個「十」字旁，表示人數眾多。漢代的許慎指出，「協」的本義為共同出力。後來，「協」引申為協助、合作。

　　和諧美好的生活，需要人們攜手去創造；險象環生的急流，需要人們心連心去克服。所以，只有破除一己的私念，求大同，存小異，本著大公無私的精神，積極廣泛地與人合作，才能實現建設美好生活的理想。

　　春秋時，齊國的管仲和鮑叔牙關係很好。年輕時，他們一同經商，鮑叔牙富有，本錢出得多；管仲貧困，本錢出得少，但是賺了錢之後，管仲自己卻多拿錢。有人說管仲貪財，鮑叔牙卻不這樣認為，他對別人說：「管仲家裡等著錢用，是我樂意多分給他的。」管仲曾經謀劃過一件事，卻失敗了。鮑叔牙並不認為管仲愚蠢，對別人說：「當時的環境對管仲不利。」管仲參軍打仗，三次逃跑，有人說他貪生怕死，鮑叔牙卻說：「誰說管仲貪生怕死？他為的是母親年邁多病，必須活著去侍候她。」

　　後來，齊國公子糾與公子小白爭位，鮑叔牙輔助公子小白取得君位，而管仲卻成了政治犯。但是，鮑叔牙卻把相國的高位讓給管仲，而自己甘心做副手。鮑叔牙與管仲的經濟條件相差懸殊，政治遭遇初時也有天壤之別，但鮑叔牙卻不因此猜忌對方。可見，真誠合作、彼此包容，才能齊心協力共創大業。

制：寸轄制輪

金文	小篆	楷書
𣂇	𣂇	制

「制」是一個會意字。金文和小篆中的「制」，字形很相近，左半部分像是一棵樹，右半部分像是一把刀。兩形會意，表示用刀修剪樹枝。漢朝文字學家許慎認為，「制」的本義為裁，從刀，從未。由於修剪樹枝是對樹形的規劃，所以「制」又引申為規劃、制定；修剪樹枝就是不允許樹木自由生長，所以「制」又引申為禁止、約束、控制；要約束，必須有一定的標準，所以「制」又引申為法度。

古時候，為了固定車輪，古人在車軸端孔裡插入一個銷釘，叫作轄。轄雖然很小，但是它可以控制比它大很多的車輪。同理，特定生活圈中的小人物而不是頂頭上司，有時也可以決定一個人的命運。

春秋時，鄭公子歸生率領軍隊攻打宋國。宋國派華元率領軍隊在大棘迎戰，車夫羊斟為主帥華元駕車。在正式開戰的前一天，華元殺羊來宴請士卒，卻忘記了請自己的車夫羊斟。羊斟心懷怨怒，準備在適當的時候報復華元。第二天，宋國軍隊與鄭國軍隊對陣，車夫羊斟看都不看主帥華元一眼，心裡想：「昨天宴請的事，是你掌握的；今天駕車作戰的事，該由我掌握了。」於是，他駕車直接衝入鄭國的軍陣。結果主帥華元很快被俘，宋國軍隊大敗。華元迎戰鄭國軍隊，必

是經過充分準備了，但只因沒給自己的車夫喝一碗羊湯，就兵敗被俘。

這個教訓的確是深刻的：如果把宋國軍隊看作是一個大車輪，主帥華元無疑是它的軸心；車夫雖是小人物，但給主帥駕車這一特殊的位置，使他具有了車轄般影響全局的巨大能力。社會中，很多人總喜歡往上看，他們也許不知道，掌控他們命運的很可能就是身邊不起眼的小人物。

王：王道通三

甲骨文	王	金文	王	小篆	王	楷書	王

在甲骨文中，最早的「王」接近於「大」字，像一個正面端坐的人形，腳下還有一片地，是象形字。從商王祖甲時起，「王」字在上述寫法的基礎上，上邊增加了一橫，表示王者加冕，地位崇高，尊貴無以復加。漢朝的董仲舒認為：三橫畫而連其中謂王，三橫畫分別代表天、地、人，一豎代表貫通三者的君王。這就是說，王是代表天、地統治人間的君主，是天地之間最高統治者的稱號。自秦朝統一中國後，最高君主改稱皇帝，王成了次一等的高級爵位。

王是人間的統治者，古人造字時一定要把天、地也拉進來，這就是神道設教，即利用鬼神增加王者的威信。當然，

宣揚王者上能通天，主要是國家早期時的特徵。真正開明的君主，並不借重於鬼神。

春秋時，楚昭王得了重病，這期間有人看到天上的雲彩像紅色的鳥，在太陽兩邊飛了三天。楚昭王向太史詢問吉凶，太史說：「這對大王有害，如果禳祭，可以把災禍轉移到令尹、司馬身上。」楚昭王說：「如果把腹心的疾病去掉，放在大腿上或者胳膊上，那又有什麼好處？我既然沒有什麼重大的過錯，上天能讓我滅亡嗎？如果有罪就要受到責罰，又能移到哪裡去呢？」

後來又有巫師占卜說黃河神在作祟，眾大夫又要求祭祀黃河神。楚昭王卻說：「自從楚國的先王受封後，遙祭的大川不過是長江、漢水，黃河神我們何曾得罪過祂呢。」於是，還是不許大夫們祭祀。

孔子在陳國聽說這件事後，讚揚道：「楚昭王真是通曉大義啊！」楚昭王雖然沒有否定上天或者鬼神的權威，但他並不迷信於祈禳祭祀，更不肯通過巫術把自己身上的災禍轉移到臣下身上。可見，真正具有智慧的王者，並不過分借重天地鬼神來增加自己的權威。顯然，天、地、人三者之中，人是王者最應當關注的。

服用

火：鑽木取火

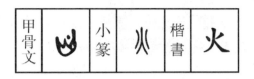

「火」是一個典型的象形字，甲骨文中的「火」字，正如熊熊燃燒的火焰。經過小篆、楷書的逐漸演變，「火」字日益線條化，僅保留了火焰的抽象筆意。此外，「火」還是一個使用頻繁的部首，凡是以「火」為形符的字，都與火及火的使用有關。

火曾經帶給人類無數的災難，同時，它也是人類馴化的第一種自然力，在人類文明史上發揮了巨大的作用。人類遇到的第一把火是上天賜予的，大約是雷電或火山噴發引發的森林大火，讓人們看到了火的強大威力。當發現熏烤的動物肉味道更美時，人們開始認識到，火對於人的生存是有價值的。又經過一段時間，人們開始嘗試人工取火。

據古書記載，遠古時候，曾經有一位聖人打火石取火，教人們吃熟食。熟食有益於人類的健康，而打火石也叫「燧」，於是人們稱這位聖人為燧人氏。不過，古籍中有關鑽木取火的說法有很多出入，有的書上說伏羲氏、炎帝、黃帝等也曾利用火為民造福。還有人認為，燧人用火的傳說是後人附會的，現在已經很難確指最初用火的人了。

不管哪種說法是真的，總之，怕火是所有高級動物的共同本能。然而，恰恰是人類的祖先克服自身的心理障礙，把

手主動伸向了火堆。正是從用火開始，人類與其他動物分道揚鑣，獨自走上文明的征程。可見，遇到強大的外力威脅時，消極逃避並不是最佳的選擇，能夠主動地認識並利用它，才是聰明人的做法。這就是火帶給人類的智慧。

灰：心若死灰

小篆	灾	楷書	灰

「灰」是一個會意字。在小篆中，「灰」字從火，從又。「又」即是「手」，手可以滅火，也可以在火滅了之後，拿起燃燒後的餘燼。楷書中，「又」形被省略、演變，於是這個字寫作「灰」。灰指物質燃燒後剩下的粉末狀殘留，如炭灰、紙灰等。死灰不能再發光、發熱，所以人們常用灰來比喻沮喪、消沉的精神狀態，如灰心喪氣等。

在普通人眼裡，心若死灰是喪失生活信心的表現，然而，它卻是道家追求的一種極高的精神境界。

據說，有一個叫紀渻子的人為齊王養鬥雞。十天後，齊王問他是否訓練好了，他說沒有，這隻雞表面看起來氣勢洶洶的，其實沒有什麼底氣。又過十天，齊王再次詢問，紀渻子說還不行，因為牠一看到別的雞就緊張，說明還有好鬥的心理。又過十天，齊王忍耐不住又問，紀渻子認為這隻雞還

有些目光炯炯，氣勢未消。又過十天，紀渻子終於說行了，這隻雞已經呆頭呆腦、不動聲色，看上去就像木頭雞一樣，說明牠已經進入完美的精神境界了。齊王就把這隻雞放進鬥雞場，結果別的雞一看到牠，掉頭就逃。

　　這只是一則寓言，它要表達的哲理是：表面上看起來氣勢洶洶、聞風而動的人，其實是外強中乾、功力膚淺；真正的高手，大智若愚，深藏不露，看似紋絲不動、靜如木雞，週遭卻充滿殺氣。這樣的高手，無須出招，就已經使對手惶恐不安、魂飛天外了。只有修養極高、已不再為外物所動的人，才能達到這種境界：形體如枯骨，心思若死灰，純實自然，不堅持故見，這就是有道之人了。

黑：黑白不分

甲骨文	𡆥	小篆	𪏛	楷書	黑

　　「黑」是會意字。在甲骨文中，「黑」字的異體較多，這些字形的基本特徵是：下半部分像是一團火，上半部分像是器皿的底。兩形會意，表示火將器皿的底燻黑。漢朝文字學家許慎認為，「黑」的本義為火熏的顏色。後來，「黑」的語義擴大，也可以指光線昏暗或是夜晚，與「白」對舉時表示「非」，並由此進一步引申為狠毒或非法。

是與非本來像黑與白一樣對比明顯，但缺乏是非觀念的人卻認識不清。相傳，古時鄭國有一個富人在河裡淹死了，屍體被他人撈起。富人家裡要求贖回屍體，但得到屍體的那個人索要了很多錢，富人的家人就把這一情況告訴了當時以善辯聞名的鄧析。鄧析說：「安心地等待吧，那個人一定找不到其他地方把屍體賣掉。」而得到屍體的那個人擔心這筆交易做不成，也找到了鄧析，請求他給予幫助。鄧析說：「安心地等待吧，他們一定找不到其他地方可以買到這具屍體。」

同樣一件事，同樣的做法，似乎對雙方都有利。造謠中傷他人，情況也與此相似：假如一位忠臣沒有功勞，不能得到民眾的擁護，那麼可以用沒有功勞不得民心來中傷他；假如這位忠臣有功勞，得到了民眾的擁護，那麼就可以用有功勞得到民眾擁護來中傷他。如果君主心中沒有準則，那麼中傷者就很容易得逞，無辜者很容易受害。

可見，要想分清黑白，就必須自己心中早有一個標準，凡事都用這個標準來衡量，這樣，就可以看出什麼是正確的，什麼是錯誤的了。如果放棄自己的標準，任由他人擺佈，那就真的是黑白不分了。

染：耳濡目染

小篆	㮰	楷書	染

　　關於「染」字的結構，五代宋初文字學家徐鉉認為，「染」是會意字，由「水、九、木」三部分組成。其中，水是染色必不可少的重要材料，如果沒有水，顏料就無法均勻地附著在布帛上；木是提取顏料的材料；九是染色的次數，泛指多次，說明染色不是一次可以完成的。據此可知，「染」的本義是給布帛等織物著色。

　　春秋戰國時，大哲學家墨子見人染絲，感嘆說：「絲染了青顏料就變成青色，染了黃顏料就變成黃色。所染顏料不同，絲的顏色也跟著變化。經過五次洗染之後，就變為五種顏色了。所以染這件事是不可不謹慎的。」

　　不僅染絲如此，人也會受到週遭環境的感染。如果一個人所交的朋友都講仁義，都純樸謹慎，懦於法紀，那麼他的家道就會日益興盛，身體就會日益平安，名聲就會日益光耀，居官治政也合於正道。反之，如果一個人所交的朋友都不安分守己，結黨營私，那麼他的家道就會日益衰落，身體就會日益危險，名聲就會日益敗壞，居官治政也不得其道。所謂「近朱者赤，近墨者黑」，正是這個道理。

　　唐代著名的文學家韓愈曾經說過：耳朵經常聽到的，眼睛經常看到的，人即使不去學，也會不知不覺地受到沾染。

可見，客觀環境對人有很大的影響，接近好人可以使人變好，接近壞人可以使人變壞。所以，選擇良好的環境對於個人的成功是很重要的。

衣：衣冠楚楚

| 甲骨文 | | 小篆 | | 楷書 | 衣 |

在甲骨文中，「衣」是一個象形字：上邊「人」字形的部分，像衣服的領子；中間兩側開口處，像是衣服的兩袖；下邊或向左或向右交叉的部分，是衣服的前襟。從甲骨文到金文、小篆，「衣」字形體變化不大。到了楷書中，「衣」字象形意味驟減，已經看不出衣服的樣子了。漢朝文字學家許慎認為，衣就是用來遮住身體的東西。古時候的「衣」特指上衣，先民們稱褲子為「裳」，而現在，人們已經混稱上衣、下裳為衣裳了。

衣是人類進入文明時代的一個標誌，它的意義已經超出了蔽體御寒功能，而具有了禮儀或道德上的價值。相傳黃帝治理天下的時候，人們就開始穿衣服了，相反，無論多麼聰明的動物也不會製衣、穿衣。

在佛教中，衣缽是師徒傳法的信物，後來泛指師傅的學問、思想和技能。另外，在中國古代，衣服還是權力的象徵，

古人在官服上繡動物圖案，其中，文官繡禽，武官繡獸，以此來顯示文武官員的等級。如明清兩代，文官官服圖案有鶴、錦雞、孔雀、雁、白鷴、鷺鷥、鸂鶒、練雀等；武官官服圖案有獅、豹、虎、熊、彪、犀牛、海馬等。本來，「衣冠禽獸」是褒義詞，但是明朝中晚期官場腐敗，文官愛錢，武將怕死，欺壓百姓，無惡不作。於是，「衣冠禽獸」就演變成貶義詞了。

　　可見，人的道德修養很重要，是否具有品德和禮儀是區分人和動物的重要標準。一個不注重道德的人，即使外表衣冠楚楚，也有可能被當成禽獸。

服：行不在服

甲骨文	金文	小篆	楷書
𦥑	𦥑	𦥑	服

　　在甲骨文中，「服」是一個會意字，由三部分組成：左邊像是一條船，中間像一個跪著的人，右邊像一隻大手。三形會意，表示把一個人帶到船上去。這個人不是主動上船，而是被大手帶上船，表明他是迫於外力，屈服於對方。因而，屈服、畏服當是「服」的本義。當一種強制行為不受任何抵抗時，「服」就有了順從、服從之義。順從的時間久了，「服」又有了習慣、適應之義，如水土不服等。衣服、服裝之「服」，也是在此義下的引申。

　　衣服穿得恰到好處，的確能給人留下鮮明的印象，但評價一個人卻不可以根據其穿什麼衣服來判斷。

　　戰國時，公孟子戴著禮帽，穿著儒者的服飾，前來會見墨子，說：「君子是先穿戴一定的服飾，然後有一定的作為呢？還是先有一定的作為，再穿戴一定的服飾？」墨子說：「有作為並不在於服飾。齊桓公戴著高帽子，繫著大帶，佩著金劍木盾，齊國得到了治理；晉文公穿著粗布衣服，披著母羊皮的大衣，晉國得到了治理；楚莊王戴著鮮冠，繫著系冠的絲帶，穿著大紅長袍，楚國得到了治理；越王勾踐剪斷頭髮，用針在身上刺了花紋，越國得到了治理。這四位國君的服飾不同，但作為卻是一樣的。」公孟子說：「說得真好！我聽人說使好事停止不行的人是不吉利的，讓我換了禮帽，再來見您，可以嗎？」墨子說：「如果一定要換了禮帽再見面，豈不是有作為果真在於服飾了！」

　　可見，穿什麼衣服並不重要，重要的是有什麼樣的行動，這就是「服」字帶給人的啟示。

革：革故鼎新

金文	小篆	楷書
𤔁	革	革

　　金文中，「革」字上面部分像獸頭，下面部分像獸尾，

中間近方的字形，像是被剝離展開的獸皮。在「革」的另一字形中，兩側有兩隻手，示意正在去毛，並對皮革進行加工。漢朝文字學家許慎指出，「革」的本義指獸皮去毛加工，也就是製作皮革。古時候，獸皮可以用來做士兵的護身甲冑，因此可以兵、革連用，表示軍隊或戰爭。又因為獸皮去毛後，與未去毛的獸皮外觀差別很大，所以「革」又引申出變革、改革之義。

　　穩定當然非常重要，但變革也是社會進步必不可少的推動力。當某種舊制度已經無法適應新情況時，就需要進行一場變革。

　　春秋時，齊桓公任用管仲，進行了一次成功的改革。管仲把田地按土質好壞、產量多少分為若干等級，按等級高低徵取數量不等的租稅；把居民的組織和軍隊的編制統一起來；又命當官的、農民、手工業者、商人分居，職業世代相傳，既保證了社會生產，也避免了人們因謀職而使社會動盪不安。

　　管仲的改革使齊國迅速發展，國力強盛，外交策略也相當成功，各個諸侯國都尊重齊國，齊桓公也因此成為春秋時期第一位霸主。可惜，管仲的改革不夠徹底，沒有解決國內的矛盾和隱患，所以齊桓公死後，齊國霸業中衰，中原霸主的地位也逐漸被晉國取代。到了戰國時，商鞅得到秦孝公的有力支持，在秦國進行了較徹底的改革，並取得了巨大成功。雖然後來商鞅被殺，但是，變法的成果已經在秦國生根發芽，為秦最後統一中國打下了堅實基礎。

　　可見，對於事業的發展來說，恰當的革新是十分必要的。

一場成功的改革必然影響深遠，意義重大。

表：反裘負芻

　　古時候的貴族，冬天為了保暖，常穿裘皮上衣。裘皮有兩面，一面有毛，一面沒有毛。古人為了美觀，同時也為了炫耀富有，通常都把有毛的一面露在外面，這有毛的一面就叫作「表」。小篆中的「表」字，上下兩部分如果合起來，可以構成「衣」字，就像衣服的領口和兩襟彼此掩覆之形；字形的中間，就是「毛」字形。兩形會意，表示裘皮上衣有毛的一面。隨著社會的發展，「表」字的意義不斷擴大，它的基本含義是與「裡」相對，可泛指事物的外面。

　　事物的外表總是依附於它的內裡，如果僅重視外表而忽視了具有根本意義的內裡，則必然會違背事物的發展規律。

　　戰國時，魏文侯是一位聰明的君王。有一次，他出去察訪民情，看見路上有一個人反穿著一件皮裘，背著一捆柴行走，就問道：「別人穿皮裘，都是毛向外穿，你為什麼要反穿著皮裘呢？」那人說：「因為我太愛惜皮裘上的毛了，怕它被磨掉。」魏文侯說：「你難道不知道皮裘的皮裡子要是被磨壞了，毛就會失去依托嗎？」

　　第二年，魏國東陽地區進貢了比前一年多十倍的錢糧，大臣們都來祝賀。魏文侯卻憂心忡忡，說：「這不是好事啊！就像那個反穿皮裘背柴的人，因為愛皮裘的毛，忘了皮裘的裡子更重要。現在東陽的耕地沒有增加，老百姓的人口也沒聽說增多，可是錢糧卻增加十倍，這一定是當地官員盤剝得來的。我聽了心裡很不安，擔心這樣下去，國家不能安定。你們為什麼要向我祝賀呢？」可見，魏文侯的聰明之處在於，他能夠看透事物的表象，一針見血地指出根本問題所在。

　　同樣，在生活和事業中，人也不應當被事物的表象蒙蔽，要重視內裡和根本，這就是「表」字的啟示。

監：以人為鑒

甲骨文		金文		小篆		繁體	監	楷書	監

　　甲骨文中的「監」是會意字：左半部分像一個器皿；右半部分像一個跪坐著的人，眼睛和面部特別突出。兩形會意，表示一個人跪在一盆水邊，通過盆中的水映照自己的容貌。因此，「監」字有兩個基本意義：一是做動詞表示照視，一是做名詞表示鏡子。出現了銅鏡後，古人在「監」旁加「金」字旁，表示銅鏡；有時，「金」字旁被放在下面，替換表示水盆的「皿」字底，就構成「鑒」字，也表示銅鏡。這就是說，

「監、鑒、鏡」這三個字都指鏡子，只是製作材料不同。

人有兩隻眼睛，可以觀察世間的萬物，卻唯獨難以看清自己的容貌。有了鏡子後，人就可以看清自己的面目了，但自己內在的缺點仍無法直接從鏡子裡看到。於是，古人就提出了「以人為鑒」的主張。

初唐時，魏徵性格耿直，在太宗朝任諫官之職，往往據理抗爭，從不委曲求全。有一次，唐太宗問魏徵：「什麼是明君、昏君？」魏徵回答說：「兼聽眾人意見的就是明君，偏信個別人意見的就是昏君。以前秦二世久居深宮，不見大臣，只是偏信宦官趙高，直到天下大亂，他還被蒙在鼓裡；隋煬帝偏信虞世基，直到全國的郡縣大部分都失守了，他也不知道。」唐太宗對這番話深表贊同。後來，魏徵死了，唐太宗歎息說：「把銅作為鏡子，可使穿戴的衣物端莊齊整；把歷史作為鏡子，可以知道歷朝以來的存亡興替；把人作為鏡子，可以明白自身的得失。我經常照這三面鏡子，來防止自己的過錯。如今魏徵死了，我失去了一面明鏡啊！」

可見，就像照鏡子可以發現自己外表的不足一樣，聽取他人的告誡可以糾正自己不正確的行為，因為自身的缺點自己很難發現。這就是「監」的啟示。

則：有物有則

甲骨文	小篆	繁體	楷書
則	則	則	則

　　在甲骨文中，「則」字從鼎從刀，表示用刀在鼎上刻字，是一個會意字。在紙張發明之前，古人常把最重要的文獻刻在青銅器上。這樣，文獻就可以長期保存，並傳給後世子孫了。在青銅器的銘文中，法律條文占了很大的比重，古人希望以這種方式警示民眾，做事不要違背國家的法律。因此，「則」字有法典、規章、法則之義。

　　萬事萬物都有自己的規則，要想做好一件事，就不能不遵循相應的規則。不遵循規則而能把事情做好，是困難重重的。工匠做不同的活計，就要遵循不同的規則：他們用矩畫成方形，用圓規畫成圓形，用繩墨畫成直線，用懸錘定好偏正，用水平器制好平面。不論是巧匠還是一般工匠，都要以這五者為規則。

　　春秋時，管仲、隰朋跟隨齊桓公北伐孤竹，春往而冬還，由於不熟悉當地的環境，在回軍的路上迷失了方向。管仲說：「我們可以利用老馬的智慧。」於是就從軍中挑選出幾匹老馬，讓牠們在前面帶路，大部隊跟在後面走，竟然真的找到了路。在山中行軍沒有水喝，隰朋說：「螞蟻冬天住在山的南面，夏天住在山的北面。如果地上的螞蟻穴有一寸高的話，地下八尺深的地方就會有水。」於是眾人就挖掘蟻穴，果然

找到了水源。老馬識途、螞蟻知水,說明老馬和螞蟻各自有特定的生物規則。

儘管管仲和隰朋很聰明,遇到他們所不瞭解的事,也不得不向老馬和螞蟻學習,遵循生物的規則尋找答案。尊重不同事物的特定規則,是突破自身知識局限的重要途徑,這就是「則」字的啟示。

分:審時度勢

甲骨文	以	金文	少	小篆	分	楷書	分

「分」是會意字。從甲骨文、金文到小篆,「分」字的形體沒有大變。漢朝文字學家許慎認為,「分」的本義是別,從八,從刀,刀是用於分開東西的工具。學者高鴻縉指出,「八」是指事字,本義為分,取象分背之形。殷商的時候,人們借「八」字來表示數詞「八九」的「八」。後來,為了表示「分」的意思,就在「八」的下面加上「刀」旁,構成一個新字「分」,來表示原來「八」所表達的「分開」之義。

人生難免會突遇困境,危急時刻何去何從?當事人必須像「分」字所展示的那樣,快刀斬亂麻,迅速做出決斷。

相傳,楚國有個叫次非的人,在一個叫干遂的地方買到一把鋒利的寶劍。回來的路上渡過長江,船到江心時,有兩

條蛟龍纏住了他乘坐的船。次非就對撐船的人說：「你曾經見過兩條蛟龍纏住船，而蛟龍和船上的人都能活命的嗎？」船夫說：「沒有見過。」於是次非挽起衣袖，抽出了自己的寶劍，對眾人說：「如果我被蛟龍咬死，最糟不過成為江中的腐朽肉骨罷了！如果我以寶劍刺殺蛟龍可以保全自己，就算失掉了寶劍，我又有什麼捨不得的呢？」於是，他縱身跳入江中，奮力與蛟龍搏鬥，竟真的殺死了蛟龍。這樣，船上的人就都得救了。

　　如果當時次非因為畏懼而放棄抗爭，船上所有的人都不可能活命；雖然入水刺蛟的風險極大，但這樣做畢竟還有生的希望。次非審時度勢，迅速做出了正確的判斷，運用自己的勇氣和力量，化解了全船人的危機。本來可能會使自己喪命的大壞事，瞬間成了揚名天下的大好事。可見，關鍵時刻要想化危為機，需要有迎難而上的勇氣，更要有審時度勢的智慧。

合：因勢合變

甲骨文	合	金文	合	小篆	合	楷書	合

　　「合」是一個會意字，古今字形變化不大。古文字學家朱芳圃先生認為，「合」字像器、蓋相合之形。漢朝文字學

家許慎認為，「合」的本義為合口，從集，從口。後來，「合」又引申為一般物體或抽象事物間的閉合、適應，如符合、聚合、會合等。

物體的大小和形狀都是固定的，與之相合的物體也是固定的；形勢會隨時間的改變而改變，與之相合的對策也必須相應地改變。

戰國時，匡章對惠子說：「您過去主張廢去尊位，現在又尊齊為王，這是多麼矛盾啊！」惠子說：「現在有一個人，他迫不得已必須打自己愛子的頭，而石頭可以替代他愛子的頭。」匡章問：「您是想用石頭來代替呢，還是不這樣做？」惠子說：「我當然要用石頭代替愛子的頭。孩子的頭是我認為重要的東西，石頭是我認為不重要的東西。擊打我認為不重要的東西，避免我重視的東西受到傷害，這樣有什麼不可以的呢？目前齊君不斷用兵攻打別國，戰績顯赫的話可以稱王，其次也可以稱霸。用尊齊君為王的方式，避免百姓無辜死亡，這正是用石頭代替愛子的頭啊！為什麼不可以這樣做呢？」

對於百姓而言，寒冷了就需要火，暑熱了就需要冰，乾燥了就需要潮濕，潮濕了就需要乾燥。寒冷與暑熱，乾燥與潮濕，都是相互對立的，在適當的時候，它們都可以給百姓帶來好處。也就是說，要實現某一特定的目標，方法並不是唯一的，只要策略適合形勢即可。因此，因勢合變的智慧非常重要。

鹹：感而有知

甲骨文	𣥏	金文	𢦒	小篆	咸	楷書	咸

　　在甲骨文和金文中，「鹹」的字形沒有多少變化，都像是一把大斧頭，旁邊有一張口。這種大斧頭，古時稱為「鉞」，比一般的斧頭略大，既是武器也可以作為權力的象徵。在專制暴力的威脅下，君主一呼百應，眾口一詞，所以「鹹」的本義指全、都、普遍。又因為眾人要想取得一致，就必須相互感應、相互影響，因此「鹹」又引申為感知、感化。

　　相互影響、相互感知，是取得普遍一致的基礎和前提。

　　唐朝時，崔護在去長安的路上口渴了，就去路旁一戶農家討水喝。院裡出來一位姑娘，崔護接過姑娘遞來的水，一邊喝一邊偷眼相看。只見那位姑娘倚在桃樹下，眼如秋水，面似桃花，蜂腰纖細，楚楚動人。崔護的愛慕之情不禁從心底升起。第二年春天，崔護舊地重遊，見綠柳含春，桃花依舊，只是茅屋緊鎖，不見那位姑娘。他深感惆悵，於是在門上題詩一首：「去年今日此門中，人面桃花相映紅。人面不知何處去，桃花依舊笑春風。」

　　後來，崔護偶過此村，聽到這家有哭聲。進門一看，才知道一家人正在哭那位姑娘。原來，姑娘看了崔護的題詩後，也愛上了他，卻無緣再見，於是便害上了相思病，茶飯不思，剛才竟然死去了。崔護聽罷，悔恨不已，也放聲痛哭。不料，

他的痛哭卻驚醒了那位「死去」的姑娘，原來她只是昏過去罷了。家人見姑娘醒來，萬分高興，不久這對有情人便舉行了婚禮，成為夫妻。

雖然這則愛情故事太過理想化，但它也說明人與人交往的一個真理，那就是：只要真心相感，總會有奇蹟發生。這就是「鹹」字帶給人們的啟示。

異：棄同即異

甲骨文		金文		小篆		繁體	異	楷書	異

甲骨文和金文中的「異」字，像是一個人雙手上舉，將面具或帽子之類的東西戴在頭上。語言文字學家楊樹達認為，「異」即「戴」的初字。帽子或面具並不是人生來固有的，一個人戴上了，就會與其他人不同，這樣，「異」就有與眾不同之義。在眾多的同類事物中，把其中的一部分加上標識，就很容易區分，這樣「異」又引申為分開。

「異」就是超出常人、與眾不同，要想做到這一點，有時需要非同一般的智慧。

春秋時，楚國的重臣孫叔敖病了，臨死時告誡他的兒子說：「大王多次賜給我土地，我都沒有接受。如果我死以後，大王要賜予你土地，你一定不要接受肥沃富饒的地方。楚國

和越國之間有個寢丘，這地方的土地貧瘠，而且地名聽起來十分凶險。楚國人畏懼鬼，而越人也迷信鬼神和災祥，所以能夠長久占有的封地，恐怕只有這個地方了。」孫叔敖死後，楚王果然要把肥美的土地賜給他的兒子，但孫叔敖的兒子全都謝絕了，只是請求把寢丘賜給自己，楚王同意了。

在後來的若干年裡，楚國經歷了無數次內部政治鬥爭，與其他國家也發生過很多次衝突。國內的肥美土地多次更換主人，唯獨寢丘這個地方一直歸孫叔敖的子孫所有，直到戰國末年都沒有改變。

孫叔敖的智慧在於，他懂得不把世俗人心中的利益看作好處，而把別人討厭的東西納為己有，這樣就避免了很多紛爭和損失。可見，天下處處皆有寶，之所以只有智者才能發現，是因為他們具有異於常人的眼光。

因：因人成事

「因」是一個會意字。甲骨文、金文、小篆中的「因」字，字形沒有大的變化，都像是一個人仰面躺在一張蓆子上。對於這個躺著的人來說，蓆子是一種依靠或憑借，這就是「因」的本義。

正如休息要憑借蓆子一樣，做事也要有所憑借，才可能取得成功。

據說，周武王伐殷之前，先派人去殷商都城朝歌打探情況。打探的人回來報告說：「殷商亂了。」武王問：「亂到什麼程度？」這人回答說：「邪惡小人得到任用，忠臣賢良被罷黜。」武王說：「時機還未到啊！」於是，又派人去打探。不久，打探的人回來說：「殷商更亂了。」武王問：「亂到什麼程度？」這人回答說：「賢人出走了。」武王說：「時機還未到啊！」於是，又派人去打探。不久，打探的人回來說：「殷商比以前更亂了。」武王問：「亂到什麼樣？」這人回答說：「老百姓害怕殺頭，誰都不敢說話了。」武王說：「啊，好！」於是，就把這些情況告訴了姜太公。姜太公說：「邪惡小人得到任用、忠臣賢良被罷黜叫作暴政，賢人出走叫崩壞，老百姓都不敢說話叫刑勝。達到刑勝的程度，就是國家混亂到了極點，混亂至此，將無以復加。」於是，周武王精選戰車三百輛，勇士三千人，早朝的時候與諸侯約定擒拿商紂王的時間。

滅商是周人蓄謀已久的計劃，武王之所以遲遲不肯採取行動，主要是成功所需憑借的條件不成熟。所謂條件成熟，既指自己足夠強大，又指敵方足夠敗壞。這就是因人成事的智慧。

曲：廣譬曲諭

甲骨文	金文	小篆	楷書

「曲」是一個象形字,在金文和古文中,「曲」的異體較多。漢朝文字學家許慎認為,「曲」字像器物受重彎曲的形狀,它的本義為彎曲,與「直」相對。後來,「曲」又引申為邪、不正、理虧等。

器受物而曲,是因為它自身具有柔性。如果既無柔性,又不能承受重量,那就只有破碎了。這個道理,對做人也同樣有意義。

戰國時,魏文侯在一次宴會上讓大大們評價自己。輪到任座時,他說:「您是個不肖的君主。因為,您攻取了中山國,不把它封給弟弟,卻封給兒子,從這件事就可以看出您不肖。」魏文侯聽了沒說什麼,但是很不高興,臉上也表現出來了。任座見氣氛不對,就快步出去了。輪到翟黃,翟黃說:「您是個賢明的君主。我聽說,如果君主賢明,他的臣子言語就直率。現在,任座的言語直率,從這件事我就知道您是賢明的君主。」魏文侯聽了很高興,說:「還能夠讓他回來嗎?」翟黃說:「當然可以。我聽說,忠臣竭盡自己的忠心,即使獲得死罪也不會躲避。任座恐怕還在門口呢。」說完,翟黃出去一看,任座果然還在門口。翟黃以魏君的命令讓他回去,任座進來後,魏文侯親自下階來迎接他。

魏文侯比較賢明，任座也很正直，但是，以任座的說話方式，魏文侯的確在眾人面前很難堪。可見，正直作為一種優點是無須否認的，但是，如果性格中能多一點柔性，說話、做事可以廣譬曲諭，委婉達意，那麼意見就會更容易被人接受。

互：分權制衡

「互」是一個象形字，像古時的一種收繩器具。由於它多用竹子加工而成，後來古人又在「互」字上面增加了「竹」字頭，創造了一個新字表示它的本義。由於繩子在纏繞的過程中會彼此交錯，因此「互」又引申為交錯。

繩子纏繞彼此交錯，有利於整體的鞏固；人事安排互相牽制，有利於部門的團結。

春秋時，齊桓公準備重用管仲，就對臣下說：「寡人將尊管仲為仲父，贊成的進門後站在左邊，不贊成的進門後站在右邊。」群臣都按要求去做了，但東郭牙卻站在大門的中間。齊桓公問：「寡人的話你沒有聽明白嗎？」東郭牙問：「以管仲的智慧，能謀取天下嗎？」齊桓公回答說：「能。」東郭牙又問：「以管仲的決斷，他敢於幹一番大事業嗎？」齊

桓公回答說：「敢。」東郭牙說：「您因為管仲的智慧足以謀取天下，他的決斷又敢於幹一番大事業，就把國家的大權全部交給他。您想一想管仲的智慧與謀略，再想一想自己的威勢，以這樣的方式來治理齊國，難道沒有危險嗎？」齊桓公點頭說道：「你說的有道理。」於是，就讓隰朋負責內政，管仲負責外交，讓他們互相之間形成牽制。

　　管仲之才不可不用，但是如果把全部權力都交給他，肯定對齊桓公不利。把權力一分為二，讓兩個人各司其職，才是符合整體利益的。因為，兩者既互相配合，又互相制約，從而能達成一種微妙的平衡。這就是「互」字的智慧。

網：網開一面

甲骨文		金文		小篆		繁體		楷書	
㒸		㒸		㒸		網		網	

　　漢朝文字學家許慎指出，網是伏羲氏發明的，先民結網主要用來狩獵和捕魚。甲骨文中的「網」字，像是左右兩邊分別在地上插根木棍，中間掛了一面網，可見上古時人們是用網在陸上捕獸的。到了楷書中，「網」成了形聲字，其中「絲」表示網的材質是絲，「罔」表示讀音。「網」本是小篆字形，並非新字。現在，不僅捕魚、捕鳥的器具稱為網，連性質像網一樣的東西都可以稱為網，如通信網、互聯網、

關係網等。

古語說，「天網恢恢，疏而不漏」，意在形容天道之網看起來很稀疏，但不會放過一個壞人。但與天道不同，人道當以寬大為懷，得饒人處且饒人。

相傳，夏朝從禹開始，經過十五代君王，傳到了夏桀。夏桀荒淫無道，引起百姓的不滿和怨恨，商的首領湯看到這一切，就想爭取民心，推翻夏桀的統治。有一天，商湯散步時，看到一個人在野外四面張網捕捉鳥獸，還祈禱說：「無論從哪裡來的鳥獸，都快快進入我的網吧！」商湯對張網的人說：「你這樣做太殘忍了，鳥獸恐怕要被你捕光了！」說罷，便命人拆掉了網的三面，僅留下一面網，並小聲禱告：「鳥獸啊，你們願意向左就向左，願意向右就向右。如果實在不想活了，就進入網裡來吧！」鄰近的部落首領們聽說此事，紛紛說：「商湯是一個好君王，他對禽獸尚且如此仁慈，對人肯定會更加仁愛。」於是，有四十多個氏族部落先後歸順了商湯。

商湯取得了廣泛的支持，終於消滅了夏桀。可見，只有胸襟坦蕩、寬以待人的人，才能得到眾人的支持與幫助。

益：一謙四益

甲骨文	💧	金文	💧	小篆	💧	楷書	益

「益」的本義並非指利益或好處。在甲骨文、金文、小篆中，「益」字像是一個器皿，上部有水溢出。由於溢出的水是平流的，所以「益」字的上半部分，實質是一個平寫的「水」，如果將其旋轉九十度，則很容易看出是「水」字形。甲骨文學者李孝定指出，由於「益」長時間被用為饒益、增益之義，本義就不突出了，因此又造了一個「溢」字以示區別。可見，「益」是「溢」的古字，本義是水漲，引申為驕傲自滿。

水滿則溢，人驕則敗，這是古人很早就認識到的真理。

戰國時，魏國攻打中山國，以樂羊為將。樂羊攻下了中山國，回報魏文侯，言語間顯示出誇耀驕傲的傾向。魏文侯就命令主管文書的官員說：「請把大臣和賓客們的上書都拿來。」於是，這名官員足足拿出兩箱書信，魏文侯讓樂羊親自看一下，原來，這些書信都是反對讓樂羊去攻打中山國的。樂羊看罷，立即跪倒，請罪道：「大王，攻下中山國不是微臣的力量，而是您的功勞啊！」

顯而易見，樂羊在前方攻打中山國時，非議他的人非常多。假如魏文侯聽信群臣或賓客的話，認為中山國不可取，下令撤回魏軍的話，哪裡需要兩箱書信，只需要一寸長的簡短文書即可讓樂羊前功盡棄。更何況，攻下中山國，還有無

數將士拋頭顱灑熱血，哪裡是樂羊一個人的功勞呢！可見，在每一個人成功的背後，總有許多人在為同樣一個目標默默奉獻著。如果不清楚這個道理而驕傲自滿，就是一種淺薄無知的表現。

錢：見金動戈

小篆	錢	繁體	錢	楷書	錢

　　商代以前人們用貝作為貨幣，從周代開始青銅成為鑄造貨幣的材料。「錢」字，當是金屬出現後的產物，時間上晚於貨幣的出現。「錢」左面是「金」，右面有兩個「戈」字，讓人聯想到，見了黃金就要動戈打仗。但是，漢朝文字學家許慎認為，「錢」是形聲字，最初指一種農具，從金，戔聲。

　　錢的重要性自不必說，但是，為了撈取金錢不擇手段甚至傷天害理，則是自古以來都為人們所不齒的。因此，古人提倡「君子愛財，取之有道。」更偏激一點的，則主張君子不當愛財，甚至連「錢」這個字都不應當提，如果提了就會被人恥笑。

　　相傳，晉朝時有個叫王衍的人，性情高雅，從來不說「錢」字。他的妻子想了很多辦法讓他說出「錢」字來，都未能成功。有一次，王衍睡著了，他的妻子就叫用人用錢把

床圍起來。王衍醒後，發現被一堆堆的錢擋住了去路，就命令用人說，「舉卻阿堵物」，意思是把這些東西搬走。這個故事流傳很廣，後來人們也把錢稱為「阿堵物」，以表達對錢財的輕視之意。

　　實際上，金錢本身並無善惡之分，因此既不必詛咒它，也無須讚美它。它不過是一面鏡子，照出的是人的靈魂。中國的古錢外圓而內方，這不僅是古人天圓地方的宇宙觀縮影，也暗含著做人應知的道理，即：金錢面前人不妨圓通一點，但內心的方正卻是不能喪失的。這就是「錢」字的智慧。

帛：干戈玉帛

甲骨文	帛	金文	帛	小篆	帛	楷書	帛

　　相傳，古時候有個皇帝微服私訪，看見有位測字先生給一個面帶愁容的人測字。這人寫了個「帛」字，測字先生說：「帛字是白巾，也就是孝，你家中會有喪事。」那人長嘆一聲，轉身走了。皇帝覺得很有趣，就走上前也寫了個「帛」字要求測字。測字先生見他儀表不俗，後面的侍從又不像普通的家奴，就說：「這帛字是皇頭帝腳，您真是貴不可言啊！」皇帝一聽，急忙付錢走人。顯然，這位先生的測字功夫，完全在文字之外。他給出的兩種解釋，與「帛」字並不相關。

「帛」的本義是指白色的絲綢，不過，這與孝服無關。古時候，絲綢是很貴重的，是財富的象徵。因此，與人見面，送以玉帛，可以表達對對方的尊重，有助於增進彼此的感情。

「干戈」原指兵器，「玉帛」象徵著和平友好，「化干戈為玉帛」比喻使戰爭轉變為和平。包容忍讓、平等待人是一種美德，但真正能做到的人並不是很多，尤其涉及切身利益的時候，人更是常常將包容忍讓都拋諸腦後。

清朝康熙年間，禮部尚書張英的家人與鄰居因住宅的土地發生爭執。張英自京城寄詩一首，寫道：「千里修書只為牆，讓他三尺又何妨。萬里長城今猶在，不見當年秦始皇。」家人看了信，主動退讓三尺，鄰居也深受感動，同樣退地三尺。於是，兩家的院牆之間形成了一條寬六尺的巷子，這就是著名的六尺巷的由來。心胸寬廣、恭謙禮讓的人，在任何時候都是受人尊敬的，也更容易化解矛盾。在物慾橫流的今天，更是應當提倡這種美德。這就是「帛」字帶來的啟示。

璧：問士以璧

金文	小篆	楷書
璧（金文）	璧（小篆）	璧

璧，是古代的一種瑞玉，平圓形，正中有孔，邊寬為內孔直徑的兩倍。漢代文字學家許慎認為，「璧」為形聲字，

從玉，辟聲。其實，「辟」在這裡不僅表音，同時也具有表意功能：「辟」的本義指法度，也可以指天子或國君，而「璧」恰是用玉製成的代表天子、國君或法度的玉器。中國古人認為天圓地方，而玉璧取圓形，正是對上天的模仿，是代表天的。

以璧作為信物贈人，可以表達尊敬、順從之意。荀子曾提出「問士以璧」，即指在較為重要的外交場合，使臣見面時贈以玉璧，祝福平安。

春秋時，齊、晉兩國發生戰爭，晉國的韓厥抓到了齊頃公。為了表達對齊君的尊重，韓厥跪下叩頭，捧著酒杯並加玉璧獻上，說：「寡君派臣下們替魯、衛兩國請求，說：『不要讓軍隊進入齊國的土地。』下臣不幸，正好在軍隊服役，害怕奔走逃避成為兩國國君的恥辱。下臣身為一名戰士，謹向君王報告我的無能，但由於人手缺乏，只好擔任這個官職。」這裡，敬酒表示賠禮，加璧表達敬意。

此外，楚漢戰爭前，劉邦赴鴻門宴，中途借口上廁所逃走。臨行前，留下張良給項羽送上一雙白璧，既是賠禮，也是向項羽表達特別尊重之意。可見，璧作為一種禮器，是一個十分莊重的符號，它的內涵在於信用、法度與尊重他人。

寶：不貪為寶

甲骨文		金文		小篆		繁體		楷書	
	圖	金文	圖	小篆	圖	繁體	寶	楷書	寶

　　「寶」本義是珍貴之物。漢朝文字學家許慎認為，「寶」為形聲字，從　，從王，從貝，缶聲。古文字學家商承祚認為，甲骨文中的「寶」字，從　，從貝，從玉，「宀」像房子，「貝」與「玉」在「宀」內，「寶」之義已經很明確了。金文中又增加了「缶」，缶是一種陶缽，上古時可能是寶貴之物，或是被用來作為盛寶之器。可見，「缶」並非是單純表音的，也具有表意功能。因此，「寶」是一個會意兼形聲字，本義為珍藏，後來又引申為珍貴之物，即寶貝。

　　貝、玉之類之所以是寶貝，是由人們珍視、喜愛的態度決定的，並不是它們先天就具有很高的價值。也就是說，寶貴是人賦予特定事物的一種後天屬性。

　　春秋時，宋國有人在山裡得到一塊美玉，於是就把它獻給司城子罕。子罕說什麼也不肯要，獻玉的人說：「我把它拿給玉工看過，玉工認為是寶物，所以才敢進獻。」子罕說：「我把不貪婪作為寶物，你把美玉作為寶物，如果你把玉給了我，我們兩人都喪失了寶物，不如各人保有自己的寶物。」獻玉的人叩頭告訴子罕說：「小人帶著美玉，不能夠繼續在鄉里生活，因為怕被別人暗算了。現在把它送給您，是用來免於一死的。」子罕聽了以後，沉思片刻，決定把美玉暫時

留下。接下來，子罕讓玉工雕琢了這塊美玉，然後賣出去，使獻玉的人發了財以後，就讓他回家了。可見，世界上除了美玉之外，還有更寶貴的東西，那就是潔身自愛、慷慨無私的品質。

賀：好自為之

金文		小篆		繁體		楷書	
	𧶽		𧶬		賀		賀

「賀」是會意字。金文和小篆中的「賀」字，都從貝，從加。貝是上古貨幣，這裡表示錢財，「加」有增添的意思，兩形會意，表示贈送錢物以示慶祝，這就是「賀」的本義。後來，「賀」又引申為犒勞。

贈送賀禮可以增進人與人之間的感情，但隨之而來的，很可能會有利益輸送。因此，如何處理別人送來的賀禮，就是個比較棘手的問題了。

周代時，公儀休當了魯國的宰相。他喜歡吃魚，魯國人都爭著給他送魚，但是公儀休一概拒絕接受。他的門徒勸他說：「先生喜歡吃魚，卻不肯接受人家送來的魚，這是為什麼呢？」公儀休回答說：「正因為我愛吃魚，所以才要加以拒絕。如果我接受了別人送來的魚，就免不了對人家露出笑臉，低三下四。這樣一來，也就難免徇情枉法。如果徇情枉法，

我就難免會被罷去宰相的職務。等到我被免去了宰相職務，即使還愛吃魚，這些人也不會再送了，那時我沒有了俸祿，自己又買不起魚，就無法吃魚了。現在，如果拒絕這些人送的魚，我就能免於罷相。如果要吃魚，我完全可以依靠俸祿去買魚吃。」

　　幾條魚雖然不是什麼貴重的禮品，但牠的性質與珠玉寶貝一樣，都屬於財物。財物沒有白拿的，只要是接了就得為別人辦事，這樣，徇情枉法也就難免了。拒收他人的財物，需要當事人具有較高的修養與智慧。公儀休是一個明白人，他清醒地知道，無論別人對他怎麼樣，自己都應好自為之。賀禮雖好，但也不能太貪婪，尤其是為官者，如果因為收禮而葬送了自己的前途，就得不償失了。

弄：玉石不分

金文		小篆		楷書	
	王廾		弄(篆)		弄

　　「弄」是一個會意字。金文、小篆中的「弄」，字形雖然有一些變化，但基本結構未變，都是上半部分為「玉」，下半部分為兩隻手。兩形會意，表示兩手奉玉摩挲玩賞。漢代文字學家許慎認為，「弄」的本義為玩，從廾持玉，也就是兩手捧玉。

　　玉為珍寶，想要玩賞，首先需要慧眼識玉，否則本來是塊美玉，也會被當作無價值的頑石。

　　春秋時，楚國人卞和在楚山下得到一塊玉石，便捧著它獻給楚厲王。楚厲王派人鑒定，鑒定者說：「這是石頭。」楚厲王認為卞和是個騙子，就命人砍掉了他的左腳。厲王死後，楚武王即位，卞和又捧著那塊玉石去獻給武王。武王派人鑒定，鑒定者依然說：「這是塊石頭。」於是武王也認為卞和是個騙子，就命人砍掉了他的右腳。

　　武王死後，楚文王即位。卞和捧著那塊玉石，在楚山下放聲痛哭，哭了三天三夜，眼淚哭乾，流出了血。楚文王聽說後，就派人去瞭解情況。派來的人問道：「天下被砍去雙腳的人很多，為什麼偏偏你這麼悲傷？」卞和說：「我並非為失去雙腳而悲傷，我悲傷的是，美玉被說成是石頭，忠貞的人被說成是騙子！」於是，楚文王也派人來鑒定這塊玉石。這一次，鑒定的人把玉石表面風化的硬皮打磨掉，結果發現，這果真是一塊美玉！

　　本來是一片好心，卻被當成惡意，本來是具有雄才大略的志士，卻被當成無惡不作的壞蛋，生活中類似的悲劇是很常見的。可見，正如想弄玉就要先識玉一樣，要想善用人才，首先需要識別人才，這就是「弄」字的智慧。

玦：絕人以玦

小篆	玨	楷書	玦

　　玦，是古代環形有缺口的佩身玉器。漢代文字學家許慎認為，「玦」是一個形聲字，從玉，夬聲。由於玦為環形而有缺口，有「斷絕」之意，同時它的讀音也與「絕」同，所以古時有「絕人以玦」的說法，表明玦是與人斷絕關係的象徵物。古時候罪臣被貶，皇帝如果贈以玉玦，就表明與其斷絕關係，永不再見。

　　只有具備較強的決斷能力，才能在關鍵時刻做出與他人斷絕關係的決定。

　　秦朝末年，群雄蜂起反秦，劉邦和項羽約定，先攻入咸陽者為王。劉邦的實力本不及項羽，但他卻先攻入了關中，占領咸陽。項羽擁重兵駐紮於鴻門，不肯履行約定，劉邦勢弱，只好前來謝罪。劉邦說：「我和將軍合力攻打秦國，將軍在黃河以北作戰，我在黃河以南作戰。然而，沒想到先攻破秦國入關，在這裡與將軍相見。現在有小人的流言，使將軍和我有了隔閡。」

　　項羽見劉邦態度誠懇，便透露了事情的原委：「哪裡是什麼小人啊，是聽你的左司馬曹無傷說的，不然我怎能這樣做呢？」於是，項羽留劉邦在鴻門飲酒。席間，項羽的謀臣范增多次使眼色給項羽，並舉起自己所佩的玉玦示意，暗示

項羽應與劉邦斷絕關係，並當機立斷殺死對方，但項羽默默而坐沒有反應。范增站起來，出去召來項莊，要他以祝酒為名，藉機殺死劉邦。

可惜，因為沒有項羽的配合，所以無法取得成功。後來，劉邦借口去廁所，逃回了自己的軍營。項羽當斷不斷，錯過了除掉對手的最佳時機，最後反為劉邦所敗。可見，決斷需要勇氣，更需要高瞻遠矚的智慧。

兵：先禮後兵

甲骨文		金文		小篆		楷書	

甲骨文的「兵」字，像雙手高舉斧頭一類的砍削器，金文、小篆沿襲了它的基本字形，沒有太大的變化。漢朝文字學家許慎認為，「兵」即是武器。後來，「兵」的語義擴大，由武器引申為拿武器的人，如士兵。

中國自古就有反戰的傳統，因而，不到萬不得已是不會用兵的。所謂先禮後兵，就是先按禮節同對方交涉，如果行不通，再用武力或其他強硬手段解決。

東漢末年，徐州被曹操兵馬圍困，太守陶謙向劉備告急。於是，劉備帶領關羽、張飛和趙雲等人衝破重圍，進入徐州城內。眾人商議退兵之計，劉備說：「我先給曹操寫封信，

勸他退兵，要是他不同意，再同他交戰也不遲。」他在信中寫道：「國內現在憂患無窮，董卓的餘黨還沒有肅清，到處都是造反的農民。你應以朝廷為重，不要圖報私仇。如果你撤走徐州之兵，以救國難，將是天下的幸事！」

曹操看完信後大發雷霆，說道：「劉備是什麼人，竟敢來教訓我！」恰好這時有人來報，說呂布攻克曹軍後方的兗州。曹操得到消息後，心驚肉跳，大叫：「兗州丟失，我們無家可歸了，立刻撤出徐州！」謀士郭嘉勸解道：「劉備遠道而來，先以禮相待，行不通再動兵。我們可以趁機給劉備賣個人情，說看在他的面子上退兵了。」曹操覺得有理，馬上依計行事。

劉備以先禮後兵的方式退去曹軍，雖僥倖成功，但確實是非常高明的策略：儘管兵不厭詐，可總以陰謀取勝終究惹人恥笑；倘若對勝利有充分的信心，就應該表現出大家風範，以信義為準則，堂堂正正，光明磊落。先禮後兵，正是這種精神的體現。

計：運籌帷幄

小篆	繁體	楷書
計	計	計

「計」是一個會意字。小篆中的「計」是左右結構：左

邊是「言」，表示說話；右邊是「十」，表示兩根古代計數用的籌碼十字交叉。兩形會意，表示會謀、計算、謀劃等。

歷史上的中國，是一個戰爭頻發的國家。無數次大大小小的戰爭，規模空前地破壞了生產，同時，也積累了豐富的軍事經驗與謀略智慧。

春秋時，楚國去攻打陳國，吳國趕來救援陳國，吳、楚兩國相距三十里形成對峙。不巧的是，還未等兩軍開戰，天就下起了大雨，斷斷續續地連下了十天。第十天晚上，雨停了，天也晴了。楚國左史倚相對主管軍事的司馬子期說：「雨一連下了十天，將士們的盔甲都收集在一起，兵器也都聚集在一處。吳軍一定會來進攻，不如提前防備他們。」於是，司馬子期命士兵擺開陣勢。還沒有等陣勢擺完，吳軍果然就到了。他們見楚軍已經擺開了陣勢，知道對方早已經有了準備。無可奈何，吳軍只得原路退回。這時，左史倚相又說：「吳軍來回六十里，路又不好走，他們一定很累，吳軍將官或許正在休息，士兵們正在吃飯。如果我們行軍三十里去進攻他們，楚軍的體力一定好於吳軍，這樣一定可以打敗他們。」這一次，子期又聽從了他的話，進軍三十里，果然大獲全勝。

從這一戰例不難看出，決定戰爭勝負的關鍵因素並不在於士兵勇敢與否，而在於指揮者制定的作戰方案是否合理。事先的計劃是否合理，往往在很大程度上決定最終的成敗，這就是「計」的智慧。

利：先修利器

甲骨文	𣂁	金文	𣂁	小篆	𥝫	楷書	利

　　「利」是一個會意字。在甲骨文中，「利」的左邊是「禾」，表示莊稼，右邊是「刀」，表示刀類農具。兩形會意，表示用刀類農具收割莊稼。漢朝文字學家許慎認為，「利」的本義指鋒利。由於與收穫莊稼有關，「利」又引申為利益、功用、贏利。

　　古人有句名言，「工欲善其事，必先利其器」，意思是說工匠要想做好工作，就必須先使工具精良。

　　戰國時，公輸盤為楚國造雲梯，準備作為攻城器械攻打宋國。墨子聽說了，就從齊國起身，行走了十天十夜才到楚國郢都。見到公輸盤後，墨子力勸他不要助楚攻宋。公輸盤說：「我已經對楚王說了，一定要攻宋。」於是，墨子又去見楚王，陳說不應當攻宋的理由。對於墨子的說法，楚王雖表示贊同，卻說：「好啊！即使這麼說，公輸盤已經替我造了雲梯，一定要攻取宋國。」

　　無奈，墨子解下腰帶，圍成一座城的樣子，用小木片作為守備的器械，又讓公輸盤用雲梯等攻城器械模擬攻城。公輸盤九次陳設攻城用的器械，墨子九次擋住了他的進攻。公輸盤的器械用盡了，墨子的守禦戰術還有餘。公輸盤受挫了，卻說：「我知道用什麼辦法對付你了，但我不說。」楚王問

原因，墨子回答說：「公輸盤的意思，不過是殺了我。我的弟子禽滑釐等三百人，已經手持我守禦用的器械，在宋國的都城等待楚軍了！即使殺了我，宋國還是攻不下的。」楚王說：「好，我不攻打宋國了。」

　　很明顯，如果墨子沒有事先把守城器械帶到宋國，幫宋國做好了充分的準備，即使他的主張再有說服力，都無法阻止楚軍攻宋。可見，要想順利實現某一目的，事先做好充分的物質準備是十分必要的，這樣不僅能增加自己的把握，還能有效地威震對手。

矢：先發制人

甲骨文	![甲骨文矢]	金文	![金文矢]	小篆	![小篆矢]	楷書	矢

　　矢，是一個象形字。甲骨文和金文中的「矢」，形體就像箭一樣，上端是尖利的箭頭，中間是箭桿，下端分叉的地方像是箭尾。很明顯，「矢」的本義就是箭。

　　弓箭是一種遠距離殺傷敵人的武器，在冷兵器時代，它的速度快，威力大。對弓箭的利用，體現了古人在戰爭中先發制人、以速度取勝的智慧。

　　秦朝末年，項梁和侄子項羽為躲避仇人的報復，逃到了吳中。當時，各地的反秦起義風起雲湧，會稽郡郡守為商討

當時的政治形勢和自己的出路，派人找來了項梁。項梁見了郡守，談了自己對形勢的看法：「現在江西一帶都已起義反對秦朝的暴政，這是上天將要滅亡秦朝了。先發動起義的可以制服人，後發動起義的就要被別人所制服啊！」郡守聽了，試探道：「我想發兵響應起義軍，請你和桓楚一起來率領軍隊，只是不知道桓楚現在在什麼地方？」項梁聽了，心想：「我可不願做你的部屬。」於是他連忙說：「桓楚因觸犯了秦朝的刑律流亡在江湖上，只有我的侄子項羽知道他在什麼地方。我去叫項羽進來，可以問問他。」說完，項梁走到門外，輕聲地叫項羽準備伺機殺死郡守。叔侄倆一前一後走進廳堂。郡守見項羽進來，剛想要迎接他。不料項羽卻拔出寶劍砍下郡守的腦袋，帶著官府的大印，走到門外，高聲宣佈起義。

可見，像利箭一樣行動迅速，先發制人，是取得勝利的重要因素。相反，如果行動遲緩，等待自己的可能完全是另外一種命運。

弓：杯弓蛇影

甲骨文		金文		小篆		楷書	
	弓		弓		弓		弓

弓箭是古老的兵器，主要用來實施遠距離攻擊。甲骨文中的「弓」是個象形字，它的左邊像是弓背，右邊像是弓弦，

　　整體上很像古代武士使用的強弓。小篆和楷書中的「弓」字並不表示一張完整的弓，因為它沒有弓弦。原來，古人為了保持弓的彈性，平日不用時，一般都要把弓弦摘下來，等用時再掛上。

　　有關弓的傳說很多，其中不乏具有深刻啟示者。據說，從前有一位做官的人，叫樂廣。他有一位好朋友，只要一有空就要到他家裡來聊天。令人奇怪的是，有一段時間，他的朋友一直沒有露面。樂廣十分惦念，就登門探望，只見朋友半坐半躺地倚在床上，臉色蠟黃。問到原因時，朋友答道：「前些日子到你家做客，正端起酒杯要喝酒的時候，彷彿看見杯中有一條小蛇在晃動。我當時猶豫了一下，但還是喝了那杯酒，回到家裡就身得重病。」樂廣回想起當時的情形，原來家中牆壁上掛著一張角弓，形狀曲折很像是蛇。顯然，杯中所謂的小蛇無疑是角弓的影子。

　　於是，他便在原來的地方再次請那位朋友飲酒，問道：「今天的杯中還能看到小蛇嗎？」朋友回答說：「所看到的跟上次一樣。」樂廣指著牆壁上的角弓，向他說明了原因，朋友恍然大悟，積久難癒的重病一下子全好了。本來只是弓的影子，在不明真相的人看來卻好像是蛇，生活中類似的假象有很多。與其因為一時的錯覺而疑神疑鬼，虛驚一場，不如早點探明真相，避免毫無意義的煩惱。

車：輔車相依

甲骨文		金文		小篆	繁體		楷書	
	🚗		🚗	車		車		車

　　相傳上古時期，黃帝外出巡視，看到蓬草花被風吹起，在路上飛快地滾動，速度很快。受此啟發，他動手製造了第一輛車，從此人們外出或運送東西，都可以使用車，非常方便。也正是由於黃帝發明了車，人們才叫他軒轅氏，軒轅即是車轅的意思。不過，目前能見到最早的車是商代的。從考古發現來看，當時的車是雙輪獨轅的。甲骨文的車字，來自古人對車的散點透視圖形：「車」字的整體像是一輛車的俯視圖，但車輪卻像是從側面看到的樣子。

　　古代的車夾木叫作輔，它與車轎之間是相互依存的關係，所以人們稱之為輔車相依。

　　春秋時，晉獻公想要擴充自己的地盤，就找借口說鄰近的虢國經常侵犯晉國的邊境，要派兵滅了虢國。可是在晉國和虢國之間隔著一個虞國，討伐虢國必須經過虞國。怎樣才能順利通過虞國呢？晉獻公手下的大臣建議用重禮賄賂虞國國君。晉國使者帶著重禮來到虞國，虞國國君想答應使者的要求，大臣宮之奇聽說後勸阻道：「虢國是虞國的屏障，虢國滅亡了，虞國必定會跟著被滅掉。晉國的野心是不可以忽視的。俗話說，車廂兩邊的夾板與車轎之間是相互依存的，失去了嘴唇牙齒就會受凍。這話說的正是虞國和虢國的關係

啊。」

虞國國君沒有聽從宮之奇的勸告，答應了晉國借路的要求，結果晉國滅掉虢國之後，果然很快也把虞國攻陷了。可見，正如車夾木和車轎彼此相依使車子能夠行走一樣，有利害相關的弱小者只有相互幫助，才更有利於維持各自的生存。

戈：同室操戈

甲骨文		金文	小篆	楷書
		戈	戈	戈

「戈」是典型的象形字，特別是青銅器銘文中的「戈」字，美觀逼真，甚至在戈頭後面還繪有纓穗。這是中國古代最具有民族特色的兵器，主要以勾啄方式殺人。在考古發掘中，石戈或青銅戈較為常見。從形制上看，這種兵器大約是從鐮刀一類的農具演化而來的，主要由長柄和橫裝的刃器組成，既可以橫擊，又可以鉤殺。古時候兵農一體，平時勞動時，戈可以當鐮刀用，戰爭時，它又成了武器。商周時代，戈是每個戰士必備的武器。漢代以後，各種新式武器不斷出現，戈漸漸被淘汰，變成了王侯們的儀仗器。但是，人們還是習慣把一般的兵器稱為「兵戈」，可知戈已經成了兵器的泛稱。

相傳，戰國時楚國有個叫魯陽的人，他與敵人交戰時，眼看太陽即將落山，二人還沒有分出高下，於是他便揮戈令

太陽返回。從此，魯戈便成了「回天之力」的代稱。

　　戈是戰爭中的暴力工具，歷史上曾有無數人希望通過它來迫使別人屈服。而事實上，操戈相向，往往會落得個兩敗俱傷的結局。至於同室操戈、兄弟相殘，更是應該否定的。

　　史載，春秋時徐吾犯的妹妹長得很漂亮，公孫楚、公孫黑兩兄弟都想娶這位美女。後來，弟弟公孫楚先納了聘禮，可公孫黑還想要強奪，為此公孫楚執戈追殺他的兄長。這就是「同室操戈」的由來，泛指內部爭鬥。

　　自相殘殺當然是不可取的，人與人相處應當以和為貴，以理服人，而不應訴諸武力。武力只會使矛盾雙方的積怨更深，而不會從根本上解決問題。

斤：斤斤計較

甲骨文	夕	金文	斤	小篆	斤	楷書	斤

　　古時候，「斤」字本來是指橫刃的斧頭，主要是砍木頭用的。大約這種斧頭是每個家庭的必備之物，且重量大體固定，於是人們在衡量其他物品的輕重時，常說它相當於幾個斧頭重，也就是幾斤重，這樣「斤」就由斧頭的名稱轉化為重量單位了。同時，人們又造出「斧」字，來代替過去指斧頭的「斤」。

　　「斤」算不得一個很大的重量單位，所以，成語「斤斤計較」也就用來指過分計較無關緊要的事物了。雖然這個詞含有貶義，但很多時候卻是非常有必要斤斤計較的。

　　相傳戰國時，楚國有一個人的鼻子上沾了一點石灰，這點灰不過像蒼蠅的翅膀一樣薄。但這個人很愛清潔，就叫一位技藝高超的石匠把它削掉。石匠掄起斧頭，把這人鼻子上的灰削得乾乾淨淨，卻一點也沒有傷到鼻子。自始自終，這位鼻子沾灰的人都絲毫未動。這位石匠對於細節的計較可謂達到了極致，哪怕他僅有一斧偏離了分毫，別說鼻子，就是楚人的腦袋也可能保不住了；楚人絲毫不動，對於最後的成功也是非常必要的，如果他哪怕動了一點點，也同樣會帶來危險。

　　可見，成大事者不拘小節當然沒有錯，同時，不可否認的是，成敗往往取決於細節。古人非常重視從身邊小事、從細節做起。古書裡面講的「修身、齊家、治國、平天下」就是強調要從身邊的小事做起。如果連小事都做不了，何談成大事呢？

寸：尺璧寸陰

| 小篆 | ⼕ | 楷書 | 寸 |

　　在小篆中，「寸」字像一隻手，在手掌下約一寸的地方有一個指示符號，這就是「寸」字所指的部位。由於中醫切脈需要按住這個部位，所以人們又稱這裡為寸口。遠古時候，人與人近身搏擊是十分經常的，按住對方的寸口，即可有效控制敵人，所以寸口雖小，卻是非常重要的部位。一般來說，手腕上的寸口長度，相當於自身中指中關節的長度，於是「寸」就逐漸演化為一個長度單位。由於寸是極小的長度單位，所以「寸」字又引申出「極小」之義。比如，說某人鼠目寸光，就是指某人的目光不夠長遠。

　　小的事物未必是不重要的。古人說過，聖人不愛尺璧卻愛寸陰，也就是說，日影移動一寸的時間價值比徑尺的玉還要珍貴。這是因為，時間對於人生來說太重要了，即使是一分一秒，過去了也將會永遠不再回來。生命是這樣，事業更是如此。要想鑄就豐功偉業，就不能忽視寸的價值。

　　戰國時的韓非子說過：「千里之堤潰於蟻穴」，深刻揭示了千里長堤雖然看似十分牢固，卻會因為一個小小的蟻穴而崩潰的道理。在實際工作中要防微杜漸，從小事做起，及時處理好不安定因素，才可以避免事故或災難的發生。同樣的道理，再大的成功，也是點滴的進步積累而成的。只有寸

陰不失，寸土不讓，認真對待每一個細節，才能夠積跬步以致千里，成就偉大的事業。這就是「寸」字帶給人們的啟示。

鼓：一鼓作氣

甲骨文	金文	小篆	楷書
			鼓

「鼓」字是一個會意字。在甲骨文中，「鼓」字右邊像是一隻古代的立鼓，左邊表示有隻手拿著鼓槌，好像正在敲打。很明顯，「鼓」的本義為圓柱形的打擊樂器，一般招待客人時，常常用鐘鼓來助興。由於鼓聲可以使人的精神振奮，所以「鼓」字引申為發動、使人振作。

鼓是中國古代最重要的軍樂器之一，古人通常用擊鼓來激發士兵的鬥志。在冷兵器時代，戰爭雙方要對陣廝殺，哪一方的鼓聲大，似乎哪一方就有優勢。因此，擂鼓作戰是古代戰爭中的常見做法。

據史書記載，春秋時齊、魯兩國在長勺發生過一場激烈的戰鬥。當戰鬥即將開始的時候，齊軍大擂戰鼓，準備進攻。魯莊公正準備擂鼓迎擊，謀士曹劌卻阻止道：「等一等。」齊軍見魯軍沒有反應，又擂了一通鼓，可魯軍還是按兵不動。直到齊軍三通鼓罷，曹劌才說：「現在可以進兵了！」魯軍戰鼓一響，下令衝殺，士兵們直撲敵陣，勢不可當。結果，

齊軍大敗，狼狽而逃。

後來，曹劌解釋說：「戰鬥主要靠士兵的氣勢。第一次擊鼓時，士兵們氣勢最足；到第二次擂鼓時，氣勢有些衰落；到第三次擊鼓，氣勢幾乎全部消失了。敵軍士兵的氣勢消失，而我們則一鼓作氣，鬥志昂揚，所以打敗了他們。」由此不難看出，做任何事，在開始情緒高漲、幹勁十足時全力以赴，可以一鼓作氣攻下目標，很容易地實現理想。相反，如果事情總是做不好，原有的勇氣和力量逐漸衰退，就會情緒低落，一敗再敗。

武：止戈為武

甲骨文	金文	小篆	楷書
戈止	戈止	戈止	武

「武」是一個會意字。在甲骨文中，「武」字是上下結構：上半部分是「戈」，這是古代一種常見的兵器；下半部分是「止」，像人的腳印，表示行動。兩形會意，「武」字表示拿著武器出發，也就是去戰場上殺敵。簡言之，「武」字的本義是示威、討伐。

古人把善於戰爭、善於取勝以及善於制止戰爭都叫作「武」，這就說明，「武」字包含著豐富的思想與智慧。人即使懷有美好的願望，仍舊有捲入激烈的爭吵、衝突的可能。

依照本能，一般人也許常會選擇給矛盾的對方以迎頭痛擊。事實上，有的人沒有真正去爭鬥，而有的人確實動手了。結果是，選擇激烈鬥爭的人，不僅傷害了對方，也給自己造成了不必要的損失。在這樣的情況下，權衡利弊，避免衝突應當是最好的選擇。

春秋時，楚莊王止戈為武，認為武力是為國家建功立業的重要行動，用它可以把天下的兵器收集起來，從而制止那些流血戰爭。楚莊王的話流行很廣，反映了春秋時期人們的反戰思想。鬥爭與衝突，常常是由當事人的疏忽或者成見造成的。採取富有建設性的、符合實際的態度與方法，可能會在一夜之間改變整個局勢，出現對雙方都有利的轉機。能夠主動退出或者平息一場鬥爭，也許表面上、短時間內看是吃虧了，但從長遠來講是值得的。

飲食

稷：五穀之長

甲骨文	金文	小篆	楷書
		稷	稷

　　「稷」是一個會意兼形聲字。在甲骨文中，「稷」字由左右兩部分組成，左邊像一株禾谷，右邊像一個人跪在地上侍弄禾谷。兩形會意，表示人對穀物的栽培。小篆中的「稷」字形體演變，成了從禾、從畟的形聲字，楷化後寫作「稷」。「稷」的本義是五穀之長。

　　稷是中國古代的糧食作物，同時也是周族始祖後稷的名字。

　　傳說，後稷從小就喜歡種植五穀，長大後更是熱衷於農業生產，堯帝封他為農師，全天下的人都學習他的農業技術。後來，他成了中國的農業之祖，中國人不僅奉稷為谷神，而且把「社稷」作為國家的代稱。五穀是百姓賴以生存的東西，也是國家存在的基礎。所以，田地不能不盡力耕作，糧食不可不節約使用。

　　古時候，一谷無收叫作饉，二谷無收叫作旱，三谷不收叫作凶，四谷不收叫作匱，五穀不收叫作饑。遇到饉年，做官的自大夫以下都減去俸祿的五分之一；旱年，減去俸祿的五分之二；凶年，減去俸祿的五分之三；匱年，減去俸祿的五分之四；饑年，免去全部俸祿，只供給飯吃。

　　可見，糧食的收成關係到全國人的生存，是一件十分重

大的事。重視農業、珍惜糧食，也就成了中國人寶貴的傳統智慧。

瓜：瓜田李下

金文	肎	小篆	瓜	楷書	瓜

「瓜」是象形字，大約只畫一個瓜作為文字較簡單，不易辨認，所以古人創造「瓜」字時，連瓜蔓也畫出來了。金文和小篆中的「瓜」字，都像是籐蔓分叉結了一個瓜。漢朝文字學家許慎指出，瓜是瓜類植物果實的總名。今屬蔓生植物，屬葫蘆科，果實可食。經過長期演化，現在的「瓜」字已經看不出像瓜了。

古人常說「瓜田不納履，李下不整冠」，意思是說，經過瓜田時，不彎下身來提鞋，免得人家懷疑摘瓜；走過李子樹下面時，不舉起手來整理帽子，免得人家懷疑偷摘李子。換句話說，瓜田、李下是比較容易引起猜疑且有理難辯的地方。

相傳唐文宗時，大書法家柳公權忠厚耿直，能言善諫，擔任工部侍郎。當時有個叫郭寧的官員，把兩個女兒送進皇宮中，於是皇帝就派郭寧到郵寧做官。人們對這件事議論紛紛，皇帝就來問柳公權：「郭寧是太皇太后的繼父，官封大

將軍，當官以來沒有什麼過失，現在只是讓他當郵寧這個小地方的主官，又有什麼不妥呢？」柳公權說：「議論的人都以為郭寧是因為進獻兩個女兒入宮，才得到這個官職的。」唐文宗說：「郭寧的兩個女兒是進宮陪太后的，並不是獻給朕的。」柳公權回答：「瓜田李下的嫌疑，人們哪能都分辨得清呢？」

可見，正人君子除了要顧及言談舉止、風度禮儀，還應主動避嫌，遠離有爭議的人和事，否則很容易遭人猜忌，給自己帶來不必要的麻煩。

魚：魚爛而亡

甲骨文		金文		小篆		繁體		楷書	
	魚		魚		魚		魚		魚

在甲骨文中，「魚」就是一條小魚的圖畫，頭上尾下，兩側各有一鰭。金文的「魚」字，下面增加了兩點，像是剛從水中撈起的魚，正滴著水，非常生動。把魚尾連同水滴，抽象為四點。

早在六千多年以前，仰韶文化的彩陶上就已經出現了魚的形象。在仰韶文化遺址中，除了發現帶有魚形圖案的陶器，還發現了大量的魚鉤、魚叉、網墜，以及魚骨遺跡。魚和人們的衣食住行都有關係：古人用魚皮製成箭袋，叫作魚服；

用魚皮裝飾車子，叫作魚軒；當然，魚最重要的用途還是食用。古人接待賓客不能沒有魚，否則就是對客人的不尊重。不僅如此，聰明人還善於從魚中發現智慧。

東漢時的何休曾說：「魚爛從內發」，意思是魚腐爛從內臟開始。於是，人們常以「魚爛而亡」比喻事物因內部腐敗而自取滅亡。如果一個人意志軟弱而又態度傲慢，那麼其事業的基礎就是不牢固的。只要基礎被瓦解了，無論多麼宏偉的計劃也終將付諸東流。相反，如果能夠重視自身的修養，擺正自己的觀念，那麼事態就可以從根本上得到改善：這樣的人更容易得到大眾的信任，得到人才的幫助和支持。重視內在素質的提升，這就是「魚爛而亡」的啟示。

酒：好酒貪杯

甲骨文	金文	小篆	楷書
			酒

「酒」是一個會意兼形聲字。甲骨文中的「酒」，像上古時的酒器，左邊有一條曲線，表示酒香四溢。在金文中，不見了表示酒香的曲線，僅剩一個「酉」。後來，「酉」被借去表示地支，古人在「酉」邊加「氵」旁，創造了一個新字——酒。

在中國人的生活中，酒不只是一種飲品，更代表著一種

文化。漢朝的許慎認為，酒決定了人事的吉凶，從一個人對酒的態度可以看出其品性如何。

春秋時，楚共王與晉厲公大戰於鄢陵，兩軍開戰之際，楚軍司馬子反渴了，找水喝，童僕陽谷給他拿來一罈子酒。子反喝道：「拿走，這是酒！」童僕回答：「這不是酒。」子反又說：「快拿走！」童僕又說：「這真不是酒。」子反於是接過來，喝了下去。他平時最愛喝酒，此時覺得這酒格外甜美，不覺就喝醉了。戰鬥停止後，楚王派人去找司馬子反商議對策，子反借口心痛沒有去。楚王親自乘車去看他，一進軍帳就聞到沖天的酒氣。楚王轉身就走，說道：「今天的戰鬥，連我自己都受了傷，可依靠的只有司馬。但是，他竟然喝成這樣，這分明是不顧眾人，更忘記了楚國的社稷。我不與晉人再戰了！」於是收兵回國，回去之後立刻殺了司馬子反，並陳屍示眾。

顯然，人一旦喝醉酒就容易喪失理智，失去了理智就會耽誤大事。子反作為楚軍司馬，關鍵時刻喝醉了，結果導致楚軍大敗。可見，酒無吉凶也無善惡，是人對酒的態度決定了吉凶善惡。美酒雖好，也萬萬不能貪杯。

井：枯井生泉

甲骨文		金文		小篆		楷書	
	井		井		井		井

　　「井」的本義是水井。古書上說，最早教會人們鑿井的人是伯益，而考古發現表明，早在新石器時代晚期，生活在黃河流域和長江流域的人們就已經使用水井了。鑿井技術的出現，使人們擺脫了對自然水域的依賴，從而大大擴展了人類的生存空間。在甲骨文中，「井」字就像方形的護井橫欄，與楷書的「井」字相似，是一個象形字。小篆中的「井」字中間多了一點，表示井中有水，是一個指事字。

　　護井橫欄象徵著水井，強調了水井是需要養護的。只有經過精心護理，枯井才能生泉。如果只知使用而不知養護，久而久之，井必然會被污泥所阻塞，成為一口枯井。同理，人的品德也需要養護。只有隨時提高修養，不斷學習，生命之樹才能常青，美德之花才能常盛。

　　春秋時期，魯昭公性格固執，沒有賢人真心輔佐他。後來，國內大亂，他只好到相鄰的齊國避難。當齊景公問他為什麼失國時，魯昭公很慚愧，說：「當初很多人規勸我，但我卻沒有接受，後來沒有人幫我了，奉承和說假話的人越來越多。這就好比秋天的蓬草，根莖已經枯萎，枝葉尚且美麗。可是，待到秋風一吹，自然就連根都被拔起了。」齊景公見他迷途知返，便與晏嬰商量是否幫他回去復位。晏嬰認為，

平時胡作非為，等到有了問題，才臨渴掘井，無論如何也是來不及的。可見，人的品德如井，需要每天養護，才不至於出現重大缺陷。

解：庖丁解牛

甲骨文		金文		小篆		楷書	
	象形		金文		小篆		解

「解」是一個會意字。在甲骨文中，「解」字像兩手緊握一牛角，其意義不太明確。到了小篆中，「解」字由「刀」「角」「牛」三部分組成，表示以刀割牛角，語義明確。漢朝文字學家許慎指出，「解」的意思是用刀分割牛或其他動物的身體。

分割動物的身體本來只是一門技術，古人卻從中悟出了人生的智慧。

戰國時，有位叫庖丁的廚師替梁惠王宰牛，技術非常高超。別人問他宰牛技術是怎樣練成的，他說：「我所探究的是自然規律，這已經超過了對於宰牛技術的追求。」原來，他最初宰牛的時候，對牛體的結構還不瞭解，看見的只是整頭牛。三年之後，他見到了牛的肌理筋骨，再也看不見整頭牛了。當他對牛的身體內部結構熟悉到這種程度後，宰牛時只是用精神去接觸牛的身體，不必用眼睛去看，就像感覺器

官停止活動，全憑意念工作一樣。他工作時，順著牛體的肌理結構，劈開筋骨間大的空隙，沿著骨節間的空穴使刀。所以，他的刀已用了十九年，宰牛數千頭，而刀刃卻像剛從磨刀石上磨出來的一樣鋒利。牛的身體無疑是很複雜的，但是，只要掌握了牠的自然情況，順著牠的肌理與骨胳結構來分解，就可以像庖丁這樣輕鬆解牛了。

做其他事情同樣如此，只有不違背事物本身的規律，順其自然之勢，才能化繁為簡，輕鬆實現目的。這就是「解」字的啟示。

宰：屠夫宰相

甲骨文		金文		小篆		楷書	
	宰		宰		宰		宰

「宰」是一個會意字：寶蓋在甲骨文中像是屋頂，而「辛」字本為刑具，這裡指有罪而又罪不當死的奴隸。兩形會意，表示在屋內勞作的奴隸。漢朝文字學家許慎指出：「宰」為罪人在屋下執事者。顯而易見，可以在屋內勞作的奴隸，要比在外面勞作的奴隸地位高一些。

古時候，在屋裡宰殺牲畜的奴隸稱為「宰夫」或「宰人」，他們既要參與祭祀獻牲，又負責貴族的日常肉食加工，職務近於現代的廚師。千萬不能小看貴族身邊的這些奴隸，

上古的宰夫與後世的宰相，地位似乎有天壤之別，但實際上後者正是從前者發展來的。

相傳夏朝末年，伊尹生於伊水邊，成年後流落到有莘氏部落，充任有莘國君的貼身廚師。他見有莘氏國君有賢德，想勸說他起兵滅夏。但是，有莘氏與夏同姓，均為夏禹之後，血緣聯繫難以割斷，況且有莘國小力弱，不足以承擔滅夏重任。後來，商湯娶有莘氏之女為妃，伊尹作為陪嫁奴隸，隨同到商。他背負鼎俎為商湯烹炊，以烹調、五味為引子，分析天下大勢與為政之道，勸商湯承擔滅夏大任。商湯由此方知伊尹有經天緯地之才，便免去他的奴隸身份，任命為右相。

後來伊尹不僅成為輔佐湯奪取天下的開國元勳，還是後來三任商王的功臣。因此，伊尹在甲骨卜辭中被列為舊老臣之首，受到隆重的祭祀，不僅與商湯同祭，還單獨享祀。從主子身邊的殺豬奴隸到人臣之首的國家宰相，伊尹的發跡史充分說明，君主身邊的人即使地位本來不高，也可能很快成為宰割天下的風雲人物。因此，「宰」字啟示人們，領導者身邊的小人物不容忽視。

俎：越俎代庖

甲骨文		金文		小篆		楷書	

俎，是古代祭祀或宴會時盛放牲體的禮器，通常為木質漆飾，有四足。同時，古人把切肉用的砧板，也叫作俎。在甲骨文中，「俎」是一個會意字，它的外形像几案，上面放了兩塊肉。後來，「俎」字逐漸演化，先是金文中的「俎」字不見了肉，接下來在小篆中，案板的足演化為兩個「人」字。楷化後，寫作「俎」。

提及「俎」字，人們常常會想到「越俎代庖」這個成語。管理祭器的人與廚房的廚師，雖然負責的事務前後承接，但是，他們只履行自己的職責，不會去處理別人所管的事。假如違背了這樣的約定，就會被稱為「越俎代庖」。

相傳，堯帝當天子的時候，百姓安居樂業。可是堯很謙虛，他聽說許由很有才能，就想把天子之位讓給許由。堯對許由說：「日月出來之後還不熄滅燈火，它和日月比起光亮來，不是太沒有意義了嗎？及時雨普降之後還去灌溉，對於潤澤禾苗而言，不是徒勞嗎？您擔任天子，一定會把天下治理得更好，我占著這個位置還有什麼意思呢？我覺得很慚愧，請允許我把天下交給您來治理吧！」許由說：「您已經治理得很好了，我如果再來代替您，不是沽名釣譽嗎？我現在自食其力，要那些虛名幹什麼？鷦鷯在森林裡築巢，也不過占

一根樹枝；鼴鼠喝黃河裡的水，不過喝飽自己的肚皮。天下對我又有什麼用呢？算了吧，廚師就是不做祭祀用的飯菜，管祭祀的人也不能越位來代替他下廚房做菜。」

　　很多人跟堯的看法一樣，認為有才能的人應該多做事、做大事；但許由提出了一種截然不同的見解：人盡職盡責完成自己的工作就可以了，不應越位插手他人的事務。這種觀點的智慧在於，不僅強調社會的秩序性，也考慮到人際關係中十分微妙的一個地帶——互不越位，也就避免了互相衝撞，由此構建出融洽協作的關係，而非惡性競爭。

案：舉案齊眉

| 小篆 | 㝏 | 楷書 | 案 |

　　「案」是會意兼形聲字，從木，安聲，安亦表意，本義指古代有短腳的盛食物的木托盤。從出土的文物來看，古人的食案是一個長方形的托盤，與普通盤子不同的是，它有低矮的足。古人吃飯的時候，通常把食物放到案上，再端到每個人的面前。用食案進餐比較安穩，所以古人就把它叫作案，取安穩之義。

　　中國自古即是禮儀之邦，凡事都有講究，這吃飯的事當然也不能例外。

　　據說，漢高祖劉邦經過趙國時，趙王張敖親自持案進食，態度十分恭敬。後來，漢宣帝的許皇后朝見皇太后時，也曾經親自奉案上食。可見，下級或晚輩親自端食案到進食者面前，這是對上級或長輩的尊重。同樣，上級也可以通過食案的安排，體現出對下級的關懷。

　　比如，戰國時的燕太子丹為了請荊軻刺殺秦王，經常與他等案而食，也就是說荊軻食案上的飯菜與燕太子丹是相同的。不過，最有名的還是「舉案齊眉」的故事。據說，東漢時的梁鴻每次回家，妻子孟光就托著放有飯菜的食案，恭恭敬敬地送到丈夫面前。為了表示對丈夫的尊敬，妻子不敢仰視丈夫的臉，總是把食案托得跟自己的眉毛齊平，丈夫也總是彬彬有禮地用雙手接過食案。後來，「舉案齊眉」就成了美滿婚姻的專用詞。

　　本來是普通的食器，卻因為被賦予了人際關係的意義而成為美談。可見，器物的使用比器物本身具有更深刻的內涵。

壺：壺中日月

甲骨文	金文	小篆	繁體	楷書
𡨄	壺	壺	壺	壺

　　「壺」是象形字。甲骨文中的「壺」，取象於上古時期的一種容器：上面的字形像是壺蓋，中間是隆起的腹部，下

面有高足。金文、小篆的「壺」字，與甲骨文相似，樣子很像後世的酒壺。在楷書中，「壺」字完全符號化了，失去了原來象形的韻味。「壺」的本義指陶、瓷或金屬製成的一種有把有嘴的器具，通常用來盛茶、酒等飲品。

在古代，壺可以用來盛水，但更多的時候是做酒器用，因此人們常把酒稱為壺中物。唐朝的大詩人李白曾經說過，「壺中別有日月天」，雖然把這裡的壺當作酒的代稱大體不錯，但李白之說是別有來歷的。相傳，道家張天師的弟子張申，被人稱為神仙壺公。他有一把酒壺，只要念動咒語，壺中就會展現出日月星辰、藍天大地、亭台樓閣等奇景。更令人驚奇的是，他晚上常鑽進壺中睡覺。

此外，據說東漢時有個叫費長房的人，偶見街上有一賣藥的老翁，懸掛著一個藥葫蘆兜售丸散膏丹。賣了一陣，街上行人漸漸散去，老翁就悄悄鑽入了葫蘆之中。費長房看得真切，斷定這位老翁絕非等閒之輩，於是買了酒肉，恭恭敬敬地拜見老翁。老翁知他來意，領他一同鑽入葫蘆中。他睜眼一看，原來葫蘆中別有洞天：只見面前朱欄畫棟，富麗堂皇，到處都是奇花異草，宛如仙山瓊閣。

顯然，神奇的酒壺或葫蘆是不可能存在的，所謂的壺中日月，不過是指代世俗之外的清靜生活。寄情於壺中之物，固然未免消極，但好在它可以使人忘記得失，有助於保持一種平衡的心態。這就是「壺」字帶給人的聯想與啟示。

器：國有猛狗

金文		小篆		楷書	
			器		器

　　「器」是一個會意字。金文中的器，中間像是一條狗，四角各有一個口。這裡的「口」並不是人口，而是器皿的口，表示有一隻狗正看管著許多器皿。器皿是有價值的東西，要由狗來看管，這就是「器」的本義。

　　相傳，宋國有一個賣酒的人，他的酒品質很好，賣酒時給顧客的份量也很足，待人的態度也非常好，店的招牌掛得也很高。但是，他的酒賣得非常慢，常常變酸了還賣不掉。他感到很奇怪，就向人請教這是怎麼回事。有一個年長忠厚的人問他道：「你家的狗很凶嗎？」他說：「我家的狗很凶，但是，狗凶難道與賣不出酒有關係嗎？」這個人說：「當然有關係呀！很多人常常讓孩子去打酒，如果你家的狗特別凶，孩子們哪裡敢去啊！這樣一來，你家的酒當然就賣不出去了。」

　　不僅賣酒如此，小到一個部門，大到一個國家，也都有這樣的猛狗。經常有一些身懷絕技的人，想要到這些部門或國家裡施展才能，卻被這種攔門狗阻擋在外面。

　　戰國時，韓非子本是韓國的公子，他的才智過人，文章寫得也很好。他的文章傳到秦國，秦王讀了以後非常欣賞，希望能得到韓非，讓他為秦國效力。但是，秦王身邊的李斯

害怕韓非搶了自己的位置，就千方百計陷害他。後來，秦王終於聽信了李斯的讒言，下令把韓非關進了大牢。儘管韓非也知道國有猛狗的道理，但是，他卻無法改變這一事實。

可見，讓猛狗守住私器是無可厚非的，但是，如果是天下公器，比如國家的治理，就不應當有猛狗攔路了。

鼎：一言九鼎

甲骨文		金文		小篆		楷書	

「鼎」是象形字，本義指三足兩耳、調和五味的寶器。相傳夏朝初年，大禹劃分天下為九州，令九州貢銅，分別鑄造九個鼎。他還命人把各州的奇異物象刻於九鼎之上，以一鼎象徵一州，並將九鼎集中於夏王朝都城。從此，九鼎便成了鎮國之寶，同時也是國家政權的象徵。此外，古代的國君既用鼎來煮牲肉祭祀上天與祖先，也用它來烹飪美味招待群臣。

中國人自古就有一種對鼎的崇拜意識，如一言九鼎，就是講信用的最高評價。

戰國時，秦軍包圍了趙國的都城，形勢十分危急，趙王派平原君到楚國去求援。平原君打算帶領二十名門客前去完成這項使命，已挑了十九名，尚少一個定不下來。這時，毛

遂自告奮勇，要求同去，平原君半信半疑，勉強帶著他一起
前往楚國。平原君到了楚國後，立即與楚王談及援趙之事，
可是談了半天也毫無結果。這時，毛遂對楚王說：「我們今
天來請您派援兵，您一言不發，可您別忘了，楚國雖然兵多
地大，卻連連吃敗仗，連國都也丟掉了。依我看，楚國比趙
國更需要聯合起來抗秦呀！」毛遂的一席話說得楚王口服心
服，立即答應出兵援趙。平原君回到趙國後感慨地說：「毛
先生一到楚國，一句話抵得上九鼎重。」

　　平原君誇獎毛遂一言九鼎，本義是烘托出他的口才好，
說話很有力度，且作用巨大。演變到現在，一言九鼎主要是
強調人應當說到做到，信守諾言。可見，說話者的信譽比說
話的技巧更重要，如果有信譽，隻言片語也能具有強大的力
量，甚至起決定性作用。

盈：器小易盈

小篆	楷書
（篆文）	盈

　　「盈」是一個會意字。在小篆中，「盈」字像一個器皿，
裡面盛滿了食物，且有熱氣不斷飄散出來。「盈」的本義是
器滿，後來又引申為豐滿、滿足、旺盛等。

　　器皿如果容易滿，那是因為它的容量太小；人如果驕傲

自滿，則是因為器量太小。

　　戰國時，魏文侯十分善於謀劃。有一次，他在朝堂上挽起袖子，伸出手臂大聲說：「大夫們的謀略，沒有人能比得上寡人了！」在很短的時間裡，這幾句話就被他重複了數次。這時，大臣李悝快步走上前去，說：「從前楚莊王善於謀劃，功業卓著，退朝後，卻常常面帶憂慮的神色。左右的人問他為什麼這樣，楚莊王回答說：『仲虺有這樣的話，我很喜歡。他說，諸侯的品德，能夠自己選擇老師的人，就可以稱王；能夠自己選擇朋友的人，就能夠保住自身；如果選擇的人不如自己，就會走向滅亡。現在，因為我自己不賢能，大臣們的謀劃又沒有人趕得上我，我可能要滅亡了吧！』」李悝又說：「楚莊王所憂慮的，才是成就霸王之業的人所應當考慮的事。可是，君王您卻反而自誇起來，這樣怎麼能行呢？」魏文侯聽了這番話，讚道：「你講得很好！」

　　可見，處高位者的毛病往往不在於看輕自己，而在於過分看重自己。自滿與不自滿，一方面取決於自己是否真的優秀，另一方面也取決於自己的器量。那些器量小的聰明人僅擁有小聰明，並不具有大智慧。

即：取食有道

| 甲骨文 | | 金文 | | 小篆 | | 楷書 | 即 |

　　「即」是一個會意字。在甲骨文中，「即」字是左右結構：左半部分像是一隻盛滿食物的高腳容器，右半部分像是一個跪坐的人，正準備吃東西。金文形體與甲骨文相同，小篆略有變化。漢朝文字學家許慎指出，「即」的本義是即食或就食。即食需要靠近食器，因此「即」又引申出靠近、接近等意思。

　　吃飯是維持生命的重要條件，但古時君子取食有道，不會無原則地接受別人的施捨。

　　相傳，列子家裡很窮，常常吃不飽飯。有人把這個情況告訴了鄭相子陽，並說：「列子是一個有才能的人，住在您的國家卻很窮，您難道不喜歡有識之士嗎？」子陽就派人送給列子幾百斗糧食。列子出來會見使者，謝絕了子陽的饋贈。使者離開後，列子的妻子抱怨說：「聽說有才能的人，妻子兒女都能享受安逸快樂的生活。如今你的妻兒面有饑色，相國給你送吃的，你卻不肯接受，難道命裡注定要受窮嗎？」列子笑著說：「相國不瞭解我，只是聽別人說到我就給我送糧。以後，他也可能聽別人說些什麼而給我治罪啊！這就是我不接受糧食的原因。」

　　不久，百姓果然對鄭相子陽不滿，發動暴亂殺死了他。如果接受了人家的供養，人家有難就應當以死相報；然而，

對方是無道之人，為無道之人去死就不值得了。列子有先見之明，預見到了這種情況，才得以在日後的時局中保全自己和妻子兒女。

可見，即使在自己極度困難的時候，也不宜隨便接受別人的饋贈，特別是品行不端者的饋贈，這樣在關鍵時刻才不會陷自己於不義。

甘：同甘共苦

甲骨文	ᗺ	小篆	ᗺ	楷書	甘

在甲骨文中，「甘」字是一個指事字，即在口中添加了一個短橫，像是口中含有食物，捨不得下嚥。古人認為，「甘」的本義是含，由於甘美之物是人們樂於含在嘴裡的東西，所以又引申為甘甜。又由於好吃的食物人們捨不得下嚥，因此「甘」字又引申出情願、樂意的意思。

戰國時，燕昭王非常希望燕國強大起來，但是，他卻不知道應如何去做。一天，他聽說郭隗很有計謀，於是趕緊派人去把郭隗請來，對他說：「你能否替我找到有才能的人，幫我強國復仇？」郭隗說：「只要您廣泛選拔有本領的人，並且親自去拜訪他，那麼，天下有才能的人就都會投奔到燕國來。」燕昭王問：「那麼我去拜訪哪一位才好呢？」郭隗

回答說：「先重用我這個本領平平的人吧！天下的高人看到我這樣的人都被您重用，他們肯定會不顧路途遙遠前來投奔您的。」

燕昭王立刻尊郭隗為老師，並替他造了一幢華麗的住宅。消息一傳開，樂毅、騶衍、劇辛等有才之士，果然紛紛從四面八方來到燕國，為燕昭王效力。燕昭王很高興，把這些人都委以重任，關懷備至；無論誰家有婚喪嫁娶等事，他都親自過問。就這樣，燕昭王與百姓同享安樂、共度苦難二十八年，終於把燕國治理得國富民強，受到舉國上下的一致擁戴。

可見，味美的食物誰都愛吃，但聰明的人卻懂得與他人分享。只有好處與人共享，遇到困難才更易於得到幫助。所謂同甘共苦，就是這個意思吧！

既：食勿過飽

甲骨文		金文		小篆		楷書	
	𩙿		𩙿		既		既

在甲骨文中，「既」是會意字：左半部分像一隻高腳盤中裝滿了好吃的東西，右半部分是一個對著食器而坐的人。這個人的嘴巴朝向與食器相反的方向，意思是吃飽了，不再吃了。可見，「既」的本義是吃完飯了。後來，凡是做完的事，

都可以用「既」，這樣它就表達了一個抽象的意義，成為表示時間過去的副詞。

吃飽了就不再吃，看似簡單，卻充分體現了古人的養生智慧。人在過饑或飯菜可口的情況下，最易吃得過飽。飲食過飽，受害的首先是腸胃。一般認為，六腑之所以患病，主要是由於過量飲食導致脾胃受傷。而且，腸胃不和，還會影響其他器官的健康狀況，甚至導致睡眠不佳。因此，食勿過飽是古人所推崇的養生之道。

飲食固然給身體營養，但必須吃得適量，若是飲食不節，則會損傷胃腸。胃腸受傷以後，就給了外邪侵襲的機會，從而使臟腑患病。正因為飽食有很大的危害，歷史上才有無數養生家主張節食。唐代醫學家孫思邈認為，每次飲食的量要少，飲食的次數可以略多；不宜長時間忍饑，也不宜遇到可口的食物就暴食。

古代學者認為：「如能節滿意之食，省爽口之味，常不至於飽甚者，即頓頓必無傷，物物皆為益。」人們熟知的民間養生諺語裡說，「早飯吃得好，中飯吃得飽，晚飯吃得少」，這與食勿過飽、少食增壽的主張也是一致的。

卑：降尊臨卑

| 甲骨文 | 畀 | 小篆 | 𤰞 | 楷書 | 卑 |

　　「卑」是一個會意字。甲骨文中的「卑」是上下結構，上半部分像是一種扁圓形的酒器，下半部分像是一隻手。兩形會意，表示偏提著酒器給人倒酒。上古時，倒酒都是由低賤的奴隸來做的，所以「卑」的本義指低賤。後來，「卑」又由身份或職位的低下，引申為品質的低劣。另外，至少從西周初期開始，「卑」成為自謙用詞，表示自己身份低微。

　　態度謙卑是一種美德，也是一種智慧。春秋時，晏子到晉國去，路上遇到一個齊國的奴隸，叫越石父。晏子覺得他像個君子，就用自己車上左邊的那匹馬把越石父贖了出來。到了館舍後，晏子未告辭就進去了，越石父很生氣，要與晏子絕交。晏子說：「我把你從患難中解救出來，還不夠嗎？而且我們還未交朋友呢！」越石父說：「我聽說，君子在不瞭解自己的人面前，可以忍受屈辱。但是，在已經瞭解自己的人面前，就要昂首挺胸做人。因此，我要與你絕交。」

　　晏子於是向他賠禮道：「先前只是看到你的容貌，現在看到了你的志向。我聽說，考察一個人的實際功績，就不必留意他的名聲；觀察一個人的行動，就不必考慮他的言辭。我向你賠罪，就可以不被拒絕了吧！」越石父說：「夫子以禮相待，怎敢不恭敬地從命呢？」於是，晏子把越石父奉為

上賓。

　　有的人身份低微，言談舉止也隨之猥瑣，但越石父卻不這樣；有的人對他人有點兒幫助，就覺得驕傲理所當然，但晏子卻不這樣。可見，地位低下的人，人格並不一定也卑下；身份高貴的人，態度也可以表現得謙和。

盡：道盡塗殫

甲骨文		金文		小篆		繁體		楷書	
	🐟		🐟		盡		盡		盡

　　「盡」原本是會意字。甲骨文中的「盡」字，像是一個食器裡面有一根稻草。金文字形稍有變化，在這根稻草上方增加了一隻手，表示將要取走稻草，或正用稻草清洗食器。小篆字形繼續演化，將稻草的根演變為四點，呈刷子狀。楷化後，寫作「盡」。漢朝文字學家許慎認為，「盡」的本義為器中空。

　　盡，意味著絕境或者達到極端。具有遠見的人，善於在危機未發之前就及早採取措施，從而避免陷於絕境。

　　戰國時，有個叫白圭的人來到中山國，中山國君想留下他，他堅決拒絕，坐著車子離開了。他來到齊國，齊王也想留下他，他再一次謝絕了，又離開了齊國。有人問他為什麼這樣，他回答說：「我瞭解到這兩個國家有五盡，可知這兩

個國家都要滅亡了。什麼是五盡呢？一個國家，如果沒有人相信它，那麼信義就喪失盡了；沒有人讚譽它，那麼名聲就喪失盡了；沒有人喜歡它，那麼親人就喪失盡了；行路之人沒有乾糧，居家之人沒有糧食，那麼財產就喪失盡了；不能任用別人，自己又沒有才能可發揮，那麼功業前途就喪失盡了。一個國家有這五種情況必定滅亡，而中山國和齊國都屬於這種情況。既是將要滅亡，我為什麼還要留下來呢？」

孔子主張危邦不入，亂邦不居。一個國家真正走向道盡塗殫，總會有一個過程，像白圭這樣有遠見的人，當然不能等到最後一根稻草落下時才想到離開。可見，在複雜的環境中要善於審時度勢，當進則進，當退則退，不能等到陷入絕境後才試圖去改變。

男女

大：如臨深淵

甲骨文	𡗕	金文	大	小篆	𡗕	楷書	大

　　「大」是一個象形字。在甲骨文、金文和小篆中，「大」字均像一個正面站立的男人，兩臂伸展，雙腿叉立，形象剛健而有力。漢朝文字學家許慎指出，大，天大、地大、人亦大，所以「大」像人形。「大」的本義指人大，後來，又引申為一般事物的大小。

　　大，常常意味著強大與成熟。然而，對於聰明的人而言，越大越應當感到害怕，越強越應當感到危機。以國家為例，大國常常輕視鄰國，強國常常戰勝敵國。戰勝敵國，必然多怨；輕視鄰國，必然多患。既多患，又多怨，國家雖大，又怎麼能不恐懼呢？所以，有智慧的人，應當在平安的時候想到危險，在通達的時候想到窮困，在獲得的時候想到喪失。古書上說，如臨深淵，如履薄冰，也就是告誡人們，做事應當謹慎，即使強大時也不能大意。

　　春秋戰國之際，趙無恤進攻翟國，接連打了兩個大勝仗。信使前來匯報，趙無恤正在吃飯，聽聞後臉上馬上露出憂色。左右的人都說：「一天攻克兩城，大家都感到高興，您為什麼面帶憂色呢？」趙無恤說：「江河裡面發大水，不會超過三天；狂風暴雨，不過是一天；正午的太陽光很足，不過是片刻。現在，趙氏所積之德並不厚，卻一天就攻克兩城，難

道是上天將要亡我趙氏嗎？」孔子聽說這件事後，感嘆道：「趙氏將要昌盛啊！」

可見，憂慮者易昌，得意者易亡。取得一次勝利很容易，能夠保持勝利卻很難。因此，面對成就要如臨深淵，才有可能避免因得意忘形而招致的失敗。

男：用力在田

甲骨文		金文		小篆		楷書	
	甹		田力		男		男

有人說做人難，做女人更難，其實，做一個真正的男人也不容易。「男」字從田從力，是指田里勞作的人。甲骨文和青銅器銘文中的「男」字，都是由左田、右力組合而成，後來為了書寫方便，才改為上田、下力的形式。在原始農業社會中，掌握著種田技術的人通常會受到人們的尊重，並可能成為最初的部落首領。所以，「男」字最初不僅指男性，也是對種田能手的美稱。漢朝文字學家許慎解釋「男」字時，不僅認為男子用力於田，而且認為「男」是大丈夫。

從「男」字的字形字義都不難看出，作為男人應當有大丈夫意識。

據說秦朝末年，漢高祖劉邦還是平民百姓時，在都城咸陽看到秦始皇出遊時的盛大場面，就感嘆說：「大丈夫就應

當這樣。」與劉邦同時代的，還有一位大英雄項羽。秦始皇出遊會稽時，項羽也恰巧看到了，於是他萌生了與劉邦相似的念頭。不同的是，他竟直言「可以取而代之」。正是因為有這樣蓋世的膽略，他們兩人才會有後來的驚天作為。

　　在漫長的農業社會中，由於男子是主要的勞動力，所以形成了男尊女卑的觀念。提倡男人要做大丈夫，並非是恢復過去的男女不平等，而是說男人應當承擔起自己的社會責任。身為男子，就應當有相應的氣概與膽量，敢闖敢拚，創建出一番事業來，只有這樣，才不愧於「大丈夫」這一稱號。古時的男子用力在田，今天的男子有了更廣闊的施展空間，正所謂「海闊憑魚躍，天高任鳥飛」。

遘：逢機遘會

甲骨文	𦎫	金文	遘	小篆	遘	楷書	遘

　　遘，它的本字為「冓」。在甲骨文中，「遘」像兩條魚相遇之形；在金文中，「遘」字增加了「彳」「止」，表示行走途中相遇；小篆中「彳」「止」演化為「辶」，經楷化後寫為「遘」。漢朝文字學家許慎認為，「遘」的本義為相遇，從　，冓聲。

　　古人認為，能否受到君主的賞識是不一定的，受到一般

人喜歡也是很偶然的。就像人們對女色一樣，沒有人不喜歡長得漂亮的，但是長得漂亮的未必能遇得到。

傳說中黃帝的妃子嫫母長相極醜，但是品德賢淑，受到黃帝的親近和厚待。黃帝對她說：「你要修養品德，不能停止。我把內宮政事全都交付給你，不疏遠你，就算你長得醜陋，又有什麼妨礙呢？」

又比如，很多人喜歡既甜又脆的東西，可是，既甜又脆的東西並不是人人都可以受用的。據說周文王愛吃菖蒲製作的醃菜，可是孔子卻要皺著眉頭才可以勉強吃下去，經過三年的適應才漸漸習慣。

據說有一個人狐臭很厲害，他的父母、兄弟、妻子、朋友都不願意和他生活在一起。他自己也感到非常痛苦，就獨自住在一個海島上。可是，海島上有一個人，特別喜歡他的臭味，日夜跟著他。

世界之大，無奇不有，每個人能否得到他人的喜歡或賞識，不完全取決於自己，關鍵是能否與喜歡或賞識自己的人相遇。相遇本身並不是智慧，但是懂得相遇的道理卻是智慧：用捨由人，行藏在我，具有大智慧的人即使不遇也不會焦躁。

如：從善如流

甲骨文	金文	小篆	楷書

「如」是一個會意字，從女，從口。在甲骨文、石鼓文、小篆、睡虎地秦墓竹簡中都是如此，只是「女」與「口」的相對位置不同，有時「口」在「女」左，有時「口」在「女」右。上古時，女子的地位一般都很低，口在女旁，表示女子應當聽從這張口的。所以，漢朝文字學家許慎認為，「如」的本義是從隨，也就是依照、順從之義。後來，「如」又引申為好像、如同。

女奴隸聽從主人的，完全是由主奴關係決定的，是不得不如此。但倘若別人的意見正確，提出者即使與自己地位平等，甚至比自己地位低，也應當虛心接受。這樣說來簡單，卻只有那些真正的智者才能做到。

戰國時，燕國人蔡澤到處遊說諸侯無果，於是來見秦相范雎。他見范雎對自己很佩服，就說：「請允許我對您說點不恭敬的話。您現在對秦國的功勞很大，官位也很高了。趁著秦王寵信您，正是退隱的好時機。如果現在退下來，可保證一生榮耀。不然，可能會有大大的災禍啊！」范雎詢問原因，蔡澤列舉了很多沉痛的歷史教訓：商鞅為秦孝公變法，使秦國無敵於天下，卻被車裂；吳起為楚悼王立法，名震天下，卻被肢解；文種為越王深謀遠慮，報了夫差之仇，最終卻被

越王賜死。范雎聽了之後,覺得很有道理,就把蔡澤推薦給秦王。沒過幾天,他就以生病為由,辭去了相位。

范雎從善如流,適可而止,是很明智的選擇。可見,聽從他人的正確意見也是一種了不起的智慧,特別是當對方的地位在自己之下時。

漢朝文字學家許慎認為,「士」的本義為「事」,從一,從十。天然之數,始於一,終於十,所以推十合一,就代表了天地間各種事。在古代社會裡,士是處於官與民之間的特殊階層:它是貴族的最低等級,同時也是民的最高等級。另外,士也是品德好、有學識、有技藝者的美稱,如勇士、奇士、名士等。古代君主通常比較重視士階層,而士階層中的優秀分子進入官僚系統也是相對容易的。所以,「士」加「亻」旁,構成了一個新字「仕」,作為動詞,表示當官。

天如果像箭一樣直,像磨刀石一樣平,那就不能覆蓋萬物了。狹隘的溪流乾得快,平淺的川澤枯得早,堅薄的土地不長五穀。人也是一樣,包容他人,特別是對有才、有德的人以禮相待是非常重要的。治國而不優待賢士,國家就會滅

亡；見到賢士而不急於任用，他們就會怠慢君主。因此，沒有比用賢更急迫的事情。

　　從前，齊桓公被迫離開國家，後來卻能稱霸諸侯；晉文公被迫逃亡在外，後來卻成為天下盟主；越王勾踐被吳王打敗受辱，後來卻成了威震中原諸國的賢君。這三君之所以能成功並揚名於天下，是因為他們都能禮賢下士，善於使用人才。相反，夏桀、商紂因為不重視天下之士，結果身死國亡，為天下笑。

　　良弓不易張開，但可以射得高遠；良馬不易乘坐，但可以載重行遠；好的人才不易駕馭，但可以使國君受人尊重。長江黃河不嫌小溪，才能讓水量增大；聖人勇於任事，又能接受他人的意見，所以能成為治理天下的英才。可見，禮賢下士是成大事者必不可少的智慧。

委：委曲求全

甲骨文		金文		小篆		楷書	
	🦴		🦴		🦴		委

　　「委」是一個會意字。在甲骨文中，「委」是左右結構，右邊像是一個跪坐的女子，左邊像是一株垂穗的穀物。與男子相比，女子身體柔弱，性格綿軟，所以「委」有柔順的意思；禾谷的主莖本來就不硬，谷穗成熟時又自然彎曲下垂，所以，「委」又有「彎曲」的意思。小篆在繼承甲骨文的同時，字

形結構有所改變，由女右禾左，改為禾上女下，楷化後寫作「委」。漢朝文字學家許慎指出，「委」的本義是「委隨」。

像女子或禾谷一樣柔順、屈曲不見得是壞事，反而也是一種高明的生存智慧。

春秋時，吳王夫差率兵打敗了越王勾踐，謀臣范蠡對勾踐說：「能夠保住功業的人，必定仿效天道的盈而不溢；能夠平定傾覆的人，一定懂得人道是崇尚謙卑的；能夠節制事理的人，就會遵循地道而因地制宜。現在，您對吳王要謙卑有禮，派人給他送去優厚的禮物。如果他不答應，您就親自前往侍奉他，把自身也抵押給吳國。」勾踐說：「好吧！」於是，派大夫文種去向吳求和，文種跪在地上，邊叩頭邊說：「亡國臣民勾踐讓我大膽地告訴您：請您允許他做您的奴僕，允許他的妻子做您的侍妾。」吳國太宰嚭受了越國的賄賂，藉機勸說吳王：「越王已經當了臣子，如果赦免了他，將對我國有利。」吳王於是赦免了越王，撤軍回國。

勾踐帶著妻子和大夫范蠡到吳國伺候吳王，放牛牧羊，終於贏得了吳王的歡心和信任。三年後，勾踐被釋放回國，才得以成就以後的霸業。可見，實力不夠時，委曲求全也是可行的辦法。

敏：訥言敏行

甲骨文	金文	小篆	楷書
𠻖	𣂨	𣫍	敏

　　「敏」是會意兼形聲字。在甲骨文、金文中，「敏」有多種寫法，但都是由兩部分構成：一部分像個長髮女子，另一部分像手。在甲骨文中，「女」「母」「每」三字，都表示女人，區別在於：「母」字用兩點標示出母乳，表示母親以乳育兒的特徵；「每」字也標示出兩乳，但是頭上多了一橫，表示頭髮很長，被挽起來。上古時，人通常不理髮，年紀越大，頭髮越長，所以「每」字表示年紀大的且生育過的女性。年紀大的女性有生產經驗，做手工活比較快，因此「敏」字從每從手，表示快捷的意思。

　　訥言敏行是孔子的主張，強調說話要謹慎，辦事要敏捷。孔子的弟子中，子路性格粗獷，恰恰不具有訥言敏行的特點。相傳，孔子是在一次出遊時遇到子路的。當時孔子被高大強壯的子路擋住了前行的路，於是他問子路：「你有什麼喜好？」子路回答說：「我喜歡長劍。」孔子說：「我不是問這個。以你的天賦，再加上學習，應該能有好殺才能。」子路問：「學習能夠增長能力嗎？」孔子說：「君王沒有敢進諫的大臣，政事就會有過失；讀書人沒有指正自己缺點的朋友，品德就會缺失。所以，君子不能不學習。」

　　子路說：「南山有一種竹子，不須加工就很筆直，削尖

後射出去，能穿透犀牛的厚皮，它何時學習過？」孔子說：「如果在箭尾安上羽毛，箭頭磨得銳利，箭不是能射得更遠更深嗎？」子路聽後，拜謝道：「真是受益良多。」子路講話直率、語言粗魯，思維也不敏銳，但是，孔子還是循循善誘，收他作為自己的弟子。可見，即使天性不敏銳，也可以通過後天培養而獲得才能。

孚：重信守義

甲骨文		金文		小篆		楷書	
	⿱		⿱		⿱		孚

「孚」是一個會意字。在甲骨文中，「孚」字是上下結構，上半部分像是一隻手，下半部分像是一個孩子。只有對方是可信賴的人，才會把孩子交給對方，所以「孚」的本義是誠信。

誠信是立身之本，喪失誠信的人，必將無處安身。

戰國時，商鞅率秦兵進攻魏國。魏國派公子卬領兵抵抗。過去商鞅在魏國時，原本和公子卬關係很好。他派人對公子卬說：「我所以出遊秦國並追求顯貴，完全是因為公子的緣故。現在，秦國讓我統兵，魏國派公子拒我，我怎麼忍心與您交戰呢？請您向魏君報告，我也向秦君報告，讓兩國都罷兵。」正當雙方都準備回師的時候，商鞅又派人對公子卬說：

「回去以後，我們很難有機會再見面了，希望同公子聚聚再離別。」公子說：「好吧。」魏軍將領都勸公子卬不要去見商鞅，但公子卬覺得商鞅很可信，堅持要去。於是，兩人相見敘舊。不料，在他們聚會的地點，商鞅早已經埋伏下重兵，公子卬沒有準備，所以秦軍毫不費力地俘虜了他。

秦孝公死後，惠王即位，他懷疑商鞅的品行，想治其罪。商鞅帶著老母、家人逃回魏國，但是，魏國君臣都不肯接受商鞅，說：「因為你對公子卬背信棄義，我們不瞭解你的真實想法，所以不能接受。」商鞅無處可逃，被秦人處死。商鞅對自己的老朋友都不講信用，也難怪魏國人、秦國人都不相信他。

可見，做人一定要重信守義。哪怕只有一次欺騙別人，也會抹黑自己的品行，玷污自己的名聲，埋下長久的禍根。

婚：心心相印

熱戀中的人們，常常渴望步入婚姻的神聖殿堂。然而在古代，「婚」字所昭示的，並非是一個美滿的歸宿。「婚」是會意兼形聲字：左邊是「女」字，表示與女有關；右邊「昏」字，既表示讀音，又表示古代的婚禮多在黃昏舉行。為什麼

婚禮要在黃昏進行呢？原來，古時盛行搶婚，被搶的多是女性。黃昏時女方家裡常常不防備，且被搶了也不易辨清是什麼人搶的，所以搶婚常常發生在此時。也就是說，古時候的婚姻未必是自願的，婚姻中的暴力是常有的事。

漢字的內涵，並非總是具有正面價值，「婚」字即是如此。雖然野蠻的搶婚習俗已經成為歷史，但婚姻中的強迫行為並沒有完全消失。所以，即將走進和已經走進婚姻殿堂中的男人與女人，應當努力把婚姻建立在真愛的基礎上，杜絕強迫對方的行為。

男人與女人能夠結為夫妻，是因為有愛，而愛情則是一種心靈的感應。此外，責任也是非常重要的。戀愛時，雙方可以談情說愛，而不必言及其他。但是，一旦雙方牽手結婚，就必須承擔起相應的責任來。假如男女雙方的感情是一束玫瑰，那麼彼此負責就是滋養玫瑰的沃土。沒有責任的沃土，再美麗的愛情之花也必定會枯萎。

可見，從戀愛到結婚，雖然會有很多偶然因素，但這並不是說其中沒有規律可循。只有真正告別野蠻與不平等，才能擁有幸福美滿的婚姻。

安：金屋藏嬌

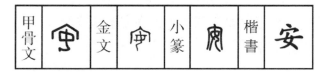

| 甲骨文 | ⊕ | 金文 | 宀 | 小篆 | 𡧀 | 楷書 | 安 |

　　「安」字的形體比較簡單，上面的寶蓋象徵著房子，裡面住的是一個女人。為什麼房子裡有女人生活就安穩了呢？這大概反映了原始社會早期的情形。在母系氏族時代，女性是社會的主宰，男人們不過是一群流浪漢。這時候對偶婚尚未形成，房子大約都是屬於女人的，只有得到允許的男人，才可以進到房子中來。由於孩子知母不知父，所以只有女人與房子才意味著安全感與穩定性。進入父系社會後，男人的社會地位提高了，但是如果房子裡沒有女人，依然不是一個完整的家，仍舊不具有穩定性。

　　從「安」字的結構可以看出古人對家庭生活的理解，即：屋子裡有女人，家庭才能安穩。當然，維持一個家庭的安定，是需要夫妻雙方共同努力才能實現的。

　　據說漢武帝劉徹還是太子的時候，長公主想把自己的女兒陳阿嬌嫁給他。於是，長公主問當時還是孩子的劉徹說：「彘兒長大了要討媳婦嗎？」劉徹說：「要啊。」長公主指著左右侍女百餘人問他想要哪個，小劉徹都說不要。最後長公主指著自己的女兒陳阿嬌問：「那阿嬌好不好呢？」小劉徹就笑著回答說：「好啊！如果能娶阿嬌做妻子，我就造一個金屋子給她住。」這就是成語「金屋藏嬌」的由來。後來劉徹

做了皇帝，真的娶陳阿嬌做皇后。可惜過了一段時間，兩人由於性格不合而產生矛盾，漢武帝就把陳阿嬌打入冷宮。

可見，房子與女人都不是家庭安穩的關鍵，只有夫妻恩愛才是最重要的。

威：威不足恃

甲骨文		小篆		楷書	威

在甲骨文中，「威」是一個會意字：左下角像是一個女子，身形柔弱；右上角是個被放大的戈，這是上古時一種常見的兵器。兩形會意，強兵器在弱女子面前，更顯示出無比的威力。

當對立雙方的力量相差懸殊時，強者對弱者自然形成一種威勢。在威勢之下，弱者往往會順從強者。但是，如果強者恃強凌弱，濫施淫威，那麼這種威勢就很難持久。

相傳春秋時，宋國有個趕路的人，他的馬因為累就不走了，他很生氣，把馬殺掉投進溪水裡。接著，他又駕上另一匹馬趕路。沒過多久，這匹馬也不走了，於是他又將這匹馬殺死投入溪水裡。這樣的情況接連出現了三次，即使最善於駕車的造父，對馬的威嚴也不會超過他。他並沒有學會造父駕車的技術，僅僅在對馬的威嚴上高人一籌，這對於駕馬而

言並沒有什麼好處。

在古代的君王中，有很多人與此相似。他們不具有君主應當具備的賢德，也沒有學會當君主的方法，僅僅學到了當君主的威嚴。威嚴越多，百姓的負擔就越重。亡國的君主，大多都是憑借威嚴奴役百姓的，結果都落得身死國滅的下場。威嚴本身並沒有正確與錯誤之分，適度的威嚴有助於目標的實現。但是，如果一個人做事既不講究方法也不講究智慧，一味地把威嚴作為要挾別人的手段，則難免同駕車的宋人以及作威作福的亡國之君一樣，是不會有好下場的。

寡：失道寡助

在金文中，「寡」字從 從頁，「宀」像一間大房子，「頁」像突出了面部的人。兩形會意，表示一個人獨居於房子裡，可見「寡」字本義指孤居。小篆中的「寡」字，從 ，從頒，「頒」有分離的意思，合起來還是表示獨居、人少。

中國古代的帝王常自稱寡人，寡人是寡德之人的簡稱，這並非指帝王都是獨居之人。中國古人重德，並且認為只有德高望重之人才有資格做帝王。又由于謙虛是一種美德，如果帝王宣稱自己是德行最高的人，就說明他不謙虛，也就是

品德不夠完善。所以為了標榜自己的品德高，帝王才謙稱為寡德之人。不過，說歸說，做歸做，如果帝王的品行確實惡劣，失去了眾人的支持，他就會被趕下台，這也就是孟子所說的失道寡助。

據史載，商朝末年，商紂王昏庸暴虐，良臣比干、箕子忠言進諫，一個被殺，一個被囚。太師疵、少師強見紂王已不可救藥，就都出逃了。全國的百姓也都敢怒不敢言。周武王認為滅商的時機已經成熟了，果斷決定出兵伐商，同時通告各諸侯國向首都朝歌進軍。紂王聞知周兵已到，就調集國都中的士兵，把囚犯、奴隸、戰俘也武裝起來送上戰場。武王在戰前向全軍發表誓詞，歷數紂王的罪惡，說明伐紂的正義性，動員將士們英勇殺敵。而殷商軍隊中那些被迫參戰的奴隸、囚徒不願為紂王賣命，反把武王看作救星，於是倒轉矛頭帶領周軍殺入朝歌。紂王見大勢已去，登上鹿台，自焚身死。

可見，君主的品德修養很重要，如果品行惡劣，即使再會玩權術，也不會得到理解和支持，也就成為真正的孤家寡人了！

棄：如棄敝屣

| 甲骨文 | 㐬 | 金文 | 㐬 | 小篆 | 㐬 | 繁體 | 棄 | 楷書 | 棄 |

　　傳說上古時，有邰氏之女姜嫄，踏上巨人的足跡，懷孕生子，人們都以為不祥，就準備把這個孩子扔掉。可是，把孩子扔到隘巷，馬牛經過不踩他；扔到樹林，恰逢林中人多；扔到冰上，飛鳥用翅膀保護他。於是，姜嫄就決定把孩子撫育成人。因當初想拋棄這個孩子，所以給他取名叫棄。這種上古時棄子的傳說與風俗，正是「棄」的造字依據。在甲骨文中，「棄」的上面像是「子」，乃是嬰兒倒置之形，下面像雙手，表示正把嬰兒拋出去。因此，「棄」的本義是拋棄孩子。

　　上古時人們生活艱辛，如果覺得無法將孩子養育成人，或者因病不治，就只好拋棄。拋棄是一種選擇，雖然經常是無奈的，但在特定的情形下，這未必不是明智的做法。

　　相傳，越王勾踐滅掉吳國之後，功臣范蠡知道勾踐會翻臉無情，於是主動拋棄家產，不辭而別，既保全了性命，又留下了美名。范蠡帶著家人來到齊國，親自開山育林，建造家園，生產糧食，販賣貨物。很快，他便富甲一方。齊王聽說後，派人前去送重禮請他。范蠡不願意再度捲入政治鬥爭，於是率家人拋棄了在齊國的產業，逃到魯國的曲阜。後來，他得知陶邑是天下的商業中心，是最適合經商的地方。於是，

他又散了家產，帶著族人來到陶邑西門外的陶丘定居。為了掩人耳目，他連自己的姓名都拋棄了，改名陶朱公，成了名副其實的天下第一富商，被歷代商人尊為商聖。

從范蠡的例子可以看出，拋棄也是一種智慧。危急時刻拋棄累贅之物，可以保全自身；事業發展期間，拋棄舊的、不夠好的東西，才能為自己騰出空間，以便引進新的、更好的東西。

保：保民而王

甲骨文	金文	小篆	楷書
𝼀	㑔	保	保

上古時，戰爭、洪水、猛獸都會對人的生命構成巨大威脅。與成年人相比較，嬰幼兒是最易受到傷害的群體，因此保護兒童是關乎部落生存的重大問題。在甲骨文中，「保」字像是一個成年人背著孩子，大人的手伸向身後，表示保護著孩子。這表明，「保」字本義是把孩子背在背後加以保護。小篆中，「子」形的下面兩側各有一條短線，這表示大人是雙手背過來保護孩子。後來，楷書中表示孩子的字形抽象為「呆」，很難看出孩子的樣子了。

對於一個家庭而言，孩子就是根本；對於一個國家而言，百姓就是根本。孟子提倡保民而王，意思是保護好百姓，才

能稱王於天下。

春秋時，越王勾踐被吳王打敗。為了繁育越國的人口，以便增強國力，勾踐規定：年輕力壯的男子不許娶老年婦女，老年男子不能娶年輕的妻子；姑娘到了十七歲還不出嫁，她的父母就要判罪；男子到了二十歲不娶妻子，他的父母也要判刑。孕婦到了臨產時，向官府報告，官府要派醫生去看護。如果生男孩就賞兩壺酒，一條狗；生女孩就賞兩壺酒，一頭豬。一胎生了三個孩子，由官家派給乳母；一胎生了兩個孩子，由官家供給口糧。那些死了妻子的人、寡婦、患疾病的、貧困的、無依無靠的人家，官府就收養他們的孩子。

這樣經過二十多年，越國的國力大增，終於一舉滅掉了吳國。可見，只有像保護嬰兒那樣愛護百姓，國家才能強大。這就是「保」字的智慧。

嬰：羊質虎皮

金文		小篆		繁體	嬰	楷書	嬰

「嬰」是一個會意字。金文中的「嬰」字，上半部分像是兩個「貝」，下半部分像是一個女子，意義不太明確。小篆中的「嬰」字，上半部分是兩個「貝」，下半部分是一個女子。兩「貝」表示把貝殼穿成串，這顯然是指上古時婦女

佩戴的飾品，類似於現代的項鏈，可見「嬰」的本義即是婦女的頸飾。由於孩子也像婦女一樣愛戴這些飾品，所以「嬰」又引申為初生的小孩。

貝是古時候的貨幣，把它掛在脖子上，象徵著擁有財富或高貴身份。

戰國時，沒落貴族田成子逃離齊國，他的侍從子皮跟在後面。將要到達某城邑時，子皮對他的主人田成子說：「您聽過涸澤之蛇的故事嗎？有一個湖泊乾枯了，裡面的蛇要遷移。有一條小蛇對大蛇說：『您在前面走而我跟著您，人們就必然把我們當作一般的過路蛇對待，這樣就會殺掉您。我們不如互相銜著，你背著我走，這樣人們就會把我們當作神靈了。』於是，大蛇就與小蛇銜著，並把小蛇背起來爬上了大路。見到兩蛇的人們紛紛避開，都說：『這一定是神靈啊！』現在，您長得美而我長得醜，如果您假裝是我的門客，那人們就會以為我是千乘之君；您假裝是我的使者，那我會被看作萬乘之國的卿相。所以，您不如裝作我的侍從，這樣我就會被看作是萬乘之國的國君了。」

於是，田成子就跟在子皮的後面，假裝他的侍從。二人來到一家客店，店主人果然對他們非常恭敬，還獻上了酒肉。子皮的做法與婦女戴項飾一樣，都利用了人們崇拜富貴的心理。可見，虛張聲勢的「炫富」行為，有時也是一種智慧。

夫：匹夫之勇

甲骨文	夫	金文	夫	小篆	夫	楷書	夫

　　「夫」是會意字，從大，從一。「大」是男子的形象，「一」像根簪子，兩形會意，「夫」表示頭戴簪子的男子。古時候，只有成年人才會戴簪子，因此「夫」的本義指成年男人。另外，周代以八寸為一尺，十尺為一丈，身高一丈的男子就叫丈夫。女子稱自己的配偶為丈夫，實際是借用，並非使用「丈夫」的本義。

　　古時男子成年行冠禮後才叫作夫，稱為夫就意味著要獨立行事，要對自己的行為負責。一般來說，剛成年的男子涉世不深，往往單憑個人的勇氣行事，不知道使用智謀。所以，人們稱這樣的人只具有匹夫之勇。

　　相傳劉邦做了皇帝以後，在洛陽宮宴請群臣，他說：「我之所以能成功，順利取得天下，是因為能夠知道每個人的特長，並且也懂得如何讓他發揮長處。」然後，他讓韓信談談對自己的看法。韓信說：「大王，您很清楚自己各方面的才能與長處，因此您心裡明白，說到機智與才華，您其實是不如項王（項羽）的。不過，我曾經當過他的部下，對於他的性情、作風、才能瞭解得比較清楚。項王雖然勇猛善戰，一人可以壓倒幾千人，但是卻不知道如何用人。因此，一些優秀的賢臣、良將雖然在他手下，卻都沒能好好發揮各自的專

長。所以，項王的勇猛，只是匹夫之勇，他做事根本不懂得
深謀遠慮、三思而行。而大王任用賢人勇將，把天下分封給
有功勞的將士，使人人心悅誠服，所以天下終將成為您的。」

可見，做事不考慮後果、全憑個人血氣者不過是匹夫，
只有具備謀略與智慧、能團結眾人者才是大丈夫。

妻：結髮為妻

甲骨文	金文	小篆	楷書
妻	妻	妻	妻

在甲骨文中，「妻」是會意字，像一位跪坐的女子，長
髮向後飄散，另有一隻罪惡的黑手正伸過來，這大概反映了
上古時的搶婚風俗。當時，不同部落之間的婚姻，常常會違
背女性的意志，或通過戰爭公開掠奪，或乘夜間不備暗搶。
一般來說，只要男子抓住了女子的頭髮，她就很難逃脫。

搶婚是早期的婚姻形式，隨著社會的進步，抓住女子頭
髮結婚這一習俗，逐漸演化為結髮儀式：新婚之夜，妻子頭
上盤著的髮髻，只有丈夫才能來解。然後，一對新人就床而
坐，男左女右，各自剪下自己的一綹兒頭髮，再把它們綰結
纏繞起來，以示結髮同心、永不分離。

西漢時，年輕的蘇武受命出使匈奴。臨行前，他深有感
觸，寫下了一首詩，首句是「結髮為夫妻，恩愛兩不疑」，

表達對結髮妻子的依戀與安慰。此後，蘇武被匈奴扣留，在時稱北海的貝加爾湖一帶，整整熬過了十九年。在這段漫長的歲月裡，他始終堅信，在遙遠的家鄉，有他摯愛的妻子在等著他！可見，支撐這位愛國英雄的，不僅有對國家的忠誠，還有他對妻子的忠誠。

古往今來，雖有綰結同心的美好願望，但命運多舛，本是結髮的歡娛，卻多少次成了徹骨的相思？新婚夫婦總是把他們對愛情的期盼，小心翼翼地纏繞到髮絲裡，這樣，「結髮同心」就成了對愛情的嚮往和彼此忠心的保證。從搶婚時代的暴力，到文明時代的柔情，結髮習俗的性質發生了根本的改變。很明顯，違背女性意志的婚姻已成歷史，夫妻結髮，就應當彼此尊重、永結同心。

始：慎始敬終

金文		小篆		楷書	

「始」字最早見於金文。漢朝文字學家許慎認為，「始」的本義為女之初，從女，台聲。許慎的解釋比較模糊，什麼是女之初呢？有人認為，女之初表示人類起源於女子；也有人認為，女之初指女性月經初潮；聞一多先生認為，「始」指女性對初次性生活的體驗，因為這既是新生活的開始，也

是孕育新生命的開始。

　　要想妥善處理好矛盾，首先要知道事情的開始，其次要想到事情的結局，再次還要看事情的發展過程如何。如果不能做到這三點，很可能會因為一點小事，造成巨大的損失。

　　春秋時，楚國的邊城有個叫卑梁的地方，當地一位女子與吳國邊城一女子同在邊境採桑，嬉戲中，吳女不慎傷了楚女。卑梁人就背上受傷的楚女去責備吳女家人，吳女家人態度很不恭敬，卑梁人一氣之下就殺了吳女家人。邊境的吳國人於是進行報復，把卑梁人全家都殺了。卑梁的地方官大怒，帶兵攻打吳國邊城，連老弱都殺死了。吳王聽說這件事，大怒，派兵攻打楚邊城，把那裡夷為平地。吳楚兩國由此連年開戰，先是吳軍在雞父地方與楚國交兵，把楚國人打得大敗，俘獲了楚軍的主帥。接著，吳軍攻入楚國的郢都，俘虜了楚平王的夫人，並把她帶回吳國。

　　吳楚兩國的仇恨，導致成千上萬的人死於非命，然而開始時不過是兩個姑娘的無心之失。可見，在事情開始時忍耐一點，吃一點小虧，並不是逆來順受，而是為了避免事態惡化而做出的明智選擇。

愛：真心真意

小篆	𢝫	繁體	愛	楷書	愛

　　在小篆中，「愛」的字形比較複雜，像是一個人形，頭面部向右，僅突出了大張的口，軀幹部則被一顆大大的心占據了，下部有雙臂和雙腿。楷化後，「愛」字演變為從受從心的會意字：「受」字中的「爫」旁和「又」旁，分別像兩隻手，整個字表示一個人用手把自己的心交到另一個人的手裡。

　　愛是人類與生俱來的感情，但是，並非所有人都懂得什麼是真愛。

　　春秋時，管仲病重，臨終時對齊桓公說：「希望您辭去豎刁、易牙、衛公子開方這三個人。您不喜歡男性而喜歡女色，豎刁就閹割了自己，然後為您管理後宮。人沒有不愛自己身體的，如果連自己的身體都不愛，他能愛您嗎？易牙主管飲食，您說沒有吃過人肉，他就把自己的兒子蒸了給您吃。人沒有不愛自己兒女的，如果連自己的兒子都不愛，他能愛您嗎？開方本是衛國人，卻來侍候您，這裡離他家並不遠，但是他十五年沒有回家看母親。人沒有不愛自己母親的，如果連自己母親都不愛，他能愛您嗎？這三個人對您表面上都很好，但他們並不是真心愛您。我聽說，作偽不能長久，藏假也不能長久，所以希望您盡快除去這三個人。」

　　管仲死了以後，齊桓公並沒有按他的遺言去做。不久，

豎刁、易牙、開方三人果然鬧事，齊桓公死時直到屍體長蛆都沒有人安葬。可見，真愛的表現必須是由內而外，由近而遠，由自己而別人，最後擴展到整個社會。豎刁、易牙、開方三人違背了這一原則，就說明他們對桓公的愛是偽裝出來的，因而遲早會露出別有用心的真面目。

※為保障您的權益，每一項資料請務必確實填寫，謝謝！

生名		性別	□男　□女
生日	年　　　　月　　　　日	年齡	
住宅地址	郵遞區號□□□		

行動電話		E-mail	

學歷

□國小　　□國中　　□高中、高職　　□專科、大學以上　　□其他_____

職業

□學生　　□軍　　□公　　□教　　□工　　□商　　□金融業
□資訊業　□服務業　□傳播業　□出版業　□自由業　□其他_____

謝謝您購買 ___中國漢字的智慧___ 與我們一起分享讀完本書後的心得。

務必留下您的基本資料及電子信箱，使用我們準備的免郵回函寄回，我們每月將

抽出一百名回函讀者，寄出精美禮物以及享有生日當月購書優惠！想知道更多更

即時的消息，歡迎加入"永續圖書粉絲團"

您也可以使用以下傳真電話或是掃描圖檔寄回本公司電子信箱，謝謝！

傳真電話：（02）8647-3660　　電子信箱：yungjiuh@ms45.hinet.net

●請針對下列各項目為本書打分數，由高至低5～1分。

　　　　　　　 5 4 3 2 1　　　　　　　　　　　 5 4 3 2 1
1. 內容題材　□□□□□　　2. 編排設計　□□□□□
3. 封面設計　□□□□□　　4. 文字品質　□□□□□
5. 圖片品質　□□□□□　　6. 裝訂印刷　□□□□□

●您購買此書的地點及店名 _____

●您為何會購買本書？
□被文案吸引　　□喜歡封面設計　　□親友推薦　　□喜歡作者
□網站介紹　　　□其他 _____

●您認為什麼因素會影響您購買書籍的慾望？
□價格，並且合理定價是 _____　　□內容文字有足夠吸引力
□作者的知名度　　□是否為暢銷書籍　　□封面設計、插、漫畫

●請寫下您對編輯部的期望及建議：